Françoise Bourdon

À TRAVERS LA NUIT ET LE VENT

Roman

Terres de France

PRESSES DE LA CITÉ

Ce livre est une œuvre de fiction. Les noms, les personnages, les lieux et les événements sont le fruit de l'imagination de l'auteur ou utilisés fictivement. Toute ressemblance avec des personnes réelles, vivantes ou mortes, des événements ou des lieux serait pure coïncidence.

ISBN : 978-2-258-14283-1
Dépôt légal : octobre 2018

Presses de la Cité | un département **place des éditeurs**

place des éditeurs

Le roi des Aulnes

Qui chevauche si tard à travers la nuit et le vent ?
C'est le père avec son enfant.
Il porte l'enfant dans ses bras,
Il le tient ferme, il le réchauffe.
« Mon fils, pourquoi cette peur, pourquoi te cacher ainsi le visage ?
Père, ne vois-tu pas le roi des Aulnes,
Le roi des Aulnes, avec sa couronne et ses longs cheveux ?
— Mon fils, c'est un brouillard qui traîne.
— Viens, cher enfant, viens avec moi !
Nous jouerons ensemble à de si jolis jeux !
Maintes fleurs émaillées brillent sur la rive ;
Ma mère a maintes robes d'or.
— Mon père, mon père, et tu n'entends pas
Ce que le roi des Aulnes doucement me promet ?
— Sois tranquille, reste tranquille, mon enfant :
C'est le vent qui murmure dans les feuilles sèches.
— Gentil enfant, veux-tu me suivre ?
Mes filles auront grand soin de toi ;
Mes filles mènent la danse nocturne.

A travers la nuit et le vent

Elles te berceront, elles t'endormiront, à leur danse, à leur chant.
— Mon père, mon père, et ne vois-tu pas là-bas
Les filles du roi des Aulnes à cette place sombre ?
— Mon fils, mon fils, je le vois bien :
Ce sont les vieux saules qui paraissent grisâtres.
— Je t'aime, ta beauté me charme,
Et, si tu ne veux pas céder, j'userai de violence.
— Mon père, mon père, voilà qu'il me saisit !
Le roi des Aulnes m'a fait mal ! »
Le père frémit, il presse son cheval,
Il tient dans ses bras l'enfant qui gémit ;
Il arrive à sa maison avec peine, avec angoisse :
L'enfant dans ses bras était mort.

Poème de Johann Wolfgang von GOETHE
Traduction de Jacques Porchat

Prologue

New York, 1970

Elle avait toujours aimé la première neige.

Comme si celle-ci avait permis de tout recommencer. Une nouvelle vie, comme une page blanche.

Même si elle savait, désormais, à quel point c'était illusoire.

Blottie sur le canapé en velours chocolat, elle contemplait les flocons papillonnants, tout en se sentant gagnée par une sourde mélancolie.

Ces accès survenaient encore assez souvent, même si elle pensait avoir surmonté le passé. Un rire sans joie lui échappa. Quelle sottise ! Le passé était toujours là, en embuscade, prêt à resurgir au moment où l'on s'y attendait le moins. N'en avait-elle pas eu la preuve récemment ?

Elle détourna son regard de la grande baie vitrée, caressa distraitement Astarté, sa « chatte guépard » au pelage tacheté, à la race indéterminée, qui entretenait avec elle une relation fusionnelle. Au point que Ben s'en montrait parfois agacé.

Astarté comprenait tout et, ce qu'elle ne comprenait pas, elle le devinait.

La chatte chercha le regard de sa maîtresse, y plongea sans garde-fou.

Gênée, elle suspendit sa main, détourna les yeux. Astarté ne pouvait pas savoir à qui elle songeait. C'était impossible.

Elle esquissa un sourire. Elle avait mille et une tâches à accomplir, à commencer par appeler son amie Minnie pour mettre au point les derniers détails de l'arbre de Noël du cabinet d'avocats de leurs époux respectifs. Une institution, cet arbre de Noël, réunissant une bonne centaine de personnes dans le hall de Jones, Lewis et Marlowe. Le traiteur était retenu, tout comme la styliste florale. Les cadeaux, choisis selon une liste de desiderata établie par Lauren, l'assistante de Ben, seraient livrés le matin même. Elle n'avait plus qu'à choisir la toilette qu'elle étrennerait ce soir-là.

C'était tout à fait le genre d'obligations qui lui pesait. Se rendre chez l'esthéticienne, chez son coiffeur… elle préférait se consacrer aux cours d'anglais qu'elle donnait à des jeunes femmes étrangères récemment arrivées à New York.

Elle aimait sa ville d'adoption, se dit-elle. Elle en appréciait l'anonymat et, surtout, le mouvement permanent. On ne pouvait pas s'ennuyer à New York, ni même trop y réfléchir. La ville vous happait, vous entraînait dans un tourbillon peu propice à la méditation. Tout ce dont elle avait besoin, depuis vingt-cinq ans...

Elle se leva, fit quelques pas en direction de son bureau à cylindre, un meuble de collection en acajou qui découvrait, une fois ouvert, huit tiroirs en bois de citronnier et dix-neuf casiers. Dans cette pièce, à la fois bibliothèque et cabinet de travail, elle s'était constitué une sorte de cocon, dans lequel elle se sentait à l'aise pour travailler.

Traductrice, elle savourait le fait de pouvoir travailler chez elle, dans son environnement. Ben avait souvent insisté pour qu'elle renonce à exercer une activité professionnelle, en vain. Elle tenait à sauvegarder son indépendance.

Parce qu'elle avait la certitude que tout, même la vie la plus sereine, pouvait basculer d'un instant à l'autre. Comme jadis.

Presque machinalement, elle fit jouer le petit mécanisme ouvrant un tiroir secret de son bureau. Elle en sortit un ouvrage relié de cuir rouge, qui portait des traces d'usure.

« Un livre tendrement aimé », se dit-elle. Il le lui avait offert l'année de son départ pour la France. Elle se rappelait son émerveillement en découvrant les poèmes de Goethe.

Le recueil s'ouvrit à la page de son texte préféré, qu'elle connaissait sur le bout du cœur. *Der Erlkönig... Le roi des Aulnes*. Elle murmura, pour elle-même :

A travers la nuit et le vent

Qui chevauche si tard à travers la nuit et le vent ?
C'est le père avec son enfant.
Il le tient ferme, il le réchauffe.

— Le père avec son enfant, répéta-t-elle.

Elle referma le recueil, demeura quelques instants dans le vague, avant de se ressaisir et de jeter l'ouvrage dans la cheminée.

Elle ne voulait pas se souvenir.

C'était trop douloureux.

Ceux qui ne connaissent pas leur histoire
s'exposent à ce qu'elle recommence.

Elie WIESEL

1

Berlin, Allemagne, 1920

« Et si l'Allemagne avait gagné la guerre... », songea Philippa Steiner, face à la Grunewaldturm en brique rouge, érigée au bord de la Havel.

Comme nombre de ses compatriotes, elle avait assisté, impuissante, à la lente descente aux enfers de l'année 1918. Les offensives allemandes de la bataille de l'Aisne et de Champagne avaient échoué. Leurs attaques du printemps et de l'été 18 avaient causé plus de cinq cent mille pertes humaines. Désespérée, n'accordant plus foi aux promesses lénifiantes de l'état-major, la population s'était résignée à la défaite.

Dieu merci, son frère Walther était revenu pratiquement indemne de quatre années de guerre.

Le jour de son retour, étreint par les siens, il n'avait pas prononcé une parole. Le soir seulement, après avoir pris un bain et mangé la carpe farcie et les boulettes de poisson de leur mère, il avait confié, en esquissant un sourire las : « Je suis si heureux d'être rentré à la maison. »

La maison, pour les Steiner, était sacrée.

Il s'agissait d'une demeure imposante, bâtie à quelques kilomètres de Berlin, près de la forêt de Grunewald. Leur père l'avait fait construire par un architecte que la Sécession[1] avait inspiré au début du siècle. Leur mère, Renate, disait souvent que la propriété, ombragée de bouleaux, était trop importante pour eux, qu'ils n'avaient pas les moyens de l'entretenir, mais leur père haussait alors les épaules.

« Je me dois de donner l'impression d'être riche », proclamait Martin Steiner.

A cinquante ans, il avait exercé une bonne douzaine de métiers et, à chaque fois, gravi quelques échelons dans l'échelle sociale. Brocanteur à l'origine, comme son père avant lui, Martin avait fait preuve d'un sens des affaires et d'un pragmatisme étonnants.

A la fin du XIXe siècle, soutenu par son banquier, il avait créé un magasin de meubles en tablant sur le désir des familles berlinoises de s'équiper en « moderne », comme l'on disait alors. Il s'était ensuite lancé dans la vente de vêtements, faisant venir de France articles de lingerie, chapeaux, gants et chaussures. Son magasin situé sur le Ku'damm[2] avait attiré une clientèle féminine impatiente de

1. Courant artistique qui s'est développé en Autriche, notamment à Vienne, entre 1892 et 1906, et qui se rattache à l'Art nouveau.

2. Abréviation du Kurfürstendamm, avenue de Berlin longue de trois mille cinq cents mètres, en bérolinisme (habitude des Berlinois d'attribuer un surnom aux lieux et aux bâtiments de la capitale).

découvrir le bon goût français. Fort de son succès, Martin en avait ouvert deux autres mais la guerre avait stoppé cet essor. Durant plus de quatre ans, l'Allemagne avait connu privations et rationnements afin de soutenir l'effort de guerre. Le blocus allié interdisant l'importation de denrées alimentaires pour les hommes comme pour le bétail s'était prolongé jusqu'au printemps 1919 et avait entraîné des milliers de morts.

Réformé à cause de sa mauvaise vue, Martin, estimant que les produits alimentaires allaient connaître une augmentation conséquente, s'était lancé dans le commerce du bétail et envisageait de se tourner vers le négoce du vin.

Tous deux universitaires, ses enfants, Philippa et Walther, s'ils aimaient et respectaient leur père, ne partageaient pas son sens du commerce. Leur mère, en revanche, une belle femme de quarante-cinq ans, lettrée et musicienne accomplie, leur avait transmis son goût pour les arts. Renate Steiner avait pris le pli durant la guerre d'œuvrer en tant que bénévole et continuait à s'investir dans plusieurs associations comme la Croix-Rouge allemande. Elle estimait que leur famille avait un devoir d'assistance vis-à-vis des plus nécessiteux. L'Allemagne de 1920 était marquée par de fortes différences sociales. Les noctambules berlinois ne pouvaient imaginer la vie pénible des agriculteurs brandebourgeois et poméraniens, et ignoraient tout des conditions de vie des mineurs westphaliens.

Au terme d'une hécatombe monstrueuse, les plus fortunés voulaient vivre, vite, et intensément. Philippa et les siens observaient de loin cette frénésie qui leur restait étrangère. Chez les Steiner, le travail, la solidarité n'étaient pas de vains mots. La famille respectait les grandes fêtes du calendrier hébraïque et se rendait régulièrement à la synagogue.

Martin ne manquait pas de répéter à ses enfants qu'ils avaient beaucoup de chance, désormais, de vivre dans un pays qui avait accueilli en grand nombre les juifs venus de Russie ou d'Europe centrale.

Philippa ne partageait pas son optimisme. Elle avait étudié l'histoire et n'oubliait pas les persécutions subies par leurs coreligionnaires au cours des siècles.

Cependant, lorsqu'elle tentait de confier ses craintes à Walther, il refusait de l'écouter en la traitant de « Cassandre ».

« Père a raison, lui disait-il, nous avons eu beaucoup de chance. »

C'était vrai, naturellement, mais Philippa ne pouvait se défendre d'éprouver une inquiétude sourde, comme si leur monde familier était en train d'évoluer.

La voix de sa mère la fit sursauter.

— Philippa, *mein Schatz*[1], tu m'accompagnes ?

1. « Mon trésor ».

Chaque mardi, Renate se rendait à l'ouvroir de leur quartier. Elle y apportait des vivres, des lainages et du linge.

La jeune fille préférait lire dans sa chambre mais elle savait que sa mère appréciait sa compagnie, et elle n'eut pas le cœur de lui refuser ce plaisir.

— Je viens, maman, répondit-elle.

Elle passa son manteau, posa un petit chapeau sur ses cheveux bruns et descendit rejoindre Renate.

Celle-ci portait deux paniers pleins de victuailles.

— Comme tu es jolie ! s'écria-t-elle, sincère.

— Merci, maman. Laisse-moi porter tes paniers, ils sont trop lourds pour toi.

Renate émit un rire de jeune fille. Grande, élancée, elle était belle avec ses cheveux blond vénitien et ses yeux verts. Philippa avait longtemps souffert de ne pas lui ressembler. Yeux et cheveux sombres, teint bistre, silhouette voluptueuse… elle avait hérité des gènes paternels. Issu d'une lignée de juifs sépharades, Martin était très différent de la délicate Renate, appartenant à une famille d'ashkénazes. Ils en riaient, parfois, se surnommant « les deux pôles ». Malgré leurs différences, Martin et Renate s'aimaient tendrement. Leurs enfants avaient grandi dans une ambiance chaleureuse et douillette, que la guerre était venue bouleverser.

Bras dessus, bras dessous, la mère et la fille se dirigèrent vers le boghei que Philippa conduisait elle-même.

— Penses-tu que Walther viendra à la maison pour Pessah[1] ? questionna brusquement Renate.

Philippa marqua une hésitation. Elle devinait ce qui tourmentait sa mère. Deux mois auparavant, Walther avait épousé Ruth, la jeune fille qu'il aimait depuis longtemps. Le mariage avait réuni leurs deux familles, ç'avait été une belle fête malgré le rationnement encore en vigueur.

Mais Ruth était ce que Martin appelait « une jeune femme moderne » avec un petit claquement de langue réprobateur. Elle pratiquait peu, n'avait pas encore convié ses beaux-parents dans l'appartement de Charlottenburg où Walther et elle s'étaient installés, et poursuivait des études d'infirmière.

« Ah ! avait commenté Martin le jour où son fils le lui avait annoncé. Ton épouse estimerait-elle par hasard que tu n'es pas capable de la faire vivre correctement ?

— Voyons, père... », avait soupiré Walther.

A vingt-huit ans, il estimait ne plus avoir de comptes à rendre à son père. Médecin, il avait installé son cabinet grâce à un prêt bancaire, ce qui lui avait permis de ne pas solliciter l'aide du chef de famille. Walther savait, en effet, qu'il convenait de tenir son père à distance pour sauvegarder son indépendance.

Philippa le comprenait, tout en se sentant incapable d'évoquer ce sujet avec ses parents. Après

1. La Pâque.

tout, c'était de son frère qu'il s'agissait ! Et elle enviait parfois la vie de Ruth.

— Pose donc la question à Walther, suggéra Philippa, à court d'arguments.

Renate laissa échapper un léger soupir.

— *Liebling*[1], ce n'est pas facile de parler avec son fils lorsqu'il a quitté la maison familiale.

Il y avait une blessure dans sa voix. Son fils, son premier-né, qui était devenu un jeune médecin avant d'être emporté dans la tourmente de la guerre, constituait pour elle un sujet de fierté permanent. Cependant, malgré l'accueil bienveillant qu'elle lui avait réservé, elle ne pouvait s'empêcher de considérer Ruth comme une intruse. Une étrangère, en fait.

Philippa pressa le bras de sa mère.

— Walther est resté proche de nous, même s'il ne vit plus à la maison, lui dit-elle pour la réconforter.

Au fond d'elle-même, elle se demandait si c'était encore vrai.

1. « Chérie ».

2

1921

La soirée de juin était douce et fleurait bon le tilleul. Ruth aurait aimé aller se promener dans le parc au bras de Walther ou bien se rendre au cinéma.

Enceinte de sept mois, elle supportait mal la chaleur et ne se sentait mieux qu'en fin de journée. Mais Walther, plongé dans la lecture du *Berliner Tageblatt*, faisait la sourde oreille.

Agacée, Ruth finit par se planter devant lui.

— Vas-tu me dire ce que tu trouves de si intéressant à lire ? s'énerva-t-elle.

Il lui répondit sans daigner lui jeter un coup d'œil :

— Je me passionne pour le procès de Soghomon Tehlirian. Tu sais, cet Arménien qui a abattu Talaat Pacha en mars dernier.

Ruth soupira.

— Tu t'intéresses toujours à cette maudite politique. A quoi cela t'avance-t-il, je te le demande ?

J'ignore tout de ce Pacha... Tiens ! J'ai déjà oublié la moitié de son nom !

Elle était belle et émouvante avec son ventre proéminent, ses longs cheveux blonds et ses yeux gris. Walther l'aimait, tout en déplorant parfois de ne pouvoir avoir avec elle de grandes discussions philosophiques.

Ruth, de son propre aveu, était une ravissante tête de linotte. En revanche, elle cousait, tricotait et brodait à merveille.

— Viens là, dit-il, lui tendant les bras.

Comme d'habitude, il abandonnerait sa lecture et tous deux se blottiraient sur le divan où elle finirait par s'endormir après avoir eu son content de caresses. Il la porterait alors dans leur chambre et irait travailler sur la table de la salle à manger.

Exigeant, consciencieux à l'extrême, Walther éprouvait le besoin de tenir des fiches à propos de ses patients, et de lire toutes les nouvelles publications médicales.

Depuis les années de guerre, il lui fallait peu d'heures de sommeil. Le matin, il se levait le premier et préparait le petit déjeuner. Il apportait son thé et ses toasts au lit à une Ruth encore ensommeillée qui se laissait caresser en ronronnant.

Heureux, Walther filait ensuite à son travail. Il exerçait dans un cabinet privé situé Kaiserfriedrichstrasse et se rendait deux après-midi par semaine à l'hôpital de la Charité.

Il aimait son métier, qu'il considérait comme une forme d'apostolat. Ruth le comprenait mal mais, tant qu'il prenait soin d'elle, elle le laissait faire.

Conscient de son égoïsme, Walther se demandait comment elle réagirait à la naissance du bébé. Petite dernière d'une fratrie de six enfants, Ruth avait été outrageusement gâtée par son père et ses aînés. Walther espérait toujours qu'elle mûrirait. Il se savait incapable de lui résister. Elle était belle, câline, sensuelle et aussi capricieuse.

Lorsqu'il la caressait, il se sentait le maître du monde.

Il se leva sur la pointe des pieds lorsqu'elle fut endormie et se remit au travail.

Il planchait sur la découverte de l'insuline, qui lui semblait ouvrir des perspectives intéressantes dans le traitement du diabète. Il était convaincu que la paix allait permettre de nouvelles avancées importantes, et ce malgré les mises en garde de son père qui se méfiait des pacifistes.

Avant de mettre ses fiches à jour, il ouvrit à nouveau le journal et termina la lecture de l'article consacré à Soghomon Tehlirian. Celui-ci avait eu le courage d'abattre un criminel, l'un des principaux responsables du génocide arménien qui avait lancé l'ordre de « tuer tous les hommes, femmes et enfants arméniens sans exception ». Les actes de violence et de barbarie commis par les Turcs en 1915 révoltaient Walther. Naturellement, comme c'était la guerre, on en avait fort peu parlé, d'autant moins que l'Allemagne était alors alliée à la Turquie. Il espérait que Tehlirian ne serait pas condamné à une lourde peine. Après tout, il n'avait fait qu'exécuter une condamnation à mort prononcée par contumace.

Songeur, il replia le journal. La guerre avait exacerbé son humanisme. Une fois par mois, il se réunissait avec d'autres anciens combattants qui rêvaient d'un monde meilleur. Ils répétaient souvent « Plus jamais ça ! » mais quelques-uns ne dissimulaient pas leurs doutes et leur scepticisme. Le traité de Versailles avait humilié les Allemands. Un jour ou l'autre, ceux-ci prendraient leur revanche. Cette perspective inquiétait Walther le pacifiste.

Il haussa légèrement les épaules et se plongea dans l'étude de ses fiches.

Il avait hâte que leur premier enfant naisse. Ce serait un fils, il en était certain.

La main posée sur son ventre, Ruth tentait de se détendre en imaginant son bébé. Au fur et à mesure que le terme approchait, elle sentait l'angoisse monter en elle.

Elle avait peur. Peur de la souffrance mais, aussi, de ne pas se montrer à la hauteur. Elle ne voulait pas que Walther la voie en fâcheuse posture, en sueur, gémissante. Elle tenait à donner d'elle une image parfaite.

Elle se disait parfois qu'elle aurait préféré attendre un peu, profiter de sa nouvelle vie de jeune mariée, plutôt que de se retrouver si vite enceinte. A l'école d'infirmières, on échangeait des conseils sous le manteau, en prenant garde de ne pas être entendues car la politique nataliste était de rigueur. Pourtant, bien que médecin, Walther n'avait pas eu recours aux préservatifs et Ruth n'aurait jamais osé prononcer ce mot devant lui. La force des préjugés… Dire que sa belle-sœur, Philippa, la considérait comme une jeune femme moderne ! Ruth ne se berçait pas d'illusions. Sa grossesse avait eu pour conséquence l'arrêt définitif de ses études. Elle savait qu'elle n'aurait pas le courage ni la volonté de les reprendre après la naissance de leur enfant. D'ailleurs, elle n'avait jamais été très motivée. Pour elle, devenir infirmière constituait un moyen d'acquérir une certaine indépendance.

Elle se demandait parfois si Walther n'avait pas agi sciemment. Il n'abordait pas les siens de front, mais il donnait l'impression que rien ne pourrait le détourner du but qu'il s'était fixé.

Qu'adviendrait-il de leur couple après la naissance du bébé ? Elle pressentait que plus rien ne serait pareil, tout en refusant de devenir comme sa mère, une mère de famille uniquement préoccupée de sa progéniture.

Elle voulait demeurer séduisante pour son mari, avoir conscience du pouvoir qu'elle détenait sur lui. Pas question pour elle de se laisser aller ! Elle s'arrangeait pour se rendre le moins possible chez ses beaux-parents, où l'on avait une fâcheuse tendance à la gaver.

« Il faut manger pour deux », répétait Martin Steiner en remplissant son assiette.

« Laissez-moi tranquille ! » avait envie de hurler Ruth, mais elle se contentait de faire des petits tas de légumes et de viande, en y touchant à peine.

Martin l'impressionnait avec sa haute stature, sa corpulence, son verbe haut.

Elle avait souvent l'impression qu'il l'observait et ne parvenait pas à se faire une opinion à son sujet. Walther ne lui ressemblait guère, ouf ! Elle ne l'aurait pas supporté.

Une douleur vive dans le bas des lombaires lui arracha une grimace. Non, ce ne pouvait pas être déjà le moment de la délivrance ! Walther était parti pour la journée afin de donner une conférence à Potsdam. Elle était seule.

Une nouvelle douleur la plia en deux. Elle la laissa refluer, se traîna jusqu'au téléphone et appela sa mère. Une demi-heure plus tard, Helena Paulsberg arrivait, accompagnée d'une sage-femme dénichée elle ne savait où.

« *Schwester* Ursula », comme elle tenait à ce qu'on l'appelle, était une femme mûre d'une cinquantaine d'années, toute vêtue de gris foncé, qui se déplaçait sans faire de bruit. Cependant, après avoir ôté son imperméable, ceint un grand tablier et lavé ses mains avec soin, elle parut plus imposante. De toute façon, Ruth souffrait trop pour émettre quelque objection. Elle perdit très vite toute notion du temps, s'arc-boutant contre la douleur, se cramponnant à la main de sa mère qui lui humectait le front en murmurant des paroles apaisantes.

Elle dériva ainsi durant ce qui lui sembla une éternité. Lorsqu'elle reconnut la voix de Walther dans le couloir, elle éprouva un soulagement si intense qu'elle se mit à pleurer. Elle n'avait plus de pudeur, elle désirait seulement que cette terrible souffrance prenne fin. Elle se mit à hurler malgré les exhortations maternelles. Une femme qui se respectait ne se comportait pas ainsi, voyons !

Mais Ruth n'en avait cure. Dans l'état où elle se trouvait, elle se moquait bien des règles de la bienséance. Elle s'évanouit.

Lorsqu'elle reprit conscience, la douleur la submergea de nouveau. Elle aperçut le visage blême, contracté, de Walther et tendit la main vers lui.

— Je vois la tête ! s'écria *Schwester* Ursula.

Ruth se mit à sangloter, de souffrance et de soulagement.

— Tiens bon, l'encouragea Walther, penché audessus d'elle. Pousse, *Liebchen*, pousse, je t'en prie.

Elle obéit, sans le quitter des yeux, tout en continuant de pleurer.

— Nous y sommes ! s'écria Walther, tendant les mains pour recueillir le nouveau-né couvert de mucus verdâtre.

A cet instant, il éprouva une émotion indéfinissable. Il ne savait pas encore si le bébé était une fille ou un garçon, il s'agissait de leur enfant, à Ruth et à lui. *Schwester* Ursula lui prit le nouveau-né, l'enveloppa dans une serviette chaude. Il se mit à crier avec vigueur. Ruth, très pâle, esquissa un sourire.

— Tout va bien ? s'inquiéta-t-elle.

— Oui, *Liebchen. Schwester* Ursula va le rendre un peu plus présentable, et ensuite je te le présenterai officiellement.

— C'est un garçon ! annonça triomphalement la sage-femme.

Un garçon ! Walther ferma à demi les yeux. Il imaginait la joie et la fierté de ses propres parents. Son fils, leur premier petit-fils, allait s'inscrire dans l'histoire de la longue lignée des Steiner.

— *Toda la'êl*[1], souffla-t-il.

1. « Merci à Dieu ».

3

1922

— Ça recommence…, marmonna Martin Steiner, en repoussant sa tasse de café.

Au fond de lui, bien qu'il professât le contraire, il avait toujours su que, malgré la réussite, sa famille et lui n'étaient pas vraiment intégrés en Allemagne.

Son grand-père et son père avaient connu des persécutions au siècle précédent. Moses Steiner évoquait pour son petit-fils à la fin du XIXe siècle les cris de « *Hep hep, Jud, verreck !*[1] » et le pillage des maisons comme des commerces. Nathan, son père, lui rappelait que, sous le gouvernement de Bismarck, aucun juif n'avait pu occuper un poste important dans les affaires étrangères, l'armée et l'administration.

Martin Steiner en était convaincu, l'assassinat de Walter Rathenau allait relancer les attaques antisémites. C'était toujours la même histoire : les juifs étaient des citoyens du Reich, mais non

1. « Hop, hop, juif, crève ! »

des membres du *Volk*[1] allemand. Des théoriciens comme Adolf Stoecker dénonçaient la domination des juifs sur la presse et la finance. Il ne fallait pas chercher plus loin les responsables des malheurs de l'Allemagne. Les juifs, toujours les juifs !

Instruit par l'histoire de son peuple, Martin avait tenté de se persuader que sa fortune et sa situation sociale préserveraient les siens. A présent, il en doutait. Il ne se sentait pas le droit, cependant, d'exprimer ses craintes à voix haute.

Le mariage de Philippa occupait tous les esprits. Dans deux semaines, sa fille unique épouserait Thaddée Levine, un universitaire rencontré sur un court de tennis.

Tous deux étaient tombés amoureux au premier regard. « Un vrai coup de foudre », avait raconté Philippa à sa mère. Leur fille avait très vite présenté Thaddée Levine à ses parents en annonçant : « Je me marierai avec lui, et avec personne d'autre. » Philippa, pour la première fois de sa vie, avait énoncé clairement sa volonté. Son père et sa mère en étaient restés stupéfaits. Et, tout naturellement, avaient accepté l'idée du mariage.

Thaddée Levine était d'ailleurs un jeune homme agréable. Grand, brun, des yeux noisette à demi dissimulés derrière des lunettes à monture d'écaille, le professeur Levine avait déjà une certaine réputation à l'Université technique de Berlin où il ensei-

1. « Peuple ».

gnait la physique et la chimie. Rêveur, il était plutôt distrait, ce qui amusait fort sa famille et ses amis. Cependant, lui aussi avait su, dès le premier jour, que Philippa était la femme de sa vie. Plus âgé que la jeune fille de cinq ans, il avait eu quelques aventures, sans que le cœur soit jamais impliqué. Avec Philippa, c'était différent. Il rêvait de passer toute son existence à ses côtés, comme de lui faire plusieurs enfants. Il l'aimait.

Philippa et Thaddée se marièrent au début de l'été.

Le temps, superbe, permit aux parents de la mariée de dresser des tables dans leur jardin. Sur une photographie, Philippa et Thaddée, enlacés sous le grand chêne, souriaient à la vie, à l'avenir. Pour la première fois, Philippa avait le sentiment d'être belle, peut-être parce que le regard de Thaddée était empreint d'amour et d'admiration.

La réflexion de sa tante Augusta, « Philippa, ma chère, dans tout ce blanc, tu ressembles à une mouche tombée dans une jarre de lait ! » ne la blessa même pas.

Elle flottait, heureuse.

Walther la serra contre lui avant qu'elle ne s'éclipse avec Thaddée. « Je te souhaite tout le bonheur du monde, sœurette », lui dit-il tendrement.

Il avait changé depuis la naissance de David, son fils. Il paraissait encore plus sérieux, plus responsable. A ses côtés, Ruth évoquait toujours un ravissant papillon. Sa robe en mousseline bleu et vert, plus courte, comme le voulait la mode parisienne, attirait les regards masculins sur ses jambes fines et sa silhouette voluptueuse.

« Une belle femme », disait-on de Ruth, avant d'ajouter : « Elle a du chien. »

On ne parlerait jamais ainsi de Philippa, qui avait plus de classe que de charme provocant, mais, ce jour-là, cela n'avait plus vraiment d'importance.

Au bras de Thaddée, elle se sentait bien. Heureuse.

Il avait tenu à lui réserver une surprise pour leur voyage de noces. Il l'emmenait dans le nord-est de l'Allemagne, où il lui fit découvrir le château de Schwerin et Wismar, l'une des plus belles villes de la Ligue hanséatique.

L'été, cette année-là, fut particulièrement chaud et agréable.

Philippa apprécia le plaisir de la baignade dans la Baltique. Au soleil, Thaddée et elle apprenaient à mieux se connaître, s'amusaient et s'aimaient. Ils étaient heureux.

Lorsqu'ils rentrèrent à Berlin à la fin du mois d'août, bronzés, rayonnants, ils s'installèrent dans l'appartement de Thaddée, situé Winterfeldtplatz. Philippa dut essuyer les remarques de sa mère, qui trouvait le logement trop petit, dans un quartier trop populaire. Elle en riait avec Thaddée. Cela leur était tout à fait égal à partir du moment où Thaddée avait assez de place pour préparer ses cours, corriger ses copies, où ils pouvaient recevoir leurs amis autour d'un excellent café et se blottir tous deux sur le sofa, en écoutant la radio.

Ils se retrouvaient aussi souvent au Romanisches Café, situé Kurfürstendamm. Philippa, passionnée de littérature, appréciait les discussions sans fin, les échanges d'idées. Elle avait l'impression de vivre, enfin ! Sa famille, sans s'y opposer, n'avait pas vraiment compris son choix. N'aurait-elle pas pu prétendre à de meilleurs partis, plus fortunés ? Après tout, Thaddée Levine, même s'il était brillant, n'était qu'un simple professeur d'université...

Elle avait balayé d'un revers de main les objections de son père.

« C'est Thaddée que j'aime, père. Je l'épouserai, lui, et personne d'autre. »

Martin avait fini par s'incliner. Ses deux enfants avaient fait des mariages d'amour, comme Renate et lui avant eux. Après tout, c'était dans l'ordre des choses...

Même s'il aurait préféré voir sa fille convoler avec un chef d'entreprise, ou un avocat.

De toute manière, l'évolution de la situation en Allemagne le préoccupait assez pour qu'il se résigne au mariage de sa fille. Comme il l'avait redouté, l'assassinat de Rathenau avait été suivi de toute une campagne antisémite.

Les articles fielleux fleurissaient dans les journaux, on rappelait que Rathenau constituait l'un des pires exemples de la « République enjuivée ».

Durant l'été, les profanations de cimetières juifs s'étaient multipliées.

Cette atmosphère délétère donnait la nausée à Martin.

Il avait peur, aussi. Même si Renate lui répétait qu'il ne pouvait rien leur arriver.

N'étaient-ils pas allemands ?

Lui, avec cette prescience qui lui avait sauvé la vie à plusieurs reprises, sentait monter la haine.

4

Berlin, 1933

Un ciel bas, annonciateur de neige, pesait sur Berlin, en harmonie avec les idées noires de Walther. Même s'il avait tenté de se rassurer au cours des dernières années, l'assassinat du ministre Rathenau, en 1922, avait sonné le glas de ses espérances pacifistes. Il n'y avait pas de place pour les juifs en Allemagne, et l'on ne se gênait pas, en haut lieu, pour le leur faire savoir.

Le 30 janvier, Adolf Hitler avait été nommé chancelier par le président Hindenburg et, depuis ce sombre jour, Walther avait la certitude que l'auteur de *Mein Kampf* mènerait le pays à la catastrophe.

Pourquoi, gémissait Ruth, les nazis avaient-ils fait des juifs leurs boucs émissaires ?

« Il en est ainsi depuis l'ère chrétienne, lui répondait son beau-père. Les catholiques nous accusent d'avoir assassiné le Christ. Et ils ne nous le pardonneront jamais ! »

Martin connaissait par cœur l'histoire du peuple juif et des persécutions subies. Déjà, au Moyen Age, quand la peste noire avait tué plus de la moitié de la population européenne, on avait prétendu que les juifs avaient empoisonné les puits… Par la suite, ils avaient été accusés de tous les crimes.

Walther avait beau raisonner de façon cartésienne, il ne comprenait pas. Comment des personnes qu'il croyait ouvertes et tolérantes pouvaient-elles lui tourner le dos au prétexte qu'ils n'avaient pas la même religion ?

C'était… ridicule et grotesque !

Pourtant, au fil des semaines, une atmosphère nauséabonde empoisonnait Berlin. Dissolution du Parlement dès le 1er février, limitation de la liberté de la presse le 4, incendie du Reichstag le 27, abrogation des droits fondamentaux le 28…

Accusés d'être responsables de l'incendie du Reichstag, les communistes avaient été arrêtés. Le 5 mars, les élections parlementaires avaient donné une victoire écrasante aux nazis. Quoi d'étonnant à cela puisque le scrutin s'était déroulé dans une atmosphère de terreur ? En tout cas, désormais, Hitler et ses sbires avaient pratiquement tous les pouvoirs. La journée de Potsdam, suivie deux jours plus tard, le 23 mars, par l'adoption de la loi des pleins pouvoirs, avait anéanti le médecin.

Le soir même, il s'était rendu chez ses parents, et tous trois avaient tenu une réunion de crise. Il n'avait pas voulu partager ses soucis avec Ruth et les enfants. Si David, leur aîné, à douze ans, s'intéressait à la politique, Sarah, âgée de huit ans, était beaucoup trop petite. De plus, Ruth refusait de voir la réalité en face. Elle s'obstinait à répéter que la situation allait finir par s'apaiser.

Il y avait plus de cinq millions de juifs en Allemagne… Hitler n'allait pas se priver de leurs services ! Elle suivait en cela l'opinion de ses parents, qui professaient un optimisme obstiné. Walther avait renoncé à la convaincre. Au cours des dernières années, Ruth et lui s'étaient éloignés. Il aurait aimé que son épouse s'intéresse plus à son métier ou aux arts, mais Ruth se souciait surtout de ses toilettes, de l'entretien de sa silhouette grâce à une pratique intensive du tennis et de la fréquentation de personnes en vue.

« Il est important d'introduire notre fille dans la bonne société », martelait-elle.

Sans même remarquer que cette fameuse bonne société commençait à se fissurer et risquait fort de leur tourner le dos.

Quoi qu'elle fît, elle portait un nom juif, son époux et ses enfants étaient juifs, tout comme elle, et ce même si ses propres parents envisageaient de plus en plus de se convertir au protestantisme. Un projet qui révoltait Walther.

Il releva le col de son manteau et pressa le pas pour se rendre à la demeure paternelle. Il la considérait toujours comme « sa maison », comme si lui-même ne s'en était pas tout à fait affranchi. Pourtant, malgré la crise, Walther était un médecin qui avait réussi. Son empathie, son attention aux autres, sa force de travail avaient fait de lui un praticien renommé. Ruth appréciait le fait d'habiter dans le quartier résidentiel de Charlottenburg tout comme celui d'avoir une cuisinière et une femme de ménage. Ils avaient réussi... et Philippa comme Thaddée ne pouvaient « rivaliser » avec eux.

Le jour où elle avait employé cette expression en sa présence, Walther s'était fâché. Il avait ces idées de grandeur en horreur. De plus, Dieu merci, Philippa et Thaddée ne s'abaissaient pas à ce genre de compétition ! Ils vivaient dans leur monde d'universitaires et n'avaient jamais cherché à posséder de beaux meubles ou à fréquenter des soirées « courues ». Ulcérée, Ruth n'avait pas pardonné à son mari de prendre ainsi la défense de sa sœur.

Le cœur lourd, Walther songea que leur couple se délitait. S'il était toujours sensible à la beauté de sa femme, il supportait de moins en moins bien les aspérités de son caractère. Ruth participait peu aux fêtes familiales et ne cherchait pas à dissimuler son dédain vis-à-vis de Philippa. Les deux belles-sœurs étaient certes différentes mais Walther éprouvait toujours beaucoup de tendresse et d'admiration pour sa jeune sœur qui avait eu des jumeaux, Ralf et Greta, nés en 1929 après trois fausses couches particulièrement éprouvantes.

Walther n'aimait pas la femme méprisante que Ruth était devenue, et ne trouvait pas le moyen de le lui dire. De toute manière, après sa seconde grossesse qu'elle avait fort mal acceptée, elle avait décidé d'imposer la méthode Ogino, qui réduisait de façon importante les nuits durant lesquelles elle lui ouvrait son lit. Walther lui avait proposé de pratiquer la méthode du retrait, ou encore de recourir au préservatif, mais Ruth avait refusé. Elle n'avait pas confiance, un accident était si vite arrivé. Elle ne voulait plus d'enfants.

Sa détermination avait profondément choqué et blessé Walther, d'autant plus que ses deux grossesses et ses deux accouchements s'étaient déroulés de façon tout à fait satisfaisante.

Il pressa le pas. Quelques flocons se mirent à tourbillonner dans l'air. Il aurait pu prendre sa voiture, une Horch 450 limousine découvrable, pour se rendre chez ses parents mais il avait préféré marcher, pour se détendre. Le monde qui l'entourait lui paraissait hostile. Il était découragé, proche de la nausée. Il se rappelait la maison de ses parents, autrefois. Une lampe extérieure faisait reculer les ombres de la nuit. Or, celle-ci avait disparu. A moins qu'elle ne fût éteinte ? Il poussa le portail, remonta l'allée et frappa à la porte d'entrée. Hilde, la vieille servante, vint lui ouvrir.

— Rentrez vite, lui dit-elle, le vent est frisquet.

Une douce chaleur régnait dans le salon, entretenue par le poêle en faïence colorée. Il reconnut avec une pointe d'émotion le décor familier, les meubles de style Biedermeier en bois fruitier, les tentures de velours vert bronze. Sa mère était assise, une broderie à la main. Il se pencha, embrassa la joue poudrée qui fleurait bon *Après l'ondée* de Guerlain, un parfum indissociable de Renate. Elle lui effleura les cheveux d'un geste à la fois familier et tendre, et l'émotion lui noua la gorge.

Son père lisait le journal, assis à son bureau, dos à la fenêtre. Il se leva et vint donner l'accolade à Walther.

— Nous sommes heureux de te voir, mon fils ! Tu soupes avec nous, bien sûr.

Ce n'était pas une question, presque un ordre. Walther esquissa un sourire.

— Avec plaisir, père.

— Hilde t'a préparé son canard rôti, lui glissa sa mère. Ainsi que du savarin. Tu aimes toujours le savarin ?

Il hocha la tête. Chez lui, Ruth bannissait tout dessert, afin de préserver sa ligne. Il lui arrivait souvent, le samedi après-midi, d'emmener ses enfants dans un salon de thé et de leur offrir les fameux beignets berlinois, dont tous trois étaient gourmands.

Il s'assit aux côtés de sa mère, tendit les mains vers le poêle. Il avait besoin de se réchauffer le cœur.

Durant le repas, il fit honneur à la soupe de betterave rouge, au canard rôti servi avec de petites pommes de terre et du chou de printemps, au fromage français et au savarin, tout en passant en revue l'actualité avec ses parents. Il appréciait le fait de pouvoir livrer le fond de sa pensée sans craindre les railleries de son épouse. Pour elle, en effet, Walther était atteint du syndrome du juif bouc émissaire.

« Hitler et ses hommes ne veulent que le bien de l'Allemagne », répétait-elle.

Martin Steiner reposa sa tasse vide sur la nappe immaculée.

— Nous sommes de nouveau le peuple à abattre, c'est indéniable, laissa-t-il tomber.

Walther remarqua que son père paraissait avoir vieilli. A soixante-trois ans, il portait encore beau, mais son corps s'était empâté, ses cheveux avaient blanchi.

— On a ouvert hier le premier camp de concentration à Dachau, au nord-ouest de Munich, reprit-il. Himmler, notre chef de la police, a pris la peine de l'annoncer lui-même. Ce camp a pour vocation d'interner des opposants politiques. C'est plutôt révélateur de la restriction des libertés dans notre pays !

Martin Steiner abattit son poing sur la table.

— C'est toujours la même histoire. Je ne donne pas un an à ces maudits nazis pour qu'ils nous accusent, nous, les juifs, de tous les crimes de la terre !

— Tu crois vraiment ? s'alarma son épouse.

Elle jeta un regard effrayé par-dessus son épaule. Walther se pencha vers elle et lui baisa la main.

— Ne vous inquiétez pas, maman, lui recommanda-t-il.

Martin soupira.

— Il est inutile de trembler. J'ai pris contact avec nos cousins Berthold. Ils vivent en France où ils se sont installés en 1926. Et ils y sont heureux.

Walther ne chercha pas à dissimuler sa surprise.

— Vous envisageriez de vous exiler, père ? J'ai de la peine à l'imaginer.

Renate lui jeta un regard perdu.

— Quitter notre maison, mes enfants et mes petits-enfants... Je ne pourrai m'y résoudre !

— Il le faudra bien, pourtant, si la situation s'aggrave encore ! la coupa son époux.

Walther se sentait perdre pied.

— C'est ce que vous vouliez m'annoncer, père ? Votre décision est presque arrêtée ?

Martin hocha la tête avec lassitude. L'espace d'un instant, Walther eut l'impression de se retrouver face à un vieillard. Déjà, son père rectifiait la position, se redressait.

— J'espère me tromper, Walther. De toute manière, si nous quittons Berlin, nous achèterons, ta mère et moi, des terres en France. Il y aura toujours de la place pour ta famille et celle de Philippa.

— Qu'en pense Phili ?

— Je ne lui en ai pas encore parlé. Mais Thaddée et elle refusent de regarder la réalité en face. Ils estiment être à leur place à Berlin.

— Ruth le pense aussi, glissa Walther.

Son père leva les yeux au ciel.

— Ruth... Une belle femme, certes, mais bien peu de jugeote. Je me suis laissé dire qu'elle sortait beaucoup, ces derniers temps.

— Elle ressent le besoin de se distraire. Moi, je suis un véritable bonnet de nuit. D'ailleurs, il est déjà tard, je vais rentrer. Merci pour cet excellent dîner.

Il embrassa ses parents, et sortit.

Renate resserra autour d'elle les pans de son châle.

— Martin… ne penses-tu pas que tu dramatises un peu ? Notre pauvre Walther était plus pâle qu'un linge.

— Il serait temps que nos enfants se décident à regarder la réalité en face, laissa-t-il tomber froidement.

Il pressentait, mieux, il savait, qu'ils marchaient vers l'abîme.

Là où l'on brûle les livres,
on finit par brûler les hommes.

Heinrich HEINE

5

Berlin, 10 mai 1933

Fin avril, Walther, atterré, avait assisté à la collecte des « écrits à détruire ».

Partout, des étudiants zélés « nettoyaient » leurs bibliothèques comme celles de leurs proches de tous les ouvrages « nuisibles ». Par nuisibles, on entendait « ceux qui méritaient d'être brûlés », en référence à un autodafé de livres qui avait eu lieu durant la première fête de la Wartburg en 1817.

Ensuite, la gazette des professionnels du livre allemands, la *Börsenblatt für den Deutschen Buchhandel*, diffusa dès la fin avril la liste des ouvrages mis à l'index. On fit même signer aux responsables des bibliothèques de prêt une déclaration lapidaire :

Je m'engage par la présente à retirer de ma bibliothèque tous les ouvrages inscrits sur la « liste noire » et à ne plus les prêter. J'ai été averti que le prêt de ces ouvrages est désormais punissable par la loi.

Lottie, une amie d'enfance, bibliothécaire de son état, venait de démissionner. Il lui était impossible en effet de signer cette déclaration. N'avait-elle pas fait découvrir à Walther les ouvrages d'Erich Maria Remarque et de Thomas Mann ?

Effrayée par la montée du nazisme et l'évolution de la société, elle envisageait de s'exiler en France. De plus en plus souvent, il s'arrêtait chez elle dans la journée, le temps de boire un café, ou bien ils se retrouvaient en ville, Unter den Linden, autour d'un *Pfannkuchen*[1] et d'un chocolat chaud, le temps d'échanger quelques impressions au sujet de la situation du pays et des livres, leur passion commune. Walther appréciait ces pauses dans un quotidien sombre et angoissant.

Lottie l'avait tenu informé de l'autodafé. « Ce sont des barbares », avait-elle ajouté.

Ce soir-là, de retour chez lui, il avait tenté d'aborder ce sujet avec son épouse. Mais Ruth se moquait bien du sort des livres. La boutique de sa couturière était fermée. Cette femme stupide, comme elle disait, avait été terrorisée par le boycott des magasins juifs, survenu le 1er avril, et avait fui Berlin.

Toute cette histoire était grotesque, estimait Ruth. Il s'agissait simplement de quelques mesures d'intimidation, pour faire comprendre aux juifs que le pouvoir serait inflexible, mais cela finirait par se tasser. Les nazis désiraient simplement « remettre le pays au pas ». Walther ne supportait plus d'entendre cette formule. On la répétait à longueur

1. « Beignet ».

de journée, pour mieux minimiser les exactions commises.

Ruth prenait tout à la légère, comme s'ils n'avaient pas été concernés. Ses parents avaient franchi le Rubicon et s'étaient convertis au protestantisme. Lorsqu'ils l'avaient appris, les Steiner n'avaient pu cacher leur stupéfaction.

« Un peuple qui se renie est déjà condamné », avait déclaré Martin Steiner d'une voix affligée. Il pressait son fils de prendre une décision et organisait leur départ d'Allemagne. En l'entendant échafauder des projets, Walther se sentait dépassé. Philippa se refusait à quitter Berlin.

« C'est notre ville, notre pays, on ne peut pas nous chasser », répétait-elle.

Malgré ses origines, Thaddée, son mari, n'avait pas été inquiété à son université. Ses étudiants l'admiraient tant qu'ils refusaient d'accorder foi à l'idée que le professeur Levine était peut-être d'origine juive. Dans ces conditions, pourquoi auraient-ils quitté leur pays ? Comme Ruth, ils estimaient que la situation finirait par s'arranger.

Walther serait certainement resté dans l'indécision si les événements ne s'étaient pas précipités.

Le 9 mai, la nouvelle s'était répandue. Le lendemain, le nouveau régime organisait un gigantesque autodafé, devant l'Opéra. Walther avait alors décidé de s'y rendre, en compagnie de son fils. Ils devaient aller jusqu'au bout de l'infâmie.

Une pluie fine, insistante, tombait sur Berlin ce soir-là. Walther et David, à l'abri sous leur ciré, suivirent la marche aux flambeaux formée sur la place Hegel le long de l'île aux Musées jusqu'à la rue Oranienburg.

Ils aperçurent des camions et des charrettes chargés de livres à ras bord.

La pluie redoubla d'intensité quand le cortège se dirigea vers le Reichstag, derrière la fanfare des SA[1]. Au fur et à mesure qu'ils progressaient vers la porte de Brandebourg, les rangs des marcheurs se renforçaient. Des orchestres jouaient des airs patriotiques. Le cortège franchit la porte de Brandebourg, remonta l'avenue Unter den Linden jusqu'à la place de l'Opéra. Les projecteurs des équipes venues filmer les actualités conféraient un aspect fantasmagorique à la scène. Walther posa la main sur l'épaule de son aîné.

— N'oublie jamais ce à quoi tu vas assister, mon fils, lui dit-il d'une voix assourdie.

Jusqu'au dernier instant, il avait pensé qu'ils n'oseraient pas aller jusqu'au bout. C'était impossible ! Ils n'allaient pas brûler tous ces livres...

Pourtant, alors que la pluie tombait toujours, David et son père virent des pompiers arroser les livres d'essence. Le dirigeant syndical étudiant lança d'une voix forte :

1. Abréviation de « *Sturmabteilung* », ou « section d'assaut », organisation paramilitaire du parti nazi.

— Nous avons mené notre offensive contre l'esprit non allemand. Je jette au bûcher tout ce qui ne respecte pas l'esprit allemand !

Un frisson courut le long du dos de Walther.

Plusieurs représentants des associations étudiantes lancèrent des livres dans le brasier. La foule présente – plusieurs dizaines de milliers de personnes – acclama leur geste à tue-tête tandis que les ouvrages des camions étaient à leur tour jetés dans les flammes.

David frémit.

— Papa, c'est atroce, souffla-t-il.

A douze ans, il mesurait le caractère horrible de l'autodafé.

— Heine, Kästner, Freud, Tucholsky et tant d'autres…, murmura Walther, accablé.

Plus rien ne serait pareil, désormais.

Les larmes se mirent à couler sur ses joues tandis que Joseph Goebbels, ministre de la Propagande, prononçait un discours destiné à galvaniser l'ardeur des troupes.

« C'est la pluie, se dit-il. Seulement la pluie. »

6

Berlin, 1933

D'habitude, Hannah aimait tout particulièrement l'automne pour son charme mélancolique, mais, cette année-là, c'était différent. Rien n'était pareil, d'ailleurs, à commencer par l'atmosphère régnant à Berlin.

Il s'agissait de sa ville, celle où elle était née, où elle avait grandi. Elève au lycée, elle était brillante en littérature, en français et en anglais.

La poésie la passionnait. Depuis l'enfance, elle baignait dans un milieu intellectuel où l'on vénérait Stefan Zweig, Goethe et Rilke.

Professeur, son père, Peter Ritter, enseignait la littérature. Sa mère, Lisa, traduisait en allemand des romans anglo-saxons et travaillait pour un journal.

Ils avaient été heureux dans leur maison à deux niveaux, située dans le quartier résidentiel de Schlossstrasse. De sa chambre, blottie sous les toits, Hannah avait vue sur leur minuscule jardin et sur celui, plus vaste, des Steiner, et leur tilleul. De retour du lycée, elle buvait un verre de lait, croquait deux carrés de chocolat et se glissait sous le tilleul des Steiner. C'était son refuge, là où elle aimait à lire, en attendant David.

David et elle étaient amis depuis toujours. Ils avaient grandi ensemble. Hannah était sa cadette d'un an. Tous deux se passionnaient pour les livres et échangeaient leurs coups de cœur. La bibliothèque des Ritter paraissait inépuisable à David, qui disposait de moins d'ouvrages chez lui.

Il appréciait la maison chaleureuse des Ritter, qui sentait bon les gâteaux à la cannelle et les tartes aux pommes. Chez lui, il avait souvent l'impression que personne ne l'attendait. Sa mère était le plus souvent absente, et Sarah restait à l'étude de son école.

A douze ans, David se sentait tiraillé entre ses rêves d'adolescent et la réalité de son jeune âge. Bon élève, il était aussi rêveur et idéaliste. Cependant, le sinistre autodafé de mai l'avait profondément marqué. Choqué, révolté, David avait bombardé son père et son grand-père de questions avant de chercher des réponses dans les livres.

« Le mal par le mal », avait-il pensé.

Hannah et lui en avaient beaucoup discuté. L'adolescente était mûre et, chez elle, ses parents l'avaient toujours fait participer à leurs échanges. Les Ritter fréquentaient le même groupe d'amis que Thaddée et Philippa Levine. Ils avaient pour habitude l'été de partir au bord de la mer. Ils nageaient, faisaient du vélo le long de la côte, tout en continuant de refaire le monde. L'été dernier, David avait été autorisé à accompagner son oncle et sa tante et avait ainsi pu passer un mois merveilleux tout près d'Hannah. Les randonnées, les soirées en plein air autour d'un feu de camp, les courses dans la Baltique toujours trop froide au goût d'Hannah les avaient encore plus soudés.

Cependant, à la rentrée, la réalité les avait rattrapés. Partout, ils se cognaient aux sinistres chemises brunes qui faisaient régner la terreur. David pestait, et se querellait avec sa mère, qui l'incitait à faire profil bas. Ruth avait beaucoup changé. Elle fréquentait d'autres jeunes femmes qui pratiquaient la natation et le tennis, ou se réunissaient l'après-midi pour réfléchir au meilleur moyen de servir le parti. Elle avait abjuré sa foi et s'affirmait désormais athée. Sous le choc, Walther n'avait pu trouver les mots pour la convaincre de renoncer à cette idée. Le fossé entre les deux époux s'était agrandi. Ruth reprochait à Walther de s'obstiner à demeurer fidèle à la foi et aux traditions ancestrales. Lui, de son côté, ne parvenait pas à admettre qu'elle ait changé à ce point.

A moins..., lui soufflait une petite voix intérieure, qu'il se soit lourdement trompé à son sujet.

A cette idée, l'abattement le submergeait. Avait-il bâti leur famille sur du sable ?

Il rentrait de plus en plus tard, s'abrutissant de travail, et passait au moins deux fois par semaine voir ses parents.

Martin Steiner agissait, planifiait son projet. Renate et lui avaient arrêté leur décision. Ils partaient pour la France avant la fin de l'année.

« Ne tergiverse pas trop, recommandait Martin à son fils. Et, de grâce, ne te confie pas à ta femme ! Elle est totalement inféodée aux nazis. »

Son père disait vrai, Walther le savait, même si ce constat lui déchirait le cœur. Il avait aimé Ruth, peut-être l'aimait-il encore, même si elle l'avait profondément déçu.

Philippa et Thaddée, pour leur part, refusaient de s'exiler. Les nazis se calmeraient, affirmaient-ils, ils cherchaient seulement à s'imposer.

Leur position exaspérait Martin qui critiquait avec force leur aveuglement. Walther avait essayé lui aussi de convaincre sa sœur, en vain.

Il se renseigna à propos de la région choisie par ses parents au début de l'automne, alors que les arbres commençaient à changer de couleur.

Leurs cousins Elsie et Moshe Berthold s'étaient établis dans le sud de la Drôme en 1920. Ils y avaient acheté des terres et vantaient une sorte de pays de Cocagne où tout poussait facilement. Même s'il faisait la part des choses – avait-on jamais vu quiconque critiquer son choix a posteriori –, Walther était de plus en plus tenté.

Il pourrait s'installer comme médecin dans la sous-préfecture de Nyons. La petite ville était accueillante pour les étrangers.

Il fit part de son projet à Ruth alors qu'elle revenait – fort tard – de l'une de ses réunions. Sa femme avait décidément bien changé, se dit-il. Elle avait éclairci ses cheveux naturellement blond cendré, portait un tailleur coûteux, des escarpins en daim.

Elle afficha un air ennuyé en l'écoutant, tout en buvant un verre de porto.

— Quelle idée stupide ! laissa-t-elle tomber.

Elle étouffa un bâillement.

— Walther, je suis épuisée, nous pourrons rediscuter de tout cela un autre jour, non ?

Il savait que c'était une fin de non-recevoir. Ruth n'avait pas l'intention de quitter l'Allemagne nazie.

Ils se heurtèrent à ce sujet à plusieurs reprises, jusqu'à ce qu'elle lui assène sa décision. Elle allait demander le divorce.

Ce jour-là, Walther comprit qu'il ne l'aimait plus. Et qu'il partirait sans elle.

— Je reste à Berlin.

Tête fièrement dressée, David soutint le regard de son père.

— Je comprends que tu désires partir, reprit-il, et Sarah aussi, mais moi, je ne me sens pas prêt. Cette année est déterminante, j'ai de bons profs, et puis…

— Et puis tu n'as pas envie d'être éloigné d'Hannah, acheva Walther à sa place.

Philippa lui en avait parlé. « Hannah et David sont inséparables, lui avait-elle fait remarquer. Les amours adolescentes sont parfois durables. »

Pour sa part, Walther ne souhaitait plus entendre parler d'amour. Il résolut de ne pas braquer son fils.

— Réfléchissons, déclara-t-il posément. Tes grands-parents choisissent eux aussi de s'exiler. Ta mère va mener sa vie de son côté. Que proposes-tu, si tu préfères ne pas nous accompagner, Sarah et moi ?

Le visage de David s'éclaira. Il entrevoyait l'espoir d'un arrangement.

— Tante Philippa et oncle Thaddée sont d'accord pour me garder, jeta-t-il très vite. Tu sais que chez eux je travaillerai. Et puis, je pourrai venir te retrouver pendant les vacances. En train, ce ne doit pas être trop long.

— C'est une solution, répondit prudemment Walther. J'en discuterai avec Philippa et Thaddée.

Il se sentait dépassé et l'idée de laisser son fils à Berlin ne lui souriait guère. Cependant, s'il s'agissait de permettre une évolution en douceur de leur famille… Il aurait aimé pouvoir en parler avec Ruth, tout en sachant que c'était inutile. De toute manière, elle lui avait dit crûment qu'elle ne désirait pas s'encombrer des enfants. Il avait appris par la rumeur que Ruth fréquentait un haut dignitaire du parti. L'idée que cet homme puisse côtoyer ses enfants lui était intolérable.

— Promets-moi, reprit Walther, de nous rejoindre, Sarah et moi, si la situation devient critique à Berlin.

David soutint son regard. Grand pour son âge, il avait belle allure avec ses cheveux d'un blond chaud et ses yeux clairs.

« Il pourrait facilement passer pour un Aryen », se dit Walther, le cœur serré.

Cependant, il n'avait pas encore arrêté sa décision.

7

Drôme, 1934

Comme chaque matin, en ouvrant les volets verts, Martin Steiner éprouva une sensation de paix profonde qui l'émut.

Il avait ressenti un coup de cœur pour cette vieille bâtisse, solidement implantée dans les Baronnies provençales, et éprouvé l'impression qu'elle les attendait. Une douce lumière baignait les Préalpes. « La lumière de février, peut-être la plus belle », lui avait confié Maurice.

Certaines affinités étaient inexplicables. Charles Belmont, qui avait vendu les Gipières aux Steiner, leur avait dit en riant que Maurice faisait partie de la maison.

Les deux hommes avaient échangé un seul regard et esquissé un sourire.

Maurice, quarante ans, petit, râblé, avait tendu la main à Martin, soixante-quatre ans, grand et bien bâti. « Topons là, patron ! » avait-il déclaré.

Leur amitié s'était nouée ce jour-là. Maurice constituait un soutien précieux pour la famille Steiner. Grâce à lui, ils s'étaient vite intégrés à ce village – presque un hameau – des Baronnies provençales, où l'on cultivait des oliviers et des arbres fruitiers.

Leurs cousins habitaient Aubres, à une quinzaine de kilomètres. Elsie et Moshe les avaient accueillis avec une joie teintée de nostalgie. Comment les événements avaient-ils pu évoluer aussi vite ?

Avant de se lancer dans l'élevage de moutons et de chèvres, Martin était tout de suite tombé sous le charme du paysage, empreint de beauté et de sérénité. Face à la demeure en pierre, flanquée d'une tour carrée, qui s'accrochait à une avancée de la montagne, s'offrait un panorama de restanques ensoleillées dominant l'Ennuye. Le site ne ressemblait en rien à Grunewald et cette différence même avait séduit Martin. Un gros tilleul ombrageait une terrasse où Renate avait installé un banc et une table de jardin.

Elle rejoignit son époux sur le seuil des Gipières.

— Belle journée, n'est-ce pas, Martin ? glissa-t-elle en se blottissant contre lui.

C'était certainement pour cette raison qu'ils avaient réussi à s'exiler sans trop d'états d'âme, pensa-t-elle. Parce qu'ils étaient restés des amants.

Après avoir éprouvé une certaine crainte, Renate avait décidé de partir sans plus se poser de questions. Elle regrettait seulement d'avoir laissé derrière elle Philippa, Thaddée, David, Ralf et Greta. Grâce à Dieu, Philippa et Thaddée étaient de bons épistoliers et leur écrivaient à intervalles réguliers. Selon eux, la situation ne s'était pas aggravée à Berlin au cours des derniers mois. Leur installation en France n'empêchait pas les Steiner de suivre l'actualité de leur pays d'origine. Martin s'était abonné à son quotidien berlinois. De son côté, Walther recevait ses publications médicales. Il avait été ulcéré de ne pouvoir exercer la médecine. En effet, la loi française était particulièrement stricte sur ce point à l'égard des étrangers. Découragé, profondément déprimé, il avait d'abord travaillé aux Gipières avec son père et cherchait une solution. Il n'avait pas la vocation agricole, et ne l'avait jamais caché. La crise économique avait incité les Français à observer une certaine défiance vis-à-vis des étrangers. Pouvait-on aller jusqu'à parler de xénophobie ? Pas vraiment, car ils avaient été bien accueillis au village, mais Walther, de nature anxieuse, continuait de s'interroger quant à ses choix. Heureusement, Sarah s'était intégrée sans réel problème à l'école et se débrouillait de mieux en mieux en français. Sa grand-mère l'aidait, elle qui parlait et lisait couramment la langue de Voltaire. Cependant, son frère et sa mère lui manquaient. Elle souffrait de ne pas avoir de nouvelles de Ruth, qui se comportait exactement comme s'ils n'avaient plus existé pour elle. Comment pouvait-elle agir ainsi ? se demandait Walther.

Qu'elle le gomme de son existence, lui, passe encore... mais les enfants ? L'attitude de son ex-femme le révoltait.

Il se détourna du paysage offert en réprimant un soupir. Les amandiers étaient en fleur, un cadeau des « sentinelles du printemps », disait Maurice. Le spectacle des arbres, ennuagés de fleurs blanches aux délicats reflets rosés, vous ensoleillait le cœur. Renate avait évoqué le tableau de Van Gogh, et Walther, ému, avait soudain mesuré combien sa mère avait influencé sa sensibilité artistique.

Walther enviait son père qui était parvenu à nouer très vite des liens avec les gens du cru. Lui, demeurait plus réservé, sur la défensive. Il comprenait mieux désormais les réticences de David. Celui-ci aurait dû être pensionnaire au collège de Nyons. Quel contraste ce serait avec l'enseignement reçu à Berlin !

Walther pressentait qu'il devrait s'installer dans la petite ville située au bord de l'Eygues. Là-bas, il trouverait plus facilement du travail. Son cousin Moshe lui avait expliqué que, pour le moment, la profession de commerçant n'était pas interdite aux réfugiés juifs. « Pour le moment »… cette précision l'avait fait tiquer. La loi risquait-elle d'évoluer ?

Certes, la France n'était pas l'Allemagne nazie mais Walther était devenu défiant.

Il se dirigea vers la chèvrerie, installée dans une dépendance en retrait.

Il était amusant de voir sa mère, au tempérament d'artiste, se passionner pour son élevage de chèvres, au point de devenir la « chevrière en chef », comme disait son père. La vingtaine de bêtes dont elle s'occupait – des Rove à la robe rousse – la reconnaissaient, et ne se laissaient traire que par elle. Renate fredonnait du Mozart pendant la traite, et affirmait avec un petit sourire que c'était le meilleur moyen de rassurer ses « capricieuses ».

« Je suis heureuse ici, lui avait-elle confié deux mois environ après leur arrivée. Je me sens en sécurité. »

Philippa et Thaddée désirant rester dans le quartier où ils avaient leurs amis, les Steiner avaient vendu leur maison de Grunewald avec leurs meubles. Philippa avait choisi de garder seulement le piano de sa mère.

Cela avait constitué un déchirement pour Renate, comme si elle avait dû effacer d'un coup toutes les années passées à Berlin, mais Martin avait su trouver les mots pour la convaincre de l'importance de quitter l'Allemagne.

Renate avait emporté ses livres préférés, ses partitions et ses albums de photos.

Toute une vie rassemblée dans une valise... Elle avait alors pensé avec émotion à sa grand-mère Rebecca, qui avait fui la Russie des pogroms en 1872 en emportant elle aussi ses livres et un peu de linge dans un baluchon.

Tant qu'elle avait Martin à ses côtés, elle ne songeait même pas à se plaindre.

8

Drôme, 1935

Chaque jeudi, le marché de Nyons constituait le rendez-vous incontournable de tout le pays. On y venait en jardinière, en voiture automobile (celles-ci étaient rares !) et même à pied. Walther chargeait la jardinière à laquelle il attelait Pirouette, la jument alezane, et descendait de la colline avant l'aube. Il avait vite pris goût à la tradition du marché.

Le jour était déjà levé lorsqu'il abordait les derniers virages avant Nyons. Il franchissait le pont Roman, une seule arche jetée sur l'Eygues, déchargeait ses cageots et allait remiser Pirouette dans l'une des écuries prévues à cet effet.

Il s'installait alors sur la place des Arcades, qui avait un air d'Italie, où il vendait les fromages de sa mère comme les abricots de son père. Il appréciait le cadre de la place, son côté méridional, la chaleur et la convivialité du marché. On s'y retrouvait pour échanger les dernières nouvelles, commenter l'actualité, parler du temps.

Walther avait pour voisins un couple d'une quarantaine d'années qui vendait du miel, du nougat et des fruits de saison.

Quand le temps fut venu de tout ranger, Lucette et Georges Vianey invitèrent Walther à les accompagner dans l'un des cafés situés sous les arcades. Tous trois firent honneur aux fougasses aux olives et à une omelette.

On parla, plus que d'habitude. Les Vianey étaient établis à Venterol, où ils possédaient des terres et des oliviers. On convint de s'y retrouver le dimanche suivant. Walther avait besoin de contacts, d'autant qu'il maîtrisait de mieux en mieux le français. Même s'il peinait à se l'avouer, il souffrait beaucoup de ne plus pouvoir exercer. Cependant, il savait qu'il devait se ressaisir et ne pas cultiver de regrets. A lui d'assumer son choix !

Avec lucidité, il faisait la part des choses : leur divorce, à Ruth et à lui, l'avait profondément affecté. Et, peut-être plus encore, la métamorphose de Ruth.

Dans ses lettres, Philippa lui avait raconté que son ex-épouse participait désormais aux raouts organisés par le pouvoir en place. Ruth ne donnait plus signe de vie, même à ses enfants. Exactement comme si David et Sarah n'existaient plus pour elle…

Walther ruminait sans cesse à ce sujet, se demandant quel événement avait provoqué ce brutal changement. A moins qu'il n'ait jamais vraiment connu la véritable Ruth ? Cette question l'obsédait. Il se rappelait les mises en garde de son père, à son retour de la guerre. Martin avait ouï dire que Ruth n'avait pas eu un comportement exemplaire pendant que Walther combattait, soignait, amputait, en première ligne. Lui n'avait pas désiré accorder foi à ces rumeurs. Il souhaitait tant épouser Ruth, le plus vite possible, pour tenter d'oublier les années terribles.

Pourquoi y songer de nouveau ? Ruth et lui étaient séparés depuis bientôt deux ans, ils ne se reverraient pas, et c'était certainement mieux ainsi.

Il reprit le fil de la conversation de Georges. Celui-ci évoquait ses arbres tendrement aimés.

— Nous avons plusieurs oliviers, aux Gipières, confia Walther, mais j'avoue ne rien y connaître.

— Je pourrai vous montrer comment les tailler.

— Vraiment ?

Les deux hommes échangèrent une solide poignée de main.

— Merci, reprit Walther. C'est bon de... – il chercha ses mots – de s'entraider.

— Ça se voit que tu es travailleur. On se tutoie, d'accord ? Tu te plais là-haut ?

— De toute manière, je n'avais pas le choix, répondit Walther. C'était impossible pour moi de rester en Allemagne.

— Tu es juif ?

Le médecin acquiesça d'un signe de tête.

— Nous avons eu de la chance de pouvoir partir sans réelles difficultés, mes parents, ma fille et moi. Mon fils est resté à Berlin pour ses études, ainsi que ma sœur et sa famille. C'est un souci constant.

— Je comprends, fit Georges.

Il avait combattu, lui aussi, durant la « der des ders » et, en temps normal, il n'aurait même pas cherché à discuter avec un « Boche ». Mais les temps avaient changé, et l'accession d'Hitler au pouvoir avait contraint à l'exil des milliers de juifs allemands. Georges éprouvait pour eux de la compassion.

— Pourquoi être venu dans le coin ?

— A cause de cousins installés à Aubres. Ils nous ont dit que nous pourrions acquérir des terres.

— Soyez les bienvenus, toi et les tiens. Je viendrai te montrer, pour tes oliviers. Promis.

Walther se sentait rasséréné en chargeant ses cageots vides dans la jardinière, au début de l'après-midi. Il avait bien vendu ses produits et le soutien des Vianey le réconfortait. Son cœur se serra, cependant, en passant devant la plaque d'un médecin apposée à côté d'une solide porte en bois. La douleur était là, presque aussi vive que celle de l'éclatement de son couple. Il ne pourrait plus jamais exercer.

Même si David lui manquait, Sarah appréciait sa nouvelle vie aux Gipières. D'abord, elle qui aimait les animaux avait autour d'elle des chèvres, des moutons et des poules. Son père lui avait permis de recueillir un chaton, tout noir avec un jabot et les extrémités des pattes blancs. Elle l'avait baptisé Arlequin, et il la suivait partout, jusque sur le chemin de l'école. Il s'arrêtait au croisement de la route principale comme s'il avait su que, décidément, l'école était trop éloignée pour lui, et elle le retrouvait au même endroit le soir à son retour. Les premiers temps, Arlequin lui avait permis de mieux supporter son changement de vie. Sarah, en effet, avait dû s'adapter à une foule de choses. La vie à la campagne, une langue différente, même si elle comprenait le français, l'absence de David, une école si éloignée de ce qu'elle avait connu à Berlin… Ils étaient une bonne vingtaine à fréquenter la classe de mademoiselle Séverine. Le premier jour, Sarah, paniquée, s'était rencognée contre le mur. Et puis, une fillette aux joues rondes et aux nattes rousses l'avait rejointe, et la peur l'avait quittée. Eliette avait son âge. Fille d'agriculteurs de Sainte-Jalle, elle avait deux frères aînés qui lui avaient appris à se défendre. A ses côtés, Sarah n'avait personne à craindre. Même pas le grand Lafont qui s'était amusé à la terroriser dès le premier jour en se moquant d'elle et en imitant son accent.

Cependant, Eliette ne pouvait rien contre la mélancolie qui submergeait parfois Sarah. Une simple chanson, entendue sur le poste de TSF, le souvenir des jours heureux… et Sarah avait envie de se glisser au fond de son lit, en rabattant le drap au-dessus de sa tête. Elle ne désirait pas se confier à son père, afin de ne pas accentuer son mal-être et sa tristesse. Et puis, il y avait grand-père et grand-mère, qui avaient toujours été là pour elle. Elle n'avait vraiment pas lieu de se plaindre. Elle se plaisait à la ferme.

Même si David lui manquait. De plus en plus.

9

Berlin, 1935

Cet été-là était beau, lumineux et, en temps normal, Hannah l'aurait savouré comme des dômes à la cerise et au gingembre, une délicieuse friandise dont elle raffolait. Mais, malgré les apparences, rien n'était pareil et Hannah ne supportait plus le sentiment d'impuissance qu'elle éprouvait. Ses parents ne parvenaient pas à dissimuler leur inquiétude. Son père rentrait tard de mystérieuses réunions et répondait de façon évasive à ses questions. Cela lui ressemblait si peu qu'Hannah en était perturbée et imaginait le pire. Heureusement, elle avait David à qui se confier.

A peine revenu de France, il s'était précipité chez elle pour lui raconter son séjour avec un enthousiasme contagieux. Heureux d'avoir retrouvé sa famille, il n'avait cependant pas renoncé à l'idée de poursuivre ses études à Berlin. Philippa et Thaddée refusaient toujours de s'exiler. David avait eu l'impression qu'une atmosphère lourde régnait sur la capitale. Il croisait de plus en plus de chemises brunes, qui se comportaient en terrain conquis. Ce spectacle lui donnait la nausée. Il lui semblait ne plus avoir sa place à Berlin, encore moins depuis son retour. Mais il n'avait pas la moindre envie de laisser Hannah.

Il n'imaginait pas la vie sans l'adolescente à ses côtés. Hannah et lui partageaient les mêmes goûts. Ils aimaient la poésie, Goethe et la Grèce antique.

Tous deux pouvaient passer des après-midi entiers à discuter de leurs livres préférés, des films qu'ils désiraient voir, de leurs rêves d'avenir.

Ils se marieraient, c'était pour eux une évidence. Ils s'aimaient. Même s'ils étaient trop jeunes, comme disaient les adultes.

David savait qu'Hannah était la personne la plus importante de sa vie. Il lui sourit.

— On va faire une balade à vélo jusqu'au Tiergarten ? J'aimerais profiter de nos derniers jours de vacances.

— Entendu. Je préviens juste ma mère.

Lisa Ritter travaillait dans son bureau, tout en haut de la maison. Elle leva la tête de ses feuillets en entendant arriver Hannah, essoufflée.

— Tu es rayonnante, ma chérie.

— Merci, maman. David est là. Je peux l'accompagner à vélo au Tiergarten ?

— Bien sûr. Il y aura des *Pfannkuchen* pour le dessert. Si David veut se joindre à nous.

— Il ne raterait tes beignets fourrés à la mousse de prune pour rien au monde ! Entre nous, je crois que Philippa n'est pas une cuisinière émérite.

— Elle a d'autres qualités, ma grande. Bonne promenade.

Hannah s'éclipsa après lui avoir envoyé un baiser du bout des doigts. Elle appréciait l'esprit de tolérance de ses parents. Chez les Ritter, on s'efforçait de ne pas porter de jugement sur autrui.

David avait déjà sorti sa bicyclette du garage.

— En route ! lança-t-il.

Ils pédalèrent à un rythme soutenu jusqu'au plus grand parc de Berlin, ancienne réserve de chasse des princes électeurs. Ensuite, après avoir adossé leurs vélos à deux troncs de chênes chevelus, ils marchèrent vers le Neuer See, un petit lac au charme romantique. Le lieu était paisible, les bruits de la ville, estompés.

— Comment as-tu trouvé ton père et Sarah ? s'enquit Hannah.

David haussa légèrement les épaules.

— C'est difficile à dire. Je pense que Sarah s'est bien adaptée à sa nouvelle vie. Mais père... Il ne peut plus exercer et le vit fort mal. Il va devoir trouver une solution car je l'imagine mal passant un nouvel hiver aux Gipières. C'est superbe, pourtant, tu sais. Une bâtisse plantée face à un panorama incroyable. La vallée d'un côté, les montagnes de l'autre. Cet été, les pentes étaient couvertes de lavande. J'ai aidé à la cueillette. Le travail est dur, mais ce parfum... divin !

— Tu m'inviteras ?

Elle était si jolie, la tête tournée vers lui, le visage fin encadré de cheveux d'un blond chaud, qu'un élan d'amour submergea David.

— Pas de problème, si tes parents sont d'accord, répondit-il d'une voix un peu enrouée.

A quatorze ans, David était aussi grand que son père. Plus petite d'une bonne douzaine de centimètres, Hannah devait se hausser sur la pointe des pieds pour l'embrasser sur la joue.

— Tu vois, reprit David, là-bas, c'est une autre vie. Plus proche de la nature, plus libre, aussi, par rapport à tout ce qui se passe chez nous. Mais, bien sûr, comparé à Berlin, c'est la cambrousse.

Elle sourit, soulagée de l'entendre tenir ce discours. Elle redoutait, en effet, qu'il ne décide brusquement de rejoindre sa famille. Elle ne supportait pas l'idée de ne plus le voir.

Ils marchèrent un bon moment en devisant. David était allé au cinéma en France et lui vanta le film qui l'avait le plus marqué, *La Bandera*, avec Jean Gabin. De son côté, elle lui fit part de son admiration pour l'actrice Luise Rainer qui venait de partir pour Hollywood.

Si elle aimait le cinéma, Hannah ne se laissait pas éblouir par ce monde si différent. Elle désirait se consacrer à des études de littérature, sa passion première. Pour elle, la lecture de ses auteurs préférés était un bonheur sans cesse renouvelé.

Le soir tombait. Les deux amis échangèrent un regard complice.

— Il est grand temps de rentrer, suggéra David. Tes parents risquent de s'inquiéter.

Ils pressèrent le pas pour regagner l'endroit où ils avaient laissé leurs bicyclettes, et pédalèrent à un bon rythme sur le chemin du retour.

Il faisait presque nuit lorsqu'ils franchirent le seuil des Ritter.

— Vite, à table, les enfants ! lança Lisa.

Sa cuisine était à son image, chaleureuse et gaie avec des meubles en bois blond, une cuisinière astiquée et des casseroles en cuivre. David éprouva un pincement au cœur en songeant à sa propre mère. Elle n'avait jamais su conférer à leur demeure une atmosphère conviviale. Sarah et lui en avaient souffert.

Il crispa les mâchoires. Il détestait penser à Ruth, parce qu'il avait de la peine à surmonter son chagrin et son désarroi. Sa désertion restait pour lui incompréhensible.

— Lavez-vous les mains et installez-vous, reprit Lisa. Peter va nous rejoindre tout de suite.

David fit honneur au veau cuit à l'étouffée et aux spätzle, les pâtes recouvertes de mousse au persil.

— Ça fait plaisir de te voir manger avec ce bel appétit, commenta le père d'Hannah.

De taille moyenne, il était doté d'un certain embonpoint, dû, reconnaissait-il, à son goût pour la bonne chère. Il posait sur le monde qui l'entourait un doux regard de myope. David savait que ses cours de littérature étaient fort prisés de ses élèves.

A table, précisément, ce soir-là, ils discutèrent de l'œuvre de Stefan Zweig. Si David et Peter préféraient *Amok*, Hannah, pour sa part, éprouvait un faible pour *Lettre d'une inconnue*. De son côté, sa mère admirait profondément le biographe de Fouché et de Marie-Antoinette.

— Il y a déjà plus d'un an que Zweig a quitté Vienne, remarqua Lisa.

A la lumière de la suspension blanche, son visage aux traits purs paraissait ombré de cernes. C'était une belle femme d'une quarantaine d'années, à la silhouette élancée, aux cheveux blonds noués en chignon. Hannah lui ressemblait beaucoup.

— Où s'est-il réfugié ? s'enquit l'adolescente.

— A Londres. Lorsqu'il a fait l'objet d'une perquisition – parce qu'il est juif, bien entendu –, il a aussitôt fait ses bagages et est parti sans demander son reste.

— Comme une partie de ta famille, David, remarqua Peter Ritter avec un soupir. Quelle est la meilleure attitude à adopter ? Je n'en sais fichtre rien, et il m'est difficile de juger puisque je ne suis pas juif. Mais je n'ai pas pardonné au sinistre Goebbels l'autodafé de 1933.

— Personne n'a pu l'oublier, renchérit David.

Il faisait bon dans la cuisine des Ritter et, pourtant, il ne put réprimer un frisson.

Il avait la prescience qu'un jour ou l'autre, il devrait quitter son pays, lui aussi.

Et quitter Hannah.

10

Drôme, 1936

L'automne parait les Baronnies d'une rousseur flamboyante. L'été avait été sec et chaud, et une grande douceur avait perduré jusqu'à la mi-novembre.

Les arbres avaient gardé leur livrée pourpre et or, et les olives prenaient couleur presque trop vite au goût de Maurice.

— Il nous faut une bonne gelée avant de pouvoir commencer à les cueillir, répétait-il.

La vie s'écoulait, paisible, aux Gipières, avant le grand renfermement de l'hiver.

Renate jouait du piano, fenêtre grande ouverte sur la vallée. Martin le lui avait fait livrer pour son anniversaire et elle avait été la plus heureuse ce jour-là. Arlequin lui tenait compagnie quand Sarah était à l'école et l'abandonnait à quatre heures et demie pour se porter à la rencontre de sa jeune maîtresse. Renate et Martin constataient avec plaisir que leur petite-fille semblait heureuse. Cependant, le sort de David, de Philippa et des siens les inquiétait de plus en plus. Les lois de Nuremberg, avec leur cortège de mesures antisémites, avaient provoqué beaucoup d'émoi dans la famille Steiner.

Dans ses lettres, Philippa affirmait que les jeux Olympiques avaient entraîné une sorte de trêve. Il convenait en effet de donner au monde une bonne image de l'Allemagne nazie. Pourtant, les juifs continuaient de fuir le pays. Ils étaient nombreux à s'être réfugiés dans la région de Nyons après le rattachement de la Sarre au IIIe Reich.

Désormais, Renate et Martin avaient l'impression de faire figure de pionniers. Ils avaient été les premiers à obtenir leurs visas payants auprès de la préfecture. Les Sarrois, comme on les appelait, étaient arrivés en famille et s'étaient intégrés assez vite à la vie nyonsaise, grâce à la bienveillance des habitants.

L'intégration... C'était un mot que Martin aimait à répéter, tout comme il rappelait que leurs ancêtres, venus d'Europe centrale, avaient dû s'adapter à un autre pays, une autre culture. S'il avait conçu quelque inquiétude pour son fils, il commençait à se rassurer. Walther s'était ressaisi après une année difficile. Travailler sur le domaine ne lui convenait pas, c'était une évidence. Sa mère se désolait de le voir traîner sa peine. Walther avait discuté avec les Vianey ainsi qu'avec son père, échafaudé plusieurs projets, vérifié si ceux-ci étaient viables... Pour finir, il avait acheté une camionnette Unic avec laquelle il se livrait au commerce ambulant dans l'arrière-pays. Curieusement, l'ancien médecin s'était tout de suite trouvé à son affaire. Peut-être parce que, au contact de ses clients, il mettait aussi en pratique son empathie, son aisance à communiquer avec autrui.

On lui avait un jour proposé dans une ferme un chien roux et blanc, mi-épagneul, mi-setter, qui ne valait rien pour la chasse. Walther l'avait adopté, baptisé Socrate, et son chien, gai et peu farouche, contribuait à le rendre encore plus sympathique. Le jeudi, il emmenait Sarah avec lui. Eliette se joignait souvent à eux. L'ambiance était joyeuse à l'intérieur de la camionnette. Les adolescentes chantaient à tue-tête les refrains à la mode, avec une préférence pour « Le Chapeau de Zozo » et « Ça vaut mieux que d'attraper la scarlatine ».

Walther souriait, heureux d'avoir trouvé sa voie.

Certes, ses revenus étaient bien inférieurs à ceux d'un médecin mais il n'en avait cure. Il avait loué une petite maison de village aux Pilles, afin de se rapprocher de Nyons. Sarah, en effet, avait obtenu son certificat d'études et fréquentait désormais le collège Roumanille. Son père n'avait pas voulu lui imposer l'internat et elle se rendait à bicyclette au collège. Huit kilomètres aller, huit kilomètres retour, mais la route grimpait peu, et la jeune fille était fière de se débrouiller seule.

Leurs liens s'étaient resserrés. A Berlin, Walther travaillait tant qu'il partageait peu de moments avec ses enfants. En Provence, ils vivaient suivant un autre rythme. Le dimanche, ils montaient aux Gipières où Renate avait recréé une ambiance chaleureuse. Walther s'étonnait souvent de constater avec quelle facilité sa mère s'était adaptée à un univers, une existence si différents. Peut-être parce qu'elle se sentait en sécurité sur le domaine ? Il se rappelait qu'enfant, Renate lui citait souvent l'expression yiddish, reprise ensuite par les Allemands : « Heureux comme Dieu en France ».

Une bouffée d'amour le submergea. Même s'il supportait mal de ne pouvoir exercer, il était reconnaissant à ses parents de l'avoir incité à s'exiler. Il avait de ce fait mieux supporté la trahison de Ruth.

Son ex-épouse ne lui donnait plus signe de vie. A la limite, il préférait qu'il en fût ainsi, même s'il en souffrait pour leurs enfants.

Il tendit la main, caressa la tête de Socrate. Son chien gémit de bonheur.

Walther rétrograda. La descente était sévère. Il connaissait bien, à présent, les routes et les chemins secondaires de la région et était attendu par ceux qui ne disposaient pas de moyen de locomotion. Il servait aussi d'agent de liaison entre les différents hameaux, annonçant une naissance ici, un décès là. On l'invitait à boire le café sur un coin de table, et il appréciait cette pause, surtout lorsque le temps était froid. Il avait ses clients préférés, les Sobel à La Motte-Chalancon, et Yvette à Rémuzat. Yvette était une délicieuse vieille dame de quatre-vingts ans passés, institutrice à la retraite, et tous deux partageaient le goût des belles-lettres.

Elle lui passait commande d'une semaine sur l'autre et le retenait à déjeuner. De son propre aveu, elle n'était pas une excellente cuisinière mais elle lui offrait du pain bien craquant, du fromage de chèvre, des fruits secs et des pommes de son verger. Veuve, Yvette n'envisageait pas de quitter sa maison bâtie à flanc de colline et refusait de se rapprocher de son fils, installé à Valence.

« C'est ici que je veux mourir, avait-elle confié à Walther. Dans cette maison que nous avons tant aimée, mon Félix et moi. »

Yvette hibernait à l'approche de l'hiver en compagnie de son chat gris et blanc nommé Grison. Elle vivait entourée de livres, dans un joyeux capharnaüm qui choquait son fils et sa bru. La vieille dame n'en avait cure, et s'interdisait de céder au conformisme. « Une bonne partie de ma vie, j'ai dû me plier aux sacro-saints programmes et aux consignes de l'inspecteur, avait-elle raconté à Walther. Désormais, je vis à ma guise et personne ne m'empêchera de boire un chocolat chaud à quatre heures du matin ou de passer une nuit d'été à la belle étoile pour observer les étoiles filantes si j'en ai envie ! »

Elle riait, disant cela, et Walther songeait qu'il l'aimait beaucoup.

Aujourd'hui serait une belle journée, car il rendait visite à Yvette.

11

Berlin, 1937

L'été était arrivé sans crier gare, au terme d'un printemps pluvieux et froid. Contrairement aux autres années, Hannah ne le savourait pas. Elle avait l'impression que tout allait de travers. D'abord, elle n'avait pu accompagner David en France car Lisa s'était cassé la jambe et la jeune fille, malgré les protestations de sa mère, avait refusé de la laisser seule, immobilisée avec son plâtre. Ensuite, elle avait horriblement mal au ventre depuis plusieurs jours. Enfin, elle subissait d'importantes pressions de la part de son établissement scolaire pour participer à un camp de vacances. C'était la grande idée en vogue. La race des seigneurs se devait d'avoir une jeunesse en parfaite forme physique et rompue à nombre de sports.

Plus intellectuelle que sportive, Hannah se bornait à nager l'été et à circuler à bicyclette. De plus, elle n'avait aucune envie d'aller passer plusieurs semaines dans un camp où il faudrait célébrer la grandeur du Führer. A cette seule idée, son cœur se révulsait.

S'efforçant de ne rien laisser voir de ses pensées moroses, elle se pencha au-dessus de Lisa, lui demandant si celle-ci avait soif ou faim.

Sa mère lui sourit tendrement.

— Merci, ma chérie, tu es adorable mais je n'ai besoin de rien. Grâce à toi, je suis un véritable coq en pâte ! D'ailleurs, ton père va bientôt rentrer. N'hésite pas si tu as envie d'aller prendre l'air.

— Je préfère lire un peu dans ma chambre.

Elle réprima une grimace tant les crampes abdominales la faisaient souffrir. Tout de suite, sa mère s'alarma.

— Hannah... que se passe-t-il ? Tu me parais bien fatiguée.

— Ce n'est rien, maman, mentit-elle.

Cela allait passer. Cela devait passer. Sa mère avait besoin d'elle.

Elle se traîna jusqu'à sa chambre, s'allongea en chien de fusil sur son lit sans même avoir la force de prendre un livre sur sa table de chevet. Des nausées la submergèrent sans relâche, jusqu'à ce qu'elle finisse par se lever et se soulager dans la salle de bains. Lorsque son père revint, il la découvrit inanimée sur le carrelage et s'affola.

— Crois-moi, tu as eu beaucoup de chance de ne pas être venue à ce maudit camp !

Helga, la meilleure amie d'Hannah, lui tapota la main. Celle-ci se dit que la vie au grand air ne paraissait pas lui avoir profité. Elle était pâle, et des cernes sombres soulignaient ses yeux myosotis.

— Tu es sûre que ça va ? s'enquit Hannah.

Helga baissa la tête.

— Oui, bien sûr.

Cette réponse manquait de conviction. Helga s'empressa de changer de sujet de conversation.

— Tout de même… une appendicite aiguë… tu n'avais pas eu de signes avant-coureurs ?

— J'avais mal au ventre depuis quelques jours et je ne me sentais pas bien. Quand mon père m'a trouvée évanouie, il m'a fait transporter aussitôt à la clinique. Ça n'a pas traîné ! Le lendemain, je passais sur la table d'opération.

Elle n'avait pas eu le temps d'avoir peur. De plus, elle n'avait pas vraiment eu le choix ! Elle était plus inquiète pour sa mère, restée seule dans leur maison. Elle se souvenait de la salle d'opération, blanche, sentant fortement l'éther, et du masque qu'on lui avait placé sur le visage, en lui recommandant de compter de un à dix. Elle se rappelait aussi l'odeur légèrement écœurante du chloroforme. Ensuite, elle avait plongé.

Au réveil, nauséeux, douloureux, elle s'était récité Baudelaire pour se donner du courage.

Sois sage, ô ma Douleur, et tiens-toi plus tranquille.
Tu réclamais le Soir ; il descend ; le voici :

Une atmosphère obscure enveloppe la ville,
Aux uns portant la paix, aux autres le souci.

C'était l'un de leurs jeux favoris, à David et à elle. Trouver des vers adaptés à la plupart des circonstances.

David lui manquait. Il serait venu la retrouver et l'aurait fait rire, même si cela lui faisait horriblement mal.

La cicatrice, rouge, boursouflée, était hideuse. Son père avait tenté de la réconforter, avec maladresse.

« Tu as frôlé la péritonite, Hannah. C'était grave. Dans ces conditions, une cicatrice n'a pas grande importance. »

« La peste soit des hommes ! » avait-elle pensé. Elle détestait sa cicatrice.

— Tu seras au lycée pour la rentrée ? reprit Helga.

— Bien sûr. Je dois encore rester trois jours à la clinique et ensuite, retour chez moi ! J'ai hâte, si tu savais...

— C'est bien, fit Helga, visiblement distraite.

— Tu es sûre que tout va bien ? s'inquiéta de nouveau Hannah.

Depuis l'école primaire, elle avait l'habitude de protéger Helga, plus petite, plus menue qu'elle, et aussi plus timide.

Son amie baissa la tête.

— Mais oui, quelle idée ! C'est juste que tu me manques.

Et, sans transition, elle cita deux vers du poème de Goethe :

Je t'aime, ta beauté me charme,
Et, si tu ne veux pas céder, j'userai de violence[1]

— Ça me trotte dans la tête sans arrêt, expliqua-t-elle en rougissant sous le regard intrigué d'Hannah. C'est fou, j'ai passé l'âge de croire aux contes de fées !

Sa voix sonnait faux. Hannah aurait voulu la questionner plus avant mais elle ne s'en sentait pas le courage.

« Plus tard, se dit-elle, nous en parlerons plus tard. »

Elle lui adressa un baiser du bout des doigts.

— Merci d'être venue, mon amie. Je ne moisirai plus longtemps ici, sois-en sûre.

Lasse, elle se laissa retomber sur son oreiller dès qu'Helga eut quitté la chambre.

Elle se sentait encore fiévreuse mais avait hâte de retrouver ses parents.

La religieuse soignante, puis le chirurgien lui rendirent visite. Elle leur affirma se sentir en pleine forme mais le médecin ne parut pas tout à fait convaincu.

— Mieux vaut patienter encore deux jours supplémentaires, décréta-t-il après avoir fait vérifier par la religieuse qu'elle avait toujours de la température.

1. Extrait de *Der Erlkönig*, *Le roi des Aulnes*.

Déçue, Hannah lui décocha un regard chargé de reproche. Il sourit.

— Ma petite fille, il faut subir les décisions prises par les adultes sans regimber.

Comment aurait-il pu comprendre ce qu'elle éprouvait ? Seul David... Mais David se trouvait à près de mille cinq cents kilomètres, loin d'elle, si loin.

Elle se tourna vers le mur.

— C'est fou comme tu as grandi !

Sur le quai de la gare, David et Hannah, intimidés, s'observaient sans oser se jeter dans les bras l'un de l'autre comme avant.

— Tu m'as manqué, dit Hannah.

Elle avait gagné plusieurs centimètres depuis le début des vacances d'été. Brusquement, il fit deux pas en avant, la serra contre lui.

— Tu vas bien maintenant ?

Elle hocha la tête.

— Je suis tout à fait remise. J'ai même repris le vélo ! Et toi ? La France ?

— Les miens s'y plaisent beaucoup. Mon père est devenu commerçant, il m'a donné l'impression d'avoir trouvé sa place. La vie est... différente là-bas.

Il baissa la voix. Un groupe de chemises brunes passait à leur hauteur. Ils jetèrent des regards appréciateurs à Hannah. David la vit belle dans leurs regards appuyés, et ne le supporta pas. Pas question que ces sales types la trouvent à leur goût ! Il était à peine rentré que, déjà, il ne supportait pas l'atmosphère régnant à Berlin.

Sa valise à la main, il offrit son bras à son amie. Tous deux se dirigèrent vers la sortie du même pas rapide et décidé.

David reconduisit l'adolescente jusqu'à la maison des Ritter et alla saluer ses parents. Hannah le raccompagna jusqu'au portillon de bois ouvrant sur la rue. Elle le vit jeter un coup d'œil discret en direction de son ancienne maison.

— Je croyais à l'époque que nous vivrions toujours ici, lui confia-t-il d'une voix ténue.

A cet instant, elle devina que, tôt ou tard, il quitterait Berlin, et son cœur se serra.

12

Drôme, 1938

Par réflexe, Philippa jeta un discret coup d'œil par-dessus son épaule. Depuis leur arrivée à Nyons, elle ne parvenait pas à oublier ses habitudes de proscrite.

Thaddée et elle avaient espéré, vraiment, pouvoir continuer de vivre à Berlin. C'était leur ville, là où ils avaient grandi et poursuivi leurs études. Elle se souvenait avec émotion de leur mariage, célébré dans le jardin de la maison de ses parents, à Grunewald, et de la naissance des jumeaux. Elle avait été heureuse à Berlin, même si l'atmosphère irrespirable des dernières années avait tout gâché. Cependant, malgré ses bonnes résolutions, elle avait quitté la capitale en compagnie de Ralf et de Greta. Elle avait laissé derrière elle son époux et son neveu. Elle ferma à demi les yeux sous l'assaut des souvenirs. Elle revoyait ce soir terrible de juin, quand Peter Ritter était venu sonner à sa porte. Il avait recueilli Thaddée, qui avait été roué de coups devant l'université.

Comme son mari était intransportable, Philippa et les jumeaux avaient dû s'installer chez les Ritter. Leur amitié réconfortait Philippa. David les avait rejoints. S'il n'avait pas été aussi inquiet pour son oncle, il aurait apprécié le fait de se retrouver dans la maison d'Hannah. Il lui semblait que son amie n'était plus tout à fait la même. Elle s'efforçait de sourire et de plaisanter, mais son regard était triste. David avait beau l'inciter à se confier, elle éludait. Il la rejoignait souvent sous leur arbre, et tous deux restaient sans parler, à contempler le ciel qui s'obscurcissait.

« Que nous arrive-t-il ? » avait-il osé lui demander, alors que le soir était parfumé de tilleul. Elle avait exhalé un soupir las.

« Je ne sais pas, mon pauvre David. J'ai l'impression que toute notre vie a basculé. Tu sais, l'agression dont ton oncle a été victime nous a énormément marqués, mes parents et moi. Un homme si brillant, qui a toujours fait le bien… Je ne comprendrai jamais pourquoi on l'a ainsi battu. Nous sommes athées, je n'ai pas été élevée dans la religion. Je le souhaiterais presque, pour avoir un but, un espoir auquel me raccrocher… »

Son regard clair révélait l'étendue de son désespoir. David l'avait attirée à lui.

« Hannah, *Liebling*, ne te laisse pas démoraliser. Tu sais, je crois que cette fois, nous allons tous partir. Les persécutions exercées à l'encontre des juifs sont en constante augmentation. Désormais, nous ne pouvons plus épouser des Aryens. Pas question de gâcher la race pure ! Les avoirs de nos coreligionnaires sont bloqués par l'Etat. Mes grands-parents ont émigré au bon moment, mon père aussi. Philippa et Thaddée partiront avec seulement une valise.

— Cela peut peut-être s'arranger ? » avait glissé Hannah.

David avait secoué la tête.

« C'est impossible, les choses sont allées beaucoup trop loin. Bientôt, nous serons prisonniers dans notre propre pays. »

Hannah avait laissé les mots faire lentement leur chemin dans sa tête. L'agression de Thaddée Levine avait ravivé un autre souvenir douloureux, le drame vécu par son amie Helga. L'an passé, au fil des mois, elle l'avait vue dépérir, perdre le goût de la vie. Helga avait fini par lui avouer avoir subi un viol durant son camp d'été de 1937, et être enceinte. Le professeur auquel elle avait fait appel dans sa détresse lui avait cité un texte intitulé « Le mariage biologique ». Elle se souvenait de ses phrases exactement comme si elle les avait apprises par cœur.

> *Nous pouvons toutes aujourd'hui ou demain nous abandonner à l'expérience riche en émotion spirituelle qui consiste à procréer en compagnie d'un homme jeune et sain, sans nous soucier des entraves dont s'encombre la désuète institution du mariage*[1].

1. Authentique.

Hannah s'était récriée : « Mais c'est révoltant ! Tu n'as pas encore quinze ans ! »

Elle avait tenté d'arracher son amie à son désespoir, en vain. Elle n'osait pas aller trouver les parents d'Helga, pour ne pas trahir le secret de l'adolescente. Elle se sentait totalement démunie et avait fini par se confier à sa mère. Lisa, horrifiée, s'était aussitôt rendue chez les parents d'Helga. Elle n'avait pas eu le temps de leur parler. Un attroupement s'était massé devant leur maison, située Bleibtreustrasse. Helga venait de se défenestrer. Elle était morte sur le coup.

Hannah ne s'en était pas encore remise. Au chagrin s'ajoutait un sentiment de culpabilité. Ses parents l'avaient soutenue, lui expliquant que c'était le système nazi le responsable. Ne voyant pas d'issue à sa situation, refusant d'être envoyée dans une autre région comme le préconisaient les cadres des Jeunesses hitlériennes, à bout de forces, Helga avait choisi de mettre fin à ses jours.

Hannah avait tout raconté d'un trait à David, sans même reprendre son souffle, et il ne lui avait pas dissimulé son écœurement. Sa première réaction avait bouleversé Hannah.

« Promets-moi de ne pas te rendre dans l'un de ces monstrueux camps d'été ! »

Elle avait souri tristement.

« Mes parents ne m'y contraindront jamais, rassure-toi. Mais Helga… je ne parviens pas à oublier son visage tendu, ses ongles rongés. Je me trouvais encore à la clinique, et je n'ai rien compris, alors. »

La tragédie hantait ses cauchemars. Les paroles apaisantes de David n'étaient pas parvenues à la réconforter. Hannah se reprochait encore de ne pas être intervenue plus tôt, et elle entendait la voix d'Helga réciter ces deux vers extraits du *Roi des Aulnes* :

Je t'aime, ta beauté me charme,
Et, si tu ne veux pas céder, j'userai de violence.

Pourquoi n'avait-elle pas compris, alors, que son amie lui lançait un appel au secours ?

David avait entouré ses épaules de son bras.

« Mon père m'a écrit récemment que nous nous retrouvions au temps des barbares, lui avait-il confié. Je pense que c'est vrai, hélas. »

Elle n'avait pas envie d'évoquer ce sujet avec lui. Même si elle n'était pas concernée par les lois anti-juives, la peur ne la quittait plus. Elle avait peur pour David et pour les siens, elle avait peur de l'avenir que son père imaginait sombre et sans espoir. Elle avait peur, aussi, de ce monde dans lequel on pouvait abuser d'une adolescente sans sanctionner le ou les coupables.

« Oui, nous sommes bel et bien revenus au temps des barbares », avait-elle soufflé.

Elle ne voulait pas de ce monde-là qui ne leur ressemblait pas.

13

Drôme, 1938

Toute la montagne fleurait bon la lavande. La chaleur de juillet brûlait le dos des cueilleurs, à demi courbés, qui maniaient la faucille tout en s'efforçant d'oublier la douleur qui leur rompait les reins. Les stridulations des cigales, les bourdonnements des mouches et des abeilles contribuaient à rendre leur tâche encore plus pénible.

Pourtant, en cet été 1938, David était heureux de gagner un peu d'argent. Thaddée et lui étaient arrivés une semaine plus tôt. Tout au long de leur périple, il avait veillé sur son oncle, l'aidant à marcher, le soutenant lorsqu'il le voyait épuisé.

Thaddée avait repris des forces mais on le sentait cassé par l'agression dont il avait fait l'objet. Il avait reconnu à la tête des chemises brunes l'un de ses anciens élèves, un certain Pfeller, avec qui il croyait bien s'entendre, et ce constat l'avait accablé.

Dans l'Allemagne du IIIe Reich, les voisins, les amis d'avant pouvaient devenir vos ennemis, vous dénoncer, vous tabasser, même, par haine de la « souillure juive ».

Thaddée n'avait pu supporter cette idée. Heureusement, des personnes comme Lisa et Peter Ritter l'avaient réconcilié avec la nature humaine. De véritables amis, qui l'avaient sauvé, et les avaient hébergés. Sans eux, Thaddée n'aurait pas surmonté le choc.

Il avait insisté pour que Philippa et les jumeaux partent les premiers. Berlin devenait trop dangereux pour eux. Les mesures anti-juives s'étaient encore intensifiées au cours des derniers jours. Il n'y avait plus de place pour les juifs dans l'Allemagne nazie.

Quand, accompagné de Peter et de David, il était retourné dans leur appartement, ç'avait été pour constater que la plupart des meubles avaient disparu. Il ne restait plus de leurs chers livres qu'un tas de cendres sur le pavé de la cour. Thaddée s'était laissé tomber sur le sol et avait laissé couler ses larmes. Ce jour-là, il avait résolu de partir le plus vite possible. David et lui n'avaient pas sacrifié à une quelconque cérémonie d'adieux. Ils ne savaient plus à qui ils pouvaient accorder leur confiance, à l'exception des Ritter.

Le dernier soir, alors que les ombres envahissaient lentement leur jardin, David et Hannah s'étaient blottis l'un contre l'autre et avaient échangé des promesses.

« Tu sais que je t'aime, *Liebling* », lui avait-il déclaré avec gravité.

Hannah avait alors songé qu'elle n'aimerait jamais un autre homme. David était tout pour elle. Son visage aux traits nets, typiquement Steiner, exprimait de la tristesse et de la détermination.

« Je reviendrai te chercher, Hannah, ne l'oublie jamais ! » avait-il ajouté.

Il l'avait embrassée, avec fougue et passion. Ce n'était pas le premier baiser qu'ils échangeaient, mais celui-ci avait un caractère d'urgence et un goût d'adieu. Hannah aurait voulu se perdre dans les yeux de David, le supplier de ne pas la quitter, mais elle savait qu'il devait partir, pour sa propre sécurité. Elle s'était blottie contre lui.

« Que vais-je devenir sans toi ? »

Elle s'était juré de ne pas pleurer et, pourtant, elle ne parvenait pas à retenir ses larmes. Elle devait être forte. Elle avait levé la main, caressé les cheveux drus de David.

« Promets-moi… » Elle s'était interrompue, consciente de la vacuité de sa phrase. L'un comme l'autre n'étaient pas maîtres de leur destin. Ils s'efforceraient seulement de se retrouver. Il l'avait serrée contre lui avec emportement.

« Je t'écrirai au moins une fois par semaine, mon Hannah. Je te raconterai notre vie en Provence. Ainsi, tu ne seras pas dépaysée quand tu viendras me retrouver. Parce que tu viendras, n'est-ce pas ? »

Elle disait « oui, oui », tout en se demandant si ce serait possible. Mais… il fallait bien s'efforcer d'y croire, n'est-ce pas ? Sinon, à quoi bon continuer de vivre ?

Elle avait éprouvé une angoisse fulgurante lorsqu'ils s'étaient séparés. L'impression que son corps se séparait en deux éléments bien distincts et que plus rien, désormais, ne serait pareil. Une nausée l'avait submergée. Elle s'était détournée pour masquer son trouble et il l'avait prise aux épaules.

« Hannah, chérie, ne pleure pas, je t'en prie, sinon je n'aurai plus la force de partir. »

Elle s'était retournée. Elle ne distinguait plus son visage, seulement ses cheveux blonds sous l'éclat argenté de la lune.

« Tu dois partir, avait-elle alors déclaré. Tu es en danger ici. Moi… je suis théoriquement une pure Aryenne, ce qui ne veut rien dire parce que je prends le soleil plus vite que toi ! »

Elle avait ri, un drôle de rire qui s'était achevé sur une brisure.

« Pars vite, David, mon amour. Pars avant que je n'essaie de te retenir. »

Il avait obéi, ne s'était pas retourné. Peter Ritter avait emmené Thaddée et David à la gare. Le cœur déchiré, Hannah avait aidé sa mère à essuyer la vaisselle, puis regagné sa chambre sans mot dire. Sur sa table de chevet, elle avait découvert un ouvrage relié en cuir rouge. C'était un recueil de poèmes de Goethe, annoté par David. Et ses larmes n'avaient pas cessé de couler.

David songeait à Hannah tout en maniant la faucille. Les champs d'or bleu, le parfum entêtant des lavandes, la fatigue l'aidaient à surmonter le choc de la séparation. Le soir, épuisé après sa longue journée de travail, il enfourchait son vélo et regagnait les Gipières en zigzaguant. Ses grands-parents l'hébergeaient durant la saison de la cueillette. Sarah l'aurait volontiers accompagné mais son père l'estimait trop jeune pour ce travail. Elle s'était donc installée chez Philippa et Thaddée, gardant ses cousins afin que ses oncle et tante aient toute latitude d'effectuer leurs démarches administratives. Sarah s'entendait bien avec les jumeaux, qui apprenaient le français avec beaucoup de bonne volonté.

David réprima un soupir. Leur famille était réunie, enfin ! Seule Ruth manquait à l'appel. Il l'avait rencontrée début juin sur Unter den Linden. Elle marchait au bras d'un inconnu portant l'uniforme. Telle qu'il connaissait sa mère, il supposait qu'il s'agissait d'un officier gradé.

Les regards de la mère et du fils s'étaient croisés. La première, Ruth avait détourné la tête. A cet instant, David l'avait haïe avec force.

De quoi était-elle donc capable pour sauver sa peau ? De renier son fils, après avoir abjuré sa religion ? Il n'en avait parlé à personne, pas même à Hannah. Sa mère était pour lui une blessure ouverte. Il ne comprenait pas ce qui lui était arrivé.

Il rajusta la saquette, le grand sac de toile qu'il portait autour du cou. Celui-ci commençait à peser !

Il le remplissait de grandes poignées de tiges fleuries dont l'odeur lui montait à la tête. A perte de vue, les routes de lavande dégringolaient vers la vallée, dans une harmonie de mauve violacé qu'il aurait voulu peindre ou photographier.

La beauté des paysages l'émerveillait. Il aurait tant aimé avoir Hannah à ses côtés, pour partager ses impressions avec elle. Thaddée et lui avaient quitté un Berlin sinistre, défiguré par les uniformes honnis et les drapeaux à croix gammée. Ils s'étaient retrouvés dans un pays de lumière et de soleil, où les doigts vous démangeaient à la perspective de reproduire une vieille fontaine, un champ de lavande, ou encore des façades colorées à l'italienne. Oui, décidément, il aimait la Provence.

Il fit un faux mouvement, s'entailla le pouce et jura. Son voisin de ligne, un certain Gilbert, se mit à ricaner :

— Regarde où tu mets tes mains, le Boche !

David crispa les mâchoires. Ce Gilbert était le seul à l'appeler ainsi, et il le supportait de moins en moins. Il n'avait tout de même pas fui l'Allemagne pour s'entendre reprocher sa nationalité !

Il abhorrait le régime nazi et, pourtant, il se sentait toujours profondément allemand. Même si chacune des nouvelles dispositions prises par le régime avait le don de le pousser à bout. Ce n'était pas l'Allemagne nazie qu'il aimait, juste celle de Goethe et de Beethoven, le pays des poètes et des musiciens.

De nouveau, il songea à Hannah. Que faisait-elle à cet instant ? Ses parents avaient-ils pu l'emmener au bord de la Baltique ? A moins qu'elle ne préfère lire dans son jardin... Elle lui manquait.

Il coupa une touffe un peu trop haut, ce qui lui valut de nouveaux sarcasmes de la part du fameux Gilbert. Ce dernier se coupa à son tour, manquant sectionner son majeur.

David ne pipa mot. Il n'avait pas la moindre envie de se lier avec celui qu'il considérait comme un sale type. Il s'entendait plutôt bien avec Marcel, le fils de l'instituteur, qui avait son âge. Il y avait aussi des Piémontais, qui venaient travailler chaque été, et des saisonniers plus âgés, rudes au mal, qui progressaient à un rythme soutenu sans perdre leur temps ni leur salive à bavarder. David avait très soif. Il s'interrompit quelques instants, s'essuya le front, et but à longs traits l'eau de sa gourde, déjà tiède. Ils travaillèrent ainsi jusqu'à ce que le soir tombe. Harassés, ils rangèrent leurs faucilles dans le grangeon attenant aux champs de lavande, et retournèrent chez eux. Les Piémontais dormaient sur place dans une grange.

Le cœur de Renate se serra en découvrant l'aîné de ses petits-enfants, titubant sur le seuil. Elle voulut s'élancer vers lui, compatir à son épuisement. La main de Martin, posée sur son poignet, la retint.

— Laisse-moi faire, souffla-t-il.

A voix haute, il lança :

— Viens souper, mon garçon. Ta grand-mère et moi sommes fiers de toi.

Quand David eut fait honneur à la ratatouille accompagnant une délicieuse omelette, et qu'il se fut éclipsé pour aller se laver à la pompe, Martin sourit à son épouse.

— Ne le couve pas trop, ma chérie. Notre David va avoir besoin de s'armer, et d'être fort.

Elle inclina la tête. Martin avait raison, bien sûr, mais elle ne pouvait s'empêcher de souffrir pour les siens.

Le pain de l'exil est amer.

SHAKESPEARE, *Richard II*

14

Drôme, 1938

« *Toda la'êl* », pensa Philippa, à genoux sur le pavé en tomettes qu'elle lavait à l'eau savonneuse.

Ils étaient enfin réunis. Thaddée se remettait lentement et les jumeaux donnaient l'impression de s'intégrer à l'école.

Tout avait été fait en ce sens. Greta et Ralf n'étaient pas les seuls réfugiés allemands à être scolarisés. Deux classes spéciales avaient été créées au collège Roumanille afin de faciliter leur intégration. Désormais, à la maison, les Levine ne parlaient plus que le français, afin d'aider les enfants.

— La maison…, répéta Philippa en esquissant une moue.

Si elle avait été heureuse, les premiers temps, que son frère leur ait déniché cet appartement dans la vieille ville, elle le trouvait à présent trop petit et vétuste. Une petite salle contenant une pile et un potager, une « gatouille » sombre, une seule chambre, pas de commodités…

Parfois, elle étouffait entre ses murs et sortait marcher, vers le pont Roman, pour tenter de se ressaisir et de ne pas se laisser aller au désespoir.

Leurs livres, leurs meubles, leurs amis lui manquaient. Elle savait bien, pourtant, qu'ils avaient eu raison de partir et que leur situation était devenue intenable à Berlin. D'ailleurs, les nouvelles reçues d'Allemagne étaient de plus en plus angoissantes.

La synagogue de Nuremberg avait été dynamitée début août. La loi du 18 août avait imposé l'ajout sur les passeports des juifs des prénoms Sara et Israël. Mais ce n'était rien encore. La Nuit de cristal du 9 novembre, gigantesque pogrom organisé dans l'ensemble du pays, avait marqué un point de non-retour. Au terme d'une nuit de cauchemar, durant laquelle deux cents synagogues avaient été détruites, sept mille cinq cents commerces et entreprises saccagés, une centaine de juifs assassinés, des centaines d'autres blessés, près de trente mille déportés, Philippa et les siens, choqués, révoltés, avaient constaté que les démocraties d'Europe et des Etats-Unis n'étaient pas prêtes à s'opposer à Hitler pour défendre les juifs. Constat terrible qui les avait tous bouleversés.

Lisa Ritter leur avait écrit une longue lettre dans laquelle elle expliquait que le plus choquant pour elle était l'indifférence et la passivité de la plupart de ses compatriotes.

Comment a-t-on pu déclencher une telle violence contre les juifs allemands, exactement comme si l'on était revenus au Moyen Age, sans soulever de protestations générales ? s'indignait-elle.

Elle ajoutait que Hannah était revenue du lycée avec un œil poché et des hématomes pour s'être battue avec des camarades se glorifiant des violences infligées.

J'ai peur de ce que notre pays est en train de devenir, concluait Lisa.

Si ces nouvelles avaient traumatisé la famille de Philippa, elles lui avaient aussi fait comprendre qu'il leur était désormais impossible de revenir en arrière. Thaddée avait résumé leur sentiment en disant : « A présent, nous nous devons d'oublier nos racines et de devenir français. »

Oublier leurs racines… comme il y allait ! Philippa en était incapable, même si elle comprenait ce qu'il avait voulu dire. Elle s'efforçait de s'adapter à leur nouvelle vie, de retenir ses larmes devant son mari et leurs enfants, mais c'était pour elle particulièrement difficile.

Heureusement, elle se sentait un peu mieux lorsqu'elle se rendait chez son frère ou aux Gipières.

Sa mère parvenait à l'apaiser, à lui faire croire en des jours meilleurs… Philippa lui enviait sa sérénité.

« C'est une grâce de l'âge », répondait Renate avec son tendre sourire.

Philippa aurait aimé s'installer chez ses parents, tout en devinant que ce ne serait pas la solution idéale pour son mari. Profondément marqué par son agression, Thaddée doutait de lui et se remettait en cause. Il avait besoin de travailler pour reprendre confiance mais, en tant qu'étranger, ne pouvait enseigner. Philippa, malgré ses protestations, avait trouvé des ménages. Elle travaillait notamment chez une vieille dame, madame Léger, qui habitait rue des Bas-Bourgs. Philippa n'était pas une ménagère hors pair mais elle éprouvait une certaine satisfaction et parfois même un certain plaisir à nettoyer la demeure ornée de meubles anciens. Veuve de militaire, madame Léger était diserte et chaleureuse. Et, surtout, elle possédait un piano. Lorsqu'elle en effleurait les touches, la fille de Renate ressentait des fourmillements au bout des doigts. Madame Léger ne jouait plus à cause de l'arthrose qui déformait ses mains. Philippa n'osait pas lui demander la permission de s'asseoir sur le tabouret devant le piano signé Calazel.

Madame Léger lui offrait une tasse de thé à la fin de son travail. C'était devenu une habitude, presque un rituel. Installées dans le salon second Empire, parmi les bibelots et les tableaux de l'école d'Avignon, les deux femmes se confiaient peu à peu des bribes de leur vie.

Philippa apprit ainsi que madame Léger était protestante, comme de nombreux habitants de Nyons.

« Mes ancêtres ont connu eux aussi les persécutions, au moment de la révocation de l'édit de Nantes, lui apprit-elle. Il paraît que cela forge le caractère…

— On le dit », répondit Philippa avec prudence.

Elle se sentait bien auprès de la vieille dame, qui la considérait plus comme une amie que comme son employée. Elle lui racontait l'histoire de sa ville, lui indiquait des buts de promenade, des endroits à visiter.

Pour elle, le sud de la Drôme était une région incomparable et la fille de Berlin appréciait la lumière comme le soleil.

Elle savoura lentement son thé, fit honneur aux croquettes aux amandes confectionnées par son hôtesse, et débarrassa le plateau. Elle lava et rangea la vaisselle avant de revenir saluer madame Léger. Celle-ci lui avait préparé un sachet de croquettes.

— Je ne sais pas à quoi j'ai pensé en en faisant autant ! Prenez-les pour vos enfants, ma chère Philippa. Vous leur direz que les amandes proviennent de terres que je possède, du côté de Rochebrune. Il faudra les y emmener, aux beaux jours.

— Mes parents possèdent des amandiers eux aussi.

Philippa se pencha, embrassa la vieille dame.

— Merci pour tout, madame Léger. A demain.

Elle avait le cœur moins lourd en remontant chez elle. La journée avait été froide et lumineuse, un temps idéal pour la fin novembre. Les façades colorées des maisons, blotties sous leur toit de tuiles patinées, évoquaient l'Italie, lui réchauffant le cœur.

Elle se surprit à espérer que leur situation allait s'améliorer. N'avaient-ils pas la chance d'être tous ensemble ?

15

Drôme, 1938

Les Steiner avaient réuni toute la famille aux Gipières pour célébrer Hanouka. La fête de l'inauguration du Temple coïncidait presque avec Noël, si bien que David, pensionnaire à Avignon, avait pu venir retrouver les siens. Le chandelier à neuf branches figurait en bonne place, sur une desserte placée devant la fenêtre. On pouvait le voir de l'extérieur, comme le voulait la tradition, pour communiquer la joie de la fête aux passants.

Comme Walther l'avait fait remarquer avec une pointe d'humour, le domaine des Steiner n'était pas vraiment fréquenté, encore moins depuis que la neige était tombée en abondance. Peu importait ! La tradition était respectée, et ils se sentaient chez eux. On se tenait chaud dans la salle, autour de la vaste cheminée. N'ayant pu emporter leurs meubles, Martin et Renate avaient acheté chez un menuisier une table et des chaises en noyer, solides et de bonne facture. Près de la cheminée, deux fauteuils à oreillettes étaient réservés aux maîtres de maison tandis que des banquettes maçonnées couvertes de coussins accueillaient les plus jeunes.

Renate jeta un regard satisfait à sa tablée. Il ne manquait que Ruth mais… Ruth n'avait jamais vraiment fait partie de leur famille. Aidée de Philippa et de Sarah, elle avait préparé un repas traditionnel : des beignets de pommes de terre et d'oignons râpés, des tranches de poisson « sofrito », des petits pains dorés aux olives, du tzimmes de bœuf aux pruneaux, des petits-fours torsadés fourrés avec des garnitures sucrées au chocolat, aux raisins secs et aux noix…

C'était important pour eux tous, une façon de s'implanter durablement en Provence.

Martin lui sourit. « Nous avons réussi à mettre notre famille à l'abri », signifiait son sourire. Renate s'efforça de ne pas s'attarder sur le visage de son gendre qui portait encore les stigmates de son agression. Elle ne voulait plus songer aux persécutions antisémites, ni à la Nuit de cristal. N'étaient-ils pas en sécurité aux Gipières ?

Assis à la table familiale, David contemplait les deux tableaux que ses grands-parents avaient réussi à emporter avec eux lors de leur départ pour la France. Il s'agissait de gravures attribuées à Dürer. Il les avait toujours connues dans la maison de Grunewald et ne cherchait même pas à connaître leur valeur. Pour lui, elles faisaient partie de son enfance comme de sa famille.

Il éprouvait des sentiments contradictoires en cette nuit d'Hanouka. S'il se sentait protégé dans le cocon familial, il ne cessait de penser à Hannah. La jeune fille lui manquait horriblement. Le pire était qu'il ne pouvait plus envisager de retourner en Allemagne tant que perdurerait le régime nazi. C'était beaucoup trop risqué, il le savait.

Dans ses lettres, il suppliait Hannah de le rejoindre en France. Elle ne lui répondait pas vraiment sur ce point, se contentant de lui rappeler qu'elle était fille unique et ne pouvait abandonner ses parents. Elle lui expliquait le climat de plus en plus lourd et angoissant à Berlin, détaillait pour lui l'aryanisation des biens juifs ainsi que l'élimination des juifs de la vie économique. En effet, ceux-ci étaient désormais exclus de toute activité commerciale, des professions libérales, des directions administratives et industrielles. Ils étaient de plus expropriés.

Vous êtes partis à temps, concluait Hannah.

Dans un post-scriptum, elle citait Goethe :

« *Heureux que le sort qui nous tourmente*
N'ait pas le pouvoir de nous changer. »

Je lis et relis ton recueil. Et tu me manques un peu plus chaque jour.

Lorsqu'il avait reçu sa dernière missive, il avait été tenté de sauter dans un train et de la rejoindre. Il ne supportait pas l'idée de la savoir triste, si loin de lui.

Pourtant, la raison l'avait emporté. Lui non plus ne pouvait abandonner les siens, encore moins depuis la trahison de Ruth.

Il fallait tenir, en espérant follement que leur séparation ne durerait pas trop longtemps.

Il croisa le regard de son père fixé sur lui, lui sourit.

Pas question d'inquiéter Walther.

Thaddée admirait sans mot dire le cadre que ses beaux-parents avaient su recréer.

« Nous avons eu tort de ne pas émigrer en même temps qu'eux, se dit-il. Nous ne serions pas partis comme de pauvres hères. »

Il lui avait fallu du temps pour admettre qu'il n'avait plus sa place dans son pays natal. Dernier enfant d'une famille de juifs polonais qui avaient émigré à Berlin à la fin du XIXe siècle, Thaddée Levine avait été élevé dans l'idée que l'Allemagne constituait une sorte de Terre promise comparée à la Pologne antisémite. Ses frères aînés et son père étaient morts à la guerre, tombés à Verdun et dans la Somme. Lui, brillant élève, avait pu poursuivre ses études grâce à une bourse. Sa mère avait pleuré le jour de la remise de son diplôme. Il revoyait encore la frêle silhouette de Bronia Levine, toute vêtue de noir, il entendait sa voix émue et tremblante de fierté contenue. Bronia était morte un an plus tard, d'une mauvaise grippe, et Thaddée s'était retrouvé seul au monde. Il s'était consacré à ses élèves et à ses recherches, jusqu'à ce qu'il rencontre Philippa. La jeune fille décidée aux longs cheveux sombres l'avait immédiatement séduit. Tous deux avaient éprouvé le sentiment d'être des âmes sœurs. Comme Thaddée, Philippa se passionnait pour la littérature et les sciences. Elle n'aimait rien tant que refaire le monde au fond d'un café enfumé en compagnie de ses amis. Très vite, ils avaient décidé de se marier et la naissance des jumeaux avait été pour eux un immense bonheur.

Et maintenant... Thaddée retint le soupir qui gonflait sa poitrine. Il ne supportait pas son statut d'étranger, assimilé pour lui à celui d'indésirable.

Il désirait par-dessus tout travailler mais n'avait pas de talent particulier en dehors de l'enseignement. Malgré sa bonne volonté, il se voyait mal sillonner les routes du département comme Walther ou gérer l'exploitation comme Martin. Non seulement il n'avait aucune compétence dans ce domaine mais, de plus, cela ne l'attirait pas. A cet instant, il remarqua les mains abîmées de son épouse et se sentit rougir. Son éducation n'avait pas préparé Philippa à louer ses services comme femme de ménage et, pourtant, elle exécutait ces tâches sans se plaindre.

Une nouvelle fois, Thaddée se sentit inutile.

— Oh ! s'écria Ralf, qui jouait avec sa sœur devant la cheminée.

Tous deux avaient eu la permission de se lever de table avant les adultes. Il apporta à son père son modèle réduit qui ne fonctionnait plus.

Thaddée marmonna une excuse et se rapprocha de la fenêtre. Il eut tôt fait de réparer la locomotive et tendit le jouet à son fils. Ralf, ravi, lui sauta au cou.

Philippa sourit.

— Tu as des mains en or, Thaddée. Tu pourrais aller voir le fils de madame Béraud, qui fabrique des machines agricoles sur la route d'Orange. Tes compétences l'intéresseraient certainement.

Merveilleuse Philippa qui, grâce à quelques mots, lui redonnait espoir !

Il saisit sa main, l'embrassa délicatement, avec un amour et une tendresse infinis. Martin leva son verre.

— Aux lendemains qui chantent ! lança-t-il d'une voix ferme.

Il n'abdiquerait jamais.

16

1939

Comme un réveil bien réglé, Arlequin vint lécher le visage de Sarah alors que six heures sonnaient au clocher du village. Elle marmonna une phrase inintelligible, se retourna dans son lit. Mais son chat lui sauta sur le dos et entreprit de pétrir ses épaules.

— Arlequin ! grogna-t-elle.

Elle devait se lever. Eliette et Alice, les deux amies avec qui elle cueillait les abricots, allaient l'attendre au calvaire de la Croix-Bâtie si elle ne se pressait pas. Elle devait se lever, même si tout son corps était courbatu. Poussant un énorme soupir, elle se résolut à repousser son drap et à poser les pieds sur le parquet. Aussitôt, son chat se rua sur ses orteils, les mordillant avec enthousiasme.

— Petit coquin ! fit Sarah attendrie.

Elle aimait l'été, se dit-elle, tout en se débarbouillant à sa table de toilette et en passant ses vêtements. Une robe légère, un gilet jeté sur ses épaules, des espadrilles composaient sa tenue. Elle dévala l'escalier, suivie de son chat toujours aussi joueur, et pénétra dans la salle où son grand-père buvait son café tout en fumant sa première cigarette de la journée. Elle l'embrassa sur le sommet de la tête, comme elle en avait l'habitude.

— Bien dormi, mon petit chat ? s'enquit Martin Steiner.

A cet instant, en le voyant assis bien droit sur sa chaise, donnant une image de force paisible que rien ne pouvait entamer, Sarah se dit qu'il constituait le pilier de leur famille.

— Prends un bon petit déjeuner, lui recommanda-t-il. Tu vas travailler dur.

Elle opina du chef.

— Ça me plaît, grand-père. Il y a une bonne ambiance entre nous.

— Une belle jeunesse, approuva Martin.

Le matin, il se joignait aux cueilleurs d'abricots mais revenait s'accorder une sieste aux Gipières alors que les jeunes s'allongeaient à l'ombre avant de reprendre leur labeur dès quinze heures trente.

— De toute manière, reprit Sarah, les abricots sont moins fatigants que la lavande.

Elle en parlait d'expérience, ayant essayé deux semaines auparavant d'accompagner son frère le long des terrains en pente où la lavande poussait dru.

Le premier soir, moulue, courbatue, elle avait dû abandonner, non seulement à cause de l'épuisement mais aussi parce que son rendement était insuffisant comparé à celui des jeunes hommes et des saisonniers. Pour les abricots, on restait entre soi, entre gens du pays, ce qui amusait fort la jeune fille.

Bien que née à Berlin, elle se considérait désormais comme chez elle dans le pays nyonsais. L'accueil qui leur avait été réservé, l'amitié qui la liait à Eliette et à Alice, l'estime dans laquelle on tenait le nom des Steiner avaient joué en sa faveur. Eliette, Alice et elle s'invitaient souvent mutuellement. Eliette habitait Sainte-Jalle, Alice place des Arcades à Nyons. Les parents d'Eliette étaient cultivateurs, la mère d'Alice, libraire. Les uns et les autres avaient accueilli la jeune réfugiée avec chaleur, tout comme ses amies étaient reçues à bras ouverts aussi bien aux Pilles qu'aux Gipières. En leur compagnie, Sarah avait retrouvé une partie de son insouciance.

Elle étala de la confiture de gigérine sur les généreuses tartines que son grand-père venait de lui couper, leur fit honneur, ainsi qu'à son bol de café noir. Martin lui sourit.

— Nous sommes si heureux, ta grand-mère et moi, que tu passes l'été à la ferme, lui dit-il. L'an prochain, Ralf et Greta viendront certainement eux aussi.

Prudemment, Sarah s'abstint de répondre. Elle savait que Philippa et Thaddée acceptaient mal l'idée de se séparer des jumeaux. Tous quatre vivaient en osmose, comme si cela avait pu les rassurer. Ralf et Greta s'étaient vite adaptés à leur nouvelle vie et jouaient avec leurs camarades sur la place des

Arcades ainsi que dans les ruelles montant vers le château. Ils parlaient couramment le français, désormais. Ralf avait même « attrapé » une pointe d'accent provençal, ce qui amusait sa mère.

Sarah jeta un coup d'œil à l'horloge de la salle.

— Oh ! Je vais être en retard ! On se retrouve là-haut, grand-père ?

Prestement, elle attrapa leurs deux bols, les rinça sur la pile et les retourna.

Martin se leva plus lourdement.

— File, ma grande. Tu seras arrivée avant moi.

Lui grimpait vers les champs d'abricots au volant de sa bétaillère Renault ayant déjà un âge certain mais toujours vaillante.

Il y chargeait les caisses pleines de fruits ronds, à la peau duveteuse, au parfum à la fois doux et prononcé, qu'il vendrait sur le marché, aux confituriers et aux épiciers.

Sarah s'éclipsa. Martin suivit des yeux sa silhouette mince et esquissa un sourire. « La petite », comme Renate et lui l'appelaient entre eux, devenait une ravissante jeune fille. Ils avaient craint, un moment, qu'elle ne parvienne pas à s'adapter à leur nouvelle vie, mais finalement elle s'était constitué de nouvelles racines dans les Baronnies.

Il sortit de la poche de son pantalon la lettre de son ami Werner reçue la veille, la relut. Il y avait songé toute la nuit et son cœur saignait. Les persécutions s'accumulaient contre les juifs d'Allemagne. Après la Nuit de cristal, on avait ordonné aux commerces de détail juifs de fermer avant le 31 décembre 1938. On avait aussi retiré leur permis de conduire aux juifs allemands et un décret d'avril 1939 permettait aux propriétaires aryens d'expulser leurs locataires juifs.

Comme le résumait Werner, les juifs étaient dépouillés de leurs biens comme de leur statut. De plus en plus considérés comme des sous-hommes, une race inférieure, ceux qui ne pouvaient envisager d'émigrer, faute d'argent, étaient condamnés à une vie en marge.

Cette certitude révoltait Martin. Il jeta un coup d'œil à la colline descendant en pente douce vers le hameau, se dit qu'ils avaient eu beaucoup de chance, les siens et lui, de trouver refuge aux Gipières.

En même temps, il ne parvenait pas à juguler une angoisse sourde.

Pour combien de temps encore étaient-ils en sécurité en France ?

17

1939

En y réfléchissant bien, David se disait que cet été 39 était différent des étés précédents. Il se trouvait à la croisée des chemins. Certes, il avait cueilli la lavande puis aidé son grand-père à s'occuper des bêtes, mais il s'acquittait de ses tâches sans cœur à l'ouvrage. Hannah lui manquait trop.

Il rêvait de retourner à Berlin afin de la serrer dans ses bras et, pourquoi pas, de la convaincre de revenir en France avec lui. Il savait que c'était impossible. Hannah n'abandonnerait pas ses parents. N'étant pas juifs, ils ne subissaient pas les persécutions nazies.

Le courrier était de plus en plus capricieux. Hannah écrivait de longues lettres parsemées de citations. Elle traversait une période de délectation morose qui inquiétait David. Exerçait-on des pressions sur elle ? Il n'avait pas oublié le sort de son amie Helga et aurait voulu se trouver à ses côtés pour la protéger.

Hannah rêvait d'enseigner la littérature mais les jeunes femmes allemandes se devaient, dans la nouvelle logique du national-socialisme, d'être de bonnes ménagères et, surtout, de donner naissance à de nombreux enfants.

Cette perspective révoltait Hannah, qui avait toujours vu sa mère travailler. Ecœurée par l'atmosphère qui régnait à l'université, elle choisit de se tourner vers des études d'infirmière. Au moins, se disait-elle, elle se rendrait utile. Ses parents l'approuvèrent, peut-être parce qu'ils craignaient que sa grande sensibilité ne la rende vulnérable dans les milieux universitaires, gangrenés par le nazisme. Mais, de toute manière, l'idéologie nazie était partout. Lorsqu'elle rentrait dans la maison familiale après avoir parcouru une partie de la ville, Hannah courait se laver, éprouvant le besoin de se débarrasser de la peste brune, omniprésente.

Il fallait se défier de tous. Partir du principe que la moindre critique pouvait vous expédier dans un camp de concentration, vous et votre famille. Terrorisée par le climat ambiant, Hannah commença à faire des cauchemars. David lui manquait horriblement. Elle aurait aimé le rejoindre en France, tout en sachant que c'était impossible. Que deviendraient ses parents, déjà surveillés à cause de leurs amis juifs et aussi parce qu'ils étaient anglophiles ? Hannah ne pouvait pas les abandonner. Elle souffrait, cependant, de la situation et avait l'impression de trahir son idéal.

Elle se sentait désormais étrangère dans son propre pays.

La camionnette hoqueta au moment de bifurquer en direction de Rémuzat.

— Ce n'est pas le moment, ma vieille, fit Walther en posant une main apaisante sur le large volant.

Il était déjà en retard pour livrer les marchandises commandées aux habitants du hameau. Ceux-ci avaient besoin de boissons, de farine, de sucre et de conserves.

Ainsi, ils évitaient de se rendre à Nyons, ce qui représentait une bonne « trotte ». Chaque semaine, l'épicière donnait sa commande à Walther et il s'efforçait de la satisfaire au meilleur prix.

Il aimait bien Clémence. Agée d'une petite trentaine, veuve, elle tenait son épicerie tout en élevant ses deux garçons et en s'occupant de son père, paralysé.

L'hiver, celui-ci passait la plus grande partie de ses journées dans la boutique, ce qui évitait à Clémence de s'inquiéter à son sujet. Phonse Chapas ne tenait pas en place malgré son handicap et manœuvrait son fauteuil roulant avec une grande dextérité.

Walther trouvait Clémence belle. Oh ! il avait connu des femmes plus élégantes, plus jeunes, plus jolies, mais Clémence était différente, avec ses longs cheveux sombres rassemblés en chignon et ses yeux gris. Elle avait toujours un plat qui chauffait sur sa cuisinière, de quoi nourrir les colporteurs ou les travailleurs qui se seraient arrêtés au hameau. Philo, la chatte tigrée, veillait sur la cuisinière avant d'aller faire sa sieste dans la remise, d'où elle chassait les souris. Il faisait bon chez Clémence. La camionnette tressauta et, dans un dernier effort, s'immobilisa devant l'épicerie. L'épicière, les mains enfarinées, sortit. Un grand sourire éclaira son visage.

— Hé, bonjour, Walther ! lança-t-elle. Tu arrives bien tard aujourd'hui.

Il sauta à terre.

— Ma camionnette se fait tirer l'oreille. Bonjour, Clémence. Tout va comme tu veux ?

Il aurait aimé lui poser des questions plus personnelles, songea-t-il brusquement. Lui demander si elle était heureuse, dans son hameau perdu, si elle ne rêvait pas d'une autre vie… Son plus jeune fils, Albert, la rejoignit. Il tenait une toupie.

Walther se pencha, le saisit dans ses bras et le fit tourbillonner.

— Albert, tu as encore grandi depuis la dernière fois !

Il échangea un coup d'œil complice avec Clémence. Une cliente, portant un filet à provisions bien rempli et s'appuyant sur sa canne, sortit à son tour de l'épicerie. Elle salua Walther avec chaleur, lui demanda s'il viendrait à la fête votive, le dimanche suivant.

Il marqua une hésitation.

— Ma foi... Si je suis libre et si vous me réservez la première danse, madame Loris, s'amusa-t-il.

Elle lui adressa un clin d'œil.

— Entendu, je compte sur vous.

— Eh bien..., commenta Clémence, tu fais des ravages, Walther !

Il sourit.

— N'exagérons pas. Madame Loris a seulement besoin d'un cavalier. Au fait, quelles sont les attractions de la fête ?

— Voyons... il y aura la musique, le tir aux coqs, le bal l'après-midi.

— Le tir aux coqs ? répéta Walther, étonné.

Clémence baissa la voix :

— Tu ne connais pas ? C'est un homme de la région qui se rend sur les fêtes locales avec ses coqs, quatre en général. Les gens viennent avec leur fusil et leurs cartouches et paient une certaine somme par coup de fusil. Celui qui tue le coq l'emporte. Naturellement, c'est interdit, mais comme on dit, c'est interdit de se faire prendre. Tu fronces les sourcils ?

Walther sourit et répondit, en reprenant son accent berlinois :

— C'est mon côté allemand. Le respect du règlement, tout ça...

Clémence haussa légèrement les épaules.

— Ça n'a pas beaucoup d'importance, tu ne crois pas ? Walther, je vais t'ouvrir le soupirail de la cave. Tu as apporté toute ma commande ?

— Bien sûr.

Il suivit d'un regard rêveur la silhouette de la jeune femme qui se dirigeait vers la cave.

Il aurait dû se taire, se dit-il, elle avait pris sa remarque pour un reproche. Pourtant, il s'agissait seulement d'une constatation. Même s'il parlait désormais un français presque parfait, il lui arrivait d'être dérouté par certains comportements. « Des arrangements », comme disait Georges Vianey.

Or, il tenait à l'estime de Clémence. Peut-être à quelque chose d'autre aussi, se dit-il.

Il était sensible au dynamisme et à la gaieté de la jeune femme. Elle l'attirait également, mais il ne savait comment le lui faire comprendre.

Il déchargea les casiers à bouteilles, les descendit dans la cave, apporta trois autres cageots qu'il déposa sur le comptoir de l'épicerie, et tendit la facture à Clémence après être allé saluer le vieux Phonse qui lisait son journal.

La jeune femme parcourut la note des yeux.

— Je te règle en deux fois, Walther, ça te convient ?

— Pas de problème, assura-t-il.

Il ajouta, tandis qu'elle lui tendait plusieurs billets :

— Je viendrai dimanche à la fête. Tu me réserveras la dernière danse, si madame Loris m'en laisse le loisir !

Clémence lui adressa un sourire éblouissant.

— Je t'attendrai.

18

Berlin, 1939

Une atmosphère étrange pesait sur Berlin en cette fin août. La ville était en attente, depuis que Goebbels, le sinistre ministre de la Propagande « et de la Désinformation », comme disait Peter Ritter, avait lancé de fausses rumeurs sur des massacres d'Allemands survenus en Pologne.

Hannah supportait de moins en moins bien ce climat de patriotisme exacerbé. Nombreux étaient ceux qui appelaient la guerre de tous leurs vœux. « La revanche, enfin ! » plastronnaient des vétérans gagnés à l'idéologie du national-socialisme. Le pays tout entier vibrait aux discours exaltés du Führer, plus encore depuis la grandiose parade militaire qui avait célébré son cinquantième anniversaire, le 20 avril.

Chez les Ritter, Peter ne se faisait plus d'illusions.

« Hitler va faire une bouchée de la Pologne et provoquer une nouvelle guerre mondiale », prédisait-il.

De son côté, Lisa refusait de suivre l'actualité, comme pour s'en protéger. Elle préférait lire ses chers auteurs anglo-saxons, ou plutôt les relire car il lui était devenu quasiment impossible de s'approvisionner en nouveautés. Les ouvrages étrangers faisaient l'objet d'interdictions stupides et irrationnelles.

Hannah, impuissante, constatait que ses parents s'enfonçaient dans un état dépressif. Sa mère cuisinait de moins en moins, ne chantait plus. « Je ne reconnais plus mon pays », déclarait-elle de temps à autre.

Hannah, assise à sa fenêtre, referma son manuel d'anatomie en réprimant un soupir. Même si elle avait choisi de devenir infirmière, elle savait qu'elle regretterait encore longtemps de ne pouvoir se consacrer à la littérature.

Elle jeta un coup d'œil peiné à l'ancienne maison des Steiner. Celle-ci, après le passage de plusieurs locataires, avait été attribuée dans le cadre de l'aryanisation des biens juifs à un officier nazi. Chaque fois qu'elle regardait du côté du vieux tilleul, Hannah éprouvait une profonde tristesse. Il lui semblait qu'on leur avait arraché leur enfance, à David et à elle. Le jardin qu'elle avait toujours connu un peu sauvage était désormais entretenu avec soin.

« Trop bien peigné », disait son père, à juste titre.

Hannah n'avait plus envie de s'y glisser comme jadis et avait bouché le trou dans la haie mitoyenne. Il n'empêche… elle n'oublierait jamais les heures enchantées qu'elle y avait passées en compagnie de David.

— *Fräulein* Ritter ! Bonne soirée à vous.

Elle tourna la tête, irritée. Pourquoi donc le « voisin nazi », comme elle l'appelait, prenait-il la peine de la saluer ? Il l'exaspérait avec son allure martiale et son regard insistant. Elle lui répondit d'un signe de tête et esquissa le mouvement de se retirer dans sa chambre mais il reprit :

— Je suis un peu cavalier, *Fräulein* Ritter, mais j'aimerais vous emmener demain soir à une réception à l'hôtel Adlon.

— Je ne sais si mes parents me le permettraient, répondit prudemment Hannah.

L'officier claqua des talons.

— Ils seront fiers, je pense, de vous savoir introduite dans le monde de nos hauts dignitaires. C'est une forme de… sécurité.

La jeune fille saisit la menace sous-jacente. Une bonne Allemande n'hésiterait pas une seconde. Etait-elle une bonne Allemande ? Pas vraiment, puisque les conditions de vie dans son pays natal la révoltaient.

Cependant, refusant de s'incliner, elle suggéra à l'officier de se présenter le lendemain chez ses parents. Il sourit.

— J'y serai à sept heures demain soir. Bonne nuit, *Fräulein*.

Ce soir-là, les Ritter tinrent une sorte de conseil de guerre. Etant donné que Peter subissait déjà des pressions de plus en plus fortes à l'université parce qu'il avait pris position contre les mesures antisémites, tous trois convinrent qu'Hannah ne pouvait se soustraire à l'invitation.

— Tu auras la permission de minuit, ma chérie, déclara Peter avec un sourire empreint de tristesse. J'ai bien l'intention de le préciser à notre voisin. Quel malheur que la famille Steiner ait dû quitter le pays…

La gorge nouée, Hannah ne put prononcer un mot.

Elle aurait tout donné pour se trouver aux côtés de David.

Situé sur l'avenue Unter den Linden, dans une sorte de triangle d'or regroupant les ambassades de Grande-Bretagne, de France et des Etats-Unis, l'hôtel Adlon constituait un fleuron de Berlin, et le rendez-vous de nombre de journalistes étrangers.

Sa façade, percée de hautes fenêtres sur six étages, en imposait, tout comme sa légende. N'avait-il pas accueilli des personnages illustres comme Louise Brooks, Marlene Dietrich, Joséphine Baker, Charlie Chaplin ou Jackie Coogan ? Mais, ce soir-là, Hannah n'était pas impressionnée. Elle se sentait furieuse d'avoir dû accepter l'invitation de l'*Oberleutnant* Rheinhardt.

A l'intérieur des salons brillamment illuminés, uniformes sombres et robes du soir se mêlaient. Pour la première fois de la soirée, Hannah esquissa un sourire.

— Je ne vous fais pas honneur, *Oberleutnant*. Je crains de ne pas être assez élégante.

Dans sa famille, on avait toujours accordé plus d'importance aux livres qu'à l'apparence extérieure. Elle portait une jupe bleu marine, un corsage blanc, et avait posé un cardigan bleu turquoise, assorti à ses yeux, sur ses épaules.

Son cavalier se récria. Elle était adorable, voyons ! D'ailleurs, notre Führer ne prônait-il pas la plus grande simplicité pour la femme allemande ? Celle-ci ne devait pas être trop coquette, n'avait pas le droit de se maquiller ni de se teindre les cheveux.

— Le meilleur rôle de la femme est de donner le plus grand nombre d'enfants au Reich ! lança-t-il avec emphase.

Ecœurée, Hannah ne répondit pas. Ce genre de discours lui rappelait le destin tragique de son amie Helga. Elle avait hâte de rentrer chez elle.

Un buffet abondamment garni offrait des plats plus appétissants les uns que les autres mais elle n'avait pas faim. Elle accepta un verre de vin du Rhin et profita d'une conversation entre Rheinhardt et un inconnu haut gradé pour circuler dans les salons.

Tout autour d'elle, on parlait de la Pologne, naturellement, mais aussi de festivités et de gloire. Hannah se sentait déplacée dans ce cadre luxueux.

Elle croisa une femme élégante dont le visage lui parut familier, avant de reconnaître la mère de David. Elle la salua d'un signe de tête mais Ruth l'ignora. Elle était belle, d'une beauté irréelle dans sa toilette en dentelle bleu nuit, et ses yeux brillaient étrangement. Elle avançait au bras d'un officier âgé d'une quarantaine d'années, impressionnant dans son uniforme noir.

Le silence se fit autour du couple puis, une fois qu'il se fut dirigé vers le buffet, les conversations reprirent à mi-voix. Hannah en saisit quelques bribes. « Il est fou d'elle », « Quel couple superbe ! ».

Hannah ne raconterait pas cette rencontre à David, de crainte de le blesser. De toute manière, les ponts étaient coupés depuis longtemps entre Ruth et les Steiner.

Pourquoi la mère de David et de Sarah avait-elle renié sa famille ? Par peur ou par désir d'obtenir des privilèges ? Hannah ne parvenait pas à la comprendre.

De retour auprès d'elle, Rheinhardt posa sa main gantée sur le bras nu de la jeune fille, la faisant tressaillir.

— Goûtez ces petits-fours, Hannah, ils sont délicieux. Vous permettez, n'est-ce pas, que je vous appelle Hannah ? Moi, c'est Siegfried.

Elle lui sourit de façon mécanique, se demandant déjà comment elle pourrait se débarrasser de lui dans les jours à venir. Seigneur ! Ce n'était pas une bonne idée d'avoir accepté son invitation. A présent, il allait se bercer d'illusions !

Cependant, il ne se montra pas trop pressant sur le chemin du retour, au grand soulagement de la jeune fille. Il parla de son admiration éperdue pour le Führer, de ses espoirs de monter en grade, de sa haine à l'égard des juifs. Hannah imaginait sa fureur s'il apprenait qu'elle aimait le juif ayant grandi dans la maison qu'il était si fier d'habiter.

Il retint sa main dans les siennes au moment de prendre congé.

— J'ai été charmé, Hannah, vraiment. Il faudra que nous recommencions.

Elle murmura une phrase inaudible et s'éclipsa. Son père l'attendait dans le salon. Il lisait. Il leva la tête vers elle.

— Hannah, ma chérie, tout va bien ? Tu es si pâle…

— Ça va, papa. C'est juste que… Oh ! Si tu avais vu tous ces nazis ! Ils se comportent en maîtres…

— Ce sont les maîtres désormais, laissa tomber Peter Ritter, et il poussa un énorme soupir en refermant son livre. Allons nous coucher, ma chérie. Demain, il fera jour.

19

Septembre 1939

Pour la première fois depuis longtemps, Walther Steiner s'amusait sans arrière-pensée. Comme promis, il était arrivé au hameau à onze heures, et avait emmené Clémence et ses garçons à la fête de Beaullon à quatre kilomètres du hameau.

Les enfants, Clovis, sept ans, et Albert, cinq ans, coururent vers les manèges dont ils parlaient depuis plusieurs jours, en brandissant les pièces que leur mère leur avait données.

— Ils vont vite être à court d'argent, s'amusa Clémence.

Elle se tourna vers Walther.

— Et tes enfants ? La fête ne les intéresse déjà plus ?

— Ma fille, à quinze ans, préfère refaire le monde en compagnie de ses amies. Mon fils étudie le droit à Avignon mais je ne suis pas certain que cela le passionne. Nous avons un peu de peine à communiquer, ces derniers temps.

La greffe n'avait pas pris, songea-t-il. David ne parvenait pas à s'intégrer en France, certainement parce que Hannah lui manquait trop. Walther était certain d'avoir commis une erreur en laissant son fils poursuivre ses études à Berlin jusqu'en 1938. Il aurait dû tout remettre à plat avec lui, et ne s'en sentait pas le courage. Il redoutait un coup de tête de la part de son aîné. Si jamais il lui prenait la fantaisie de retourner à Berlin…

David mesurait-il vraiment la gravité de la situation ? Walther en doutait parfois.

Haussant les épaules, il se tourna vers Clémence et lui offrit son bras.

— Nous allons déjeuner tous ensemble, proposa-t-il.

— Avec plaisir.

Elle avait ôté sa blouse et portait une ample jupe fleurie ainsi qu'un chemisier blanc brodé au col. Elle avait dénoué son chignon, et ses cheveux ondulaient souplement sur ses épaules. Elle était d'une simplicité rafraîchissante comparée à Ruth, qui incarnait la sophistication.

— Avec Gilles, mon mari, nous ne manquions jamais la fête de Beaullon, murmura-t-elle d'une voix lointaine.

Avait-elle éprouvé le besoin de mentionner le nom de son époux afin d'établir une certaine distance entre eux deux ? se demanda Walther. S'il était attiré par la jeune femme, il ignorait ce qu'elle éprouvait de son côté.

Il choisit de ne pas répondre. Henri, un solide bûcheron, vint lui donner l'accolade.

— Oh ! Walther ! Tu es venu te perdre parmi nous ? Je n'en reviens pas !

Il coula un regard explicite en direction de Clémence.

— Ta bonne amie ? Il paraît qu'elle est du genre farouche.

— Nous sommes seulement amis, précisa Walther.

Il se demanda si Clémence les avait entendus. Toute son attention était requise par le manège sur lequel tournaient ses garçons mais il était persuadé qu'elle cherchait aussi à suivre leur conversation. Il se retourna vers elle et les joues de la jeune femme s'empourprèrent.

Henri repartit après lui avoir serré la main avec vigueur et leur avoir lancé un « Amusez-vous bien ! » un brin ambigu.

Sur la place, on parlait de l'ouverture de la chasse et de la Pologne. Ces deux sujets échauffaient les esprits. Walther se dit qu'il refusait d'y penser. Sa famille et lui se trouvaient en France, à l'abri.

Il avait obtenu son visa. Rien ne pouvait leur arriver.

L'orchestre – un accordéon, un violon – jouait « Qu'est-ce qu'on attend pour être heureux ? ». Clémence et Walther tournaient sur la piste improvisée, parmi d'autres couples.

— Qu'est-ce qu'on attend pour être heureux ? chantait Clémence à tue-tête.

Walther la faisait tournoyer, retrouvant le plaisir de danser alors qu'il ne s'était pas livré à cette activité depuis le début des années 1920. Ruth préférait le tennis à la danse et n'aurait jamais accepté de fréquenter les Biergarten, notamment ceux situés au bord du lac de Wannsee, où régnait une atmosphère bon enfant.

« Nous ne sommes pas du même monde », avait-elle déclaré un jour à un Walther interloqué.

L'accordéoniste et le violoniste enchaînèrent sur « Sombreros et mantilles ». Clémence éclata de rire parce qu'elle avait perdu le rythme.

— Oh ! C'est bon de prendre un peu de bon temps ! s'écria-t-elle.

Brusquement, l'orchestre cessa de jouer. Les danseurs s'entreregardèrent. Le maire apparut sur la place. Son visage était grave.

— L'Allemagne a envahi la Pologne à quatre heures quarante-cinq ce matin, annonça-t-il d'une voix blanche. La France vient de décréter la mobilisation générale et l'état de siège.

Les exclamations, les protestations fusèrent. Clémence, comme plusieurs femmes, se signa.

— La mobilisation générale… C'est donc la guerre ? souffla-t-elle.

Walther s'efforça de la rassurer, sans grande conviction. Il avait eu vent par Philippa et Thaddée des projets expansionnistes du Reich et du fameux *Lebensraum*, l'espace vital.

— Y a-t-il une chance que nous échappions à la guerre ? s'enquit Clémence.

Il lut dans son regard levé vers lui qu'elle s'inquiétait à son sujet. N'était-il pas allemand ? Il s'efforça de la rassurer :

— Nous le saurons d'ici un ou deux jours. Tes garçons n'ont pas l'âge d'être mobilisés et moi, je suis trop vieux.

— Dieu merci !

Un agriculteur éméché se rapprocha d'eux.

— T'as rien à foutre par chez nous, le Boche ! lança-t-il. Va retrouver ton maudit Hitler !

Derrière lui, un murmure approbateur courut. A cet instant, on oubliait vite les services rendus par Walther, ainsi que son dévouement. Seule comptait sa nationalité.

— Il est réfugié en France ! s'époumona Clémence. Justement pour échapper à Hitler.

— Ce n'est pas faux, fit remarquer Henri, le bûcheron.

« Va-t-on me lyncher, ou me lapider ? » se demanda Walther. Il se sentait curieusement détaché, comme si cela n'avait plus d'importance.

Il fit face à celui qui l'avait interpellé.

— Je suis prêt à me battre pour la France, déclara-t-il posément. Le Reich nazi n'a rien à voir avec mon pays natal.

Il avait conscience de jouer son va-tout. L'avenir des Steiner était compromis s'il ne parvenait pas à convaincre ses interlocuteurs de sa bonne foi.

— Je suis juif, reprit-il, comme toute ma famille. Or, depuis la promulgation des lois raciales, il n'y a plus de place ni d'avenir possible pour nous en Allemagne.

Le silence se prolongea sur la place. Il y avait Walther, seul, qui venait de se mettre à nu, face aux villageois. Résolument, Clémence se rangea à ses côtés.

— Ton pays est ici, désormais, dit-elle avec force.

L'agriculteur vindicatif enfonça son chapeau sur la tête en grommelant :

— Faut que j'aille voir mes bêtes. De toute façon, la fête est finie.

Alors que les musiciens commençaient à ranger leurs instruments, la vieille madame Loris apparut sur la place. Elle marchait à pas prudents, en s'appuyant sur sa canne.

— Vous me devez une danse, mon cher Walther, lança-t-elle d'une voix claire. Je suis venue exprès pour vous malgré une méchante sciatique.

Elle adressa un signe de la main aux musiciens, qui s'exécutèrent.

— Musique, s'il vous plaît, messieurs ! Mon air préféré.

Et lentement, Walther et la vieille dame se mirent à danser sur « Plaisir d'amour », tandis qu'une larme roulait sur la joue de Clémence.

Elle était décidée à tout mettre en œuvre pour protéger l'homme qu'elle aimait.

20

Drôme, 1940

— Drôle de temps, drôle de guerre ! marmonna Martin Steiner, en suivant des yeux les évolutions d'un vautour haut dans le ciel.

Depuis la déclaration de guerre à l'Allemagne, le 3 septembre, le pays s'était trouvé confronté à un ennemi insaisissable qui avait d'abord porté ses efforts sur le front de l'Est.

Martin pensait aux membres éloignés de sa famille vivant en Pologne, et son cœur saignait. Il était ce qu'il appelait un « entre-deux-rives ».

Né dans une famille pauvre de Varsovie, il avait fait fortune en travaillant d'arrache-pied dès l'âge de douze ans, s'était établi en Allemagne et avait épousé l'héritière d'une lignée de juifs allemands souvent prompts à critiquer ceux qu'ils désignaient sous le terme d'*Ostjuden*, les juifs de l'Est, avec une pointe de supériorité.

Une angoisse pinça le cœur de Martin. Parce qu'il avait lu *Mein Kampf* dès sa parution, il pressentait qu'Hitler ne s'arrêterait pas là dans son obsession à éliminer le peuple juif. Etaient-ils en sécurité en France ? L'issue de cette « drôle de guerre » suscitait en lui nombre d'inquiétudes.

En joueur d'échecs averti, Martin plaçait ses pions et tentait de protéger les siens.

Grâce aux bonnes relations nouées dans le Nyonsais, les Steiner ainsi que leurs coreligionnaires venus de Sarre avaient échappé au placement dans des camps comme ceux de Gurs, des Milles, du Cheylard ou de Loriol. Martin, cependant, restait sur ses gardes. Il aurait voulu rassembler ses enfants et petits-enfants aux Gipières mais Philippa et Walther tenaient à leur indépendance. De plus, Sarah, Greta et Ralf étaient scolarisés à Nyons.

Seul David était venu s'installer chez ses grands-parents. Après un conseil de famille, il avait décidé de ne plus étudier le droit à Avignon et de seconder Martin.

« De toute manière, avait-il lancé, à quoi bon poursuivre de longues études puisque je ne pourrai pas m'installer comme avocat ? »

Walther avait baissé la tête. L'abandon de la médecine constituait pour lui une souffrance permanente, et son fils l'avait deviné depuis longtemps.

Martin avait été le premier étonné de la décision de David. Cependant, force lui était de reconnaître que son petit-fils travaillait dur et s'impliquait dans la gestion du domaine. « Comme s'il avait une revanche à prendre », lui avait glissé un soir Renate.

Il ne parlait plus un seul mot d'allemand, n'évoquait plus la vie d'avant. Son français était parfait. Mais son regard reflétait une profonde nostalgie.

« Hannah lui manque, avait confié Walther à ses parents. Sa mère aussi, peut-être ? »

Sur ce dernier point, Martin et Renate n'avaient pas dissimulé leur scepticisme. D'ailleurs, pour eux, Ruth n'existait plus. C'était certainement plus commode. Walther, cependant, se demandait toujours ce qui s'était passé pour que la jeune femme effectue un tel revirement. Etait-ce la peur qui l'avait incitée à rejoindre le camp des vainqueurs ?

Lors de leur dernière rencontre, il lui avait dit tristement : « Toutes les conversions du monde n'y changeront rien. Pour le régime, tu restes une juive, avec des parents et des grands-parents juifs, un époux, des enfants juifs. »

Elle avait tourné les talons en jetant par-dessus son épaule qu'elle ne souhaitait plus discuter avec lui. Il lui avait écrit à trois reprises, lui communiquant son adresse et lui donnant des nouvelles de leurs enfants. Elle n'avait jamais répondu. Exactement comme si elle était devenue une étrangère et était passée de l'autre côté du miroir. Walther avait longtemps gardé pour lui sa souffrance et son désenchantement avant de se résoudre à tourner la page. Clémence l'y avait grandement aidé, même si leur relation n'était pas simple. Clémence n'était pas catholique ou protestante.

De son propre aveu, elle s'estimait athée, élevée par un père laïcard et « bouffeur de curés » patenté. Mais, pour la famille de Walther, elle demeurait une *shiksa*, une femme non juive.

Au fond, cela n'avait pas vraiment d'importance puisque Clémence ne désirait pas se remarier. Comme elle le disait en souriant : « J'ai pris goût à mon indépendance. » De plus, elle n'avait pas envie d'imposer un beau-père à ses fils, même si ceux-ci s'entendaient bien avec Walther. Ils s'étaient aimés le jour de la mobilisation générale, au fond d'une grange, et Walther avait eu le sentiment de revivre, enfin. Depuis son divorce, en effet, il avait mené une vie quasi monacale.

Clémence était jolie, et douce. L'amour avec elle donnait l'impression d'aller de soi. Elle n'attendait pas de grandes déclarations, elle avait seulement besoin de se sentir bien, blottie dans ses bras.

Walther aurait aimé une officialisation, pouvoir passer la nuit chez Clémence plutôt que de la voir à la sauvette, tout en ayant conscience des difficultés. La jeune femme avait la charge de ses deux fils et de son père, en plus de son commerce. Elle ne pouvait se permettre le moindre faux pas, sous peine de perdre sa clientèle.

Officiellement, donc, Walther et elle étaient de bons amis, même si des personnes comme madame Loris, ou Yvette, avaient compris beaucoup de choses. Walther savait qu'elles ne les trahiraient pas.

Il immobilisa sa camionnette devant un débit de boissons, déchargea les caisses de bière destinées au café et les descendit dans la cave. Robert, le patron, lui offrit un demi et rangea la facture dans son tiroir.

— Je te paie à ton prochain passage, ça te va ?

Le moyen de refuser ? Walther n'était pas en position de négocier. Le pays tout entier était plongé dans une atmosphère d'attente depuis septembre 1939. Walther partageait l'avis de son père qui pestait contre la passivité de l'état-major français.

Qu'espérait-il donc ? Qu'Hitler finirait par se lasser et n'attaquerait pas le pays ? Les Steiner n'accordaient aucun crédit à cette hypothèse.

« Le pacifisme nous a fait beaucoup de mal », analysait Martin et, sur ce point, Walther ne le suivait pas. Lui aussi avait voulu croire que la guerre de 14-18 serait la « der des ders », et que le XXe siècle ne connaîtrait plus de conflit majeur.

Certes, son père avait beau jeu de se moquer de son angélisme, Walther persistait à penser que la paix constituait une aspiration tout à fait légitime. Il admettait cependant que Martin, qui avait connu une jeunesse beaucoup plus difficile que la sienne, avait moins confiance que lui dans le genre humain. Son propre idéalisme le gênait. Etait-ce pour cette raison que Ruth l'avait quitté ?

Parce qu'elle le méprisait ? Cette idée lui avait été intolérable.

Dorénavant, il s'en accommodait, parce qu'il s'assumait tel qu'il était, avec ses rêves et ses illusions.

L'amour de Clémence lui avait appris à s'accepter.

Même s'il se doutait qu'il leur faudrait du temps avant d'espérer vivre ensemble.

21

Berlin, 1940

Le Ku'damm était toujours aussi animé, et Berlin ne donnait pas l'impression de redouter les bombardements britanniques. Des siècles de rigidité prussienne avaient forgé le caractère de ses habitants. Malgré le régime, malgré la guerre, Hannah se sentait toujours profondément berlinoise.

Elle prit sa place dans la file d'attente qui s'allongeait devant la boucherie. Le temps était superbe en ce début mai, ce qui permettait de subir avec le sourire les contraintes liées au rationnement. Hannah profitait de cette pause pour réviser ses cours. Elle avait bon espoir de voir ses efforts couronnés à l'été par l'obtention de son diplôme d'infirmière. Elle avait fini par prendre goût à sa formation et ses derniers stages effectués à l'hôpital de la Charité l'avaient convaincue de l'utilité de ce métier. Son père en était heureux pour elle. Sa mère ne disait rien. Depuis la Nuit de cristal, elle s'enfonçait dans un mutisme inquiétant et donnait l'impression d'être indifférente à tout.

« La honte et la culpabilité me rongent », avait-elle confié une seule fois à sa fille. Hannah avait eu beau lui répéter qu'ils n'étaient pour rien dans l'horrible pogrom, Lisa n'avait pas voulu l'entendre. Pour elle, l'Allemagne et les Allemands étaient aussi responsables, précisément parce qu'ils avaient laissé Hitler s'emparer du pouvoir.

Leur maison, jadis si chaleureuse, était devenue sombre et triste.

Hannah tentait d'entraîner sa mère dans des promenades, en vain. Lisa préférait restée enfermée dans sa chambre à ruminer de sombres pensées. Elle n'avait plus de livres anglo-saxons à traduire, et le vivait mal.

S'il s'efforçait de n'en rien laisser voir, son père n'allait guère mieux. Ses rares confidences portaient sur une ambiance délétère à l'université et des thèses raciales aussi horribles que fantaisistes.

« Le monde devient fou et n'a plus de points de repère », estimait-il.

L'obsession antisémite du Reich avait entraîné de nouvelles brimades pour les juifs allemands. Depuis septembre 1939, le couvre-feu était fixé pour eux à vingt heures, et leurs postes de radio avaient été confisqués. Depuis janvier 1940, ils n'avaient plus droit aux cartes de vêtements, depuis mars, leurs cartes d'alimentation devaient comporter la mention « J » et ils devaient respecter des horaires spéciaux d'approvisionnement dans les magasins d'alimentation.

Hannah avait beau se dire que David était parti à temps, elle ne parvenait pas à accepter son absence. Il leur était devenu impossible de s'écrire. Il lui manquait de plus en plus. Son tour venu, elle obtint deux cents grammes de viande hachée et rentra aussitôt après chez elle. Sa mère n'avait pas ouvert les volets de sa chambre.

— S'ils viennent, ils croiront que nous ne sommes pas là, lui dit-elle.

Ces mystérieux « ils » revenaient souvent dans sa conversation. De qui Lisa voulait-elle parler ? Des sinistres SA qui avaient saccagé les demeures et les commerces des juifs durant la Nuit de cristal ? D'autres personnes menaçantes qu'elle était incapable de nommer ? Comment savoir, alors que Lisa communiquait de moins en moins avec les siens ? Soucieuse, Hannah embrassa sa mère et l'invita à venir la rejoindre dans la cuisine. Mais Lisa se pelotonna dans ses draps.

— Je suis fatiguée. Laisse-moi me reposer encore un peu.

La jeune fille prépara le dîner tout en se demandant comment elle pourrait tirer sa mère de sa torpeur. Le médecin consulté avait parlé de neurasthénie, de retour d'âge…

Hannah pressentait qu'il y avait autre chose. Sa mère avait du caractère et ne se serait pas laissée aller ainsi, avant. Avant que le pays ne perde son âme.

Ruth Paulster avait toujours aimé sa ville d'un amour viscéral. Cet après-midi-là, pourtant, elle remontait Unter den Linden sans même jeter un regard à la façade imposante de l'hôtel Adlon. Se ravisant soudain, elle vérifia cependant son reflet dans l'une des portes vitrées. A quarante et un ans, elle prenait toujours grand soin de son apparence. Ses cheveux blonds, éclaircis par son coiffeur, étaient enroulés en bandeaux souples. Un discret maquillage mettait en valeur l'éclat de ses yeux gris, sans parvenir pourtant à masquer ses traits tirés. L'abus de cigarettes, les nuits sans sommeil laissaient des traces. Ruth n'avait plus la beauté du diable et aurait dû mener une vie plus régulière, mais Kurt ne l'entendait pas ainsi. Or, Ruth avait besoin de son amant officier.

Malgré la protection du commandant Wogel, Ruth vivait dans la peur. Elle savait que sa conversion n'avait pas de valeur réelle et que, pour la loi du Reich, elle demeurait une juive. Walther n'avait pas eu tort lorsqu'il le lui avait rappelé mais, à l'époque, Ruth avait refusé de l'entendre. Plusieurs années plus tard, elle devait reconnaître que son ex-époux avait vu juste.

Elle trébucha sur le trottoir, effectua un rétablissement et parvint à ne pas tomber. Ses talons étaient trop hauts, mais ils lui conféraient une certaine assurance. « A condition de ne pas m'étaler ! » se dit-elle avec une pointe d'autodérision.

Entretenue par Kurt, elle s'habillait de façon élégante, tout en restant dans le bon ton.

Kurt lui avait confié un jour apprécier sa bonne éducation et sa réserve. Certes, Ruth ne ressemblait pas aux filles vénales parlant et riant trop fort, qui gravitaient autour des hauts gradés nazis, mais elle n'était plus une jouvencelle.

Elle s'arrangeait pour dissimuler, dans l'intimité, son ventre abîmé par ses deux grossesses. Elle aimait faire l'amour, ce qui lui avait permis de séduire Kurt, et son diaphragme lui évitait de s'angoisser à la perspective de se retrouver à nouveau enceinte mais elle s'était bien gardée d'informer son amant à ce propos. Comme tout nazi qui se respectait, Kurt estimait que la femme allemande devait être avant tout une mère de famille nombreuse.

Elle jeta un coup d'œil à sa montre. Elle était juste à l'heure. Kurt lui avait fixé rendez-vous dans un salon de thé situé Unter den Linden et elle se demandait à quoi cela rimait. Pourquoi n'était-il pas venu la rejoindre comme d'habitude dans son appartement de Friedrichstrasse ? De nouveau, l'angoisse familière lui noua la gorge. Qu'avait-elle à redouter de Kurt ? se morigéna-t-elle. N'avait-il pas parlé, la semaine précédente, de leur mariage ? Elle avait fermé les yeux en se disant qu'enfin elle touchait au but. L'épouse de Kurt Wogel n'aurait plus rien à redouter.

Elle poussa la porte du salon de thé, reconnut son amant assis à une table d'angle. Il leva la tête vers elle sans esquisser le moindre sourire. Ruth se figea.

— Bonjour, mon ami, déclara-t-elle en s'efforçant de ne pas laisser voir ses craintes.

Il l'enveloppa d'un regard glacial.

— Ruth… une belle blonde aux yeux clairs, à la peau blanche… comment aurais-je pu imaginer ?

« Il sait, pensa Ruth, glacée jusqu'à l'âme. Il sait et il va m'abandonner. »

Il lui jeta alors au visage que la Gestapo avait effectué des recherches à son sujet. Il n'avait pas fallu longtemps à la redoutable institution pour établir les origines juives de la jeune femme. Fille et petite-fille d'une famille établie à Berlin depuis plus d'un siècle, elle descendait cependant d'une lignée de rabbins venant d'Europe centrale. Elle avait été l'épouse d'un médecin juif et avait donné naissance à deux enfants.

La main de Kurt s'abattit sur le frêle poignet de la jeune femme.

— Tu m'as trahi, sale petite juive ! Tu t'es bien gardée de me communiquer ton pedigree ! Que cherchais-tu ? A me compromettre ? Qu'est-ce que tu croyais ? Tout finit par se savoir, toujours.

— Je me suis convertie, balbutia-t-elle. J'ai rompu avec ma famille, je n'ai jamais revu mes enfants et…

Il partit d'un grand rire.

— Et alors ? Pour moi, tu es et restes une juive, qui m'a souillé. Une femme d'une race inférieure. Disparais ! Et ne t'avise pas de retourner à l'appartement, j'ai fait changer les serrures. Estime-toi encore heureuse que je ne te fasse pas arrêter !

Assommée, en larmes, Ruth ne trouvait pas les mots pour se justifier.

Qu'aurait-elle pu dire, d'ailleurs, à cet inconnu au visage déformé par la haine ? Ce n'était plus le Kurt qui l'avait séduite.

Elle amorça le geste de tendre la main vers lui ; il la repoussa avec horreur.

— Ne cherche pas à me revoir ni à me contacter. Tu n'existes plus pour moi.

Il se leva et s'éloigna à grands pas vers la porte à tambour. Tétanisée, Ruth mit plusieurs minutes à réaliser ce qui lui arrivait. Elle se redressa avec peine, sortit du salon de thé sous les regards réprobateurs des deux serveuses. Elle était forcément coupable.

Sur l'avenue, elle prit une longue inspiration, tout en cherchant où elle pourrait trouver refuge. Elle se décida cependant à retourner à l'appartement afin d'y prendre ses affaires mais elle constata avec dépit que Kurt ne lui avait pas menti. Les serrures ayant été changées, elle donna des coups de poing dans la porte.

Un cerbère en tailleur gris jaillit sur le palier.

— Qu'est-ce que tout ce tapage ? glapit-elle. Vous n'avez rien à faire ici. Le commandant Wogel m'a bien recommandé de vous interdire l'accès à cet appartement.

— J'aimerais récupérer mes affaires personnelles, implora Ruth.

Son humiliation n'avait plus de bornes. La gardienne désigna de la main deux sacs posés dans l'angle du palier.

— J'ai emballé ce qui vous appartenait. Le commandant a bien stipulé que les vêtements étaient des cadeaux.

— Qu'il les garde ! jeta Ruth, la bouche sèche.

Deux sacs en papier kraft pour plusieurs années partagées… Elle déglutit avec peine.

Où aller ?

Elle rejeta les épaules en arrière.

Ne pas flancher. Ne pas laisser voir à quel point elle était blessée.

Lorsqu'elle redescendit l'escalier, le regard méprisant de la gardienne lui brûla la nuque.

22

Drôme, juin 1940

La nuit, David avait l'impression de tutoyer les étoiles. Gaspard l'avait prévenu : « Les premiers temps sont durs mais après, tu verras… Tu ne voudras pas changer de vie. »

Il se raccrochait à cette promesse : « Tu verras. »

Qui lui rappelait une autre promesse, celle qu'il avait faite à Hannah, deux ans auparavant. « Je reviendrai te chercher. » Son impuissance lui taraudait le cœur.

Depuis l'offensive allemande de mai, David avait compris qu'il leur faudrait patienter longtemps encore. Les jeunes gens ne pouvaient plus correspondre, perdant ainsi le dernier lien qui les unissait. David avait même l'impression que le visage d'Hannah s'estompait dans sa mémoire. En revanche, il se souvenait de chaque parcelle de son corps, exploré durant leur dernière soirée passée ensemble, dans le jardin de leur enfance. Cette nuit-là, Hannah avait insisté pour qu'ils s'aiment.

« Nous ne savons pas quand nous pourrons nous revoir », avait-elle déclaré avec gravité, et lui s'était laissé convaincre. Hannah et lui n'étaient-ils pas destinés l'un à l'autre de toute éternité ?

Allongés au pied de leur tilleul, ils s'étaient embrassés, longuement, avant de se dévêtir. David se souvenait du tremblement de ses mains, et de sa certitude : plus rien ne serait pareil, désormais.

Hannah et lui avaient éprouvé le même éblouissement, en partie altéré par le départ de David. Lorsqu'ils s'étaient séparés, ils avaient entremêlé leurs doigts, et juré de se rejoindre le plus vite possible.

Or, deux ans avaient passé. Deux années interminables durant lesquelles ils avaient suivi des voies différentes.

Le chien de David, un berger nommé Platon, vint se caler contre lui, comme pour lui procurer un peu de réconfort. Son grand-père le lui avait offert plusieurs mois auparavant, et tous deux formaient une belle équipe.

Platon constituait un excellent antidote à la solitude et au marasme. Toujours de bonne humeur, il connaissait parfaitement son métier et vous faisait déplacer un troupeau entier grâce à quelques actions bien orchestrées.

Ce soir-là, cependant, Platon lui-même ne parvenait pas à arracher un sourire à David. Il avait appris durant l'après-midi, grâce à une rencontre avec un collègue, la teneur du discours de Pétain, et ne décolérait pas. Comment le vainqueur de Verdun pouvait-il se coucher ainsi ? Des phrases, notamment, ne « passaient » pas, comme celles-ci :

« C'est le cœur serré que je vous dis aujourd'hui qu'il faut cesser le combat. Je me suis adressé cette nuit à l'adversaire pour lui demander s'il est prêt à rechercher avec nous, entre soldats, après la lutte et dans l'honneur, les moyens de mettre un terme aux hostilités. »

« Ce n'est pas possible ! » avait explosé David. L'offensive éclair de la Wehrmacht l'avait plongé dans un état de sidération. Aux Gipières, son grand-père avait punaisé une carte de la France au mur de la salle et représenté l'avance des troupes du Reich. « Personne n'a voulu me croire quand je répétais que ce peintre raté constituait un danger », grommelait-il.

Il abominait Hitler et sa clique, tout en méprisant le gouvernement français qui n'avait pas eu le courage ou la volonté nécessaires à la poursuite du combat.

David, lui, s'interrogeait quant à l'avenir. Les nazis les avaient rattrapés, qu'allaient-ils devenir ? Etaient-ils en sécurité aux Gipières ? Comment savoir ? Et Hannah… comment vivait-elle la guerre à Berlin ?

Il se retourna sur sa paillasse, remonta sa couverture jusqu'au menton. La journée avait été chaude, pourtant il avait froid. Il se sentait glacé.

Vivre ici, seul, dans la nature, pensa David, en contemplant le paysage offert, avec sa palette de couleurs, le blond des champs de blé, le mauve bleuté des coulées de lavande, le vert sombre des futaies. Bâtie dans la plaine du Brandebourg, Berlin n'avait rien de comparable avec les Préalpes au relief contrasté.

David aimait à prendre de longues goulées d'air face à ses montagnes en se disant que la splendeur du monde lui appartenait. Il aurait tant aimé la partager avec Hannah... La nature, immuable, préservée, face à la guerre et aux bombardements aveugles.

La famille Steiner avait pensé être en sécurité dans le sud de la Drôme mais aucun endroit au monde ne pouvait protéger les juifs. Cette certitude lui brisait le cœur.

« Hannah... », souffla-t-il.

Avec Hannah à ses côtés, il aurait pu espérer encore.

— Ce n'est pas juste !

Marie-Louise Santafiore, que tous appelaient Malou, jeta un regard lourd de reproche à son père.

Gianni demeura imperturbable.

— Toutes mes amies iront au mariage de Lison, insista-t-elle.

— La France est en deuil. Nous sommes en deuil, déclara gravement Gianni Santafiore. On ne se réjouit pas en une telle période.

Les mains sur les hanches, la jeune fille défia son père.

— Vraiment ? Qu'est-ce qu'on fait, alors ? On ne se marie plus ? On ne baptise plus les bébés ? On se couvre la tête de cendres ?

— Tu as très bien compris ce que je veux dire, reprit son père d'une voix lasse. La France nous a accueillis il y a plus de vingt-cinq ans. Je respecte mon pays.

— Je ne lui manque pas de respect, je veux seulement m'amuser ! insista la jeune fille. Mais, bien sûr, tu ne sais même pas ce que ça veut dire ! Pour toi, seul le travail compte !

— C'est ma fierté.

Gianni Santafiore secoua la tête.

— Tu ne peux pas imaginer quelle était notre misère dans les Pouilles. Le père qui se tuait à la tâche, et huit *bambini*, huit petits à nourrir. Il fallait partir, c'était la seule solution. Je n'ai jamais revu mes parents. J'étais costaud, mon père m'avait appris le métier de charbonnier… Des voisins avaient trouvé du travail par ici, au-dessus de la route des Alpes. J'ai fait le voyage, à pied depuis mon village et j'ai fait souche ici…

— C'est de l'histoire ancienne, le coupa Malou.

— Peut-être, ma petite, mais tu ne dois pas oublier d'où tu viens. Jamais. Notre maison, notre terre, nous les devons au travail.

La jeune fille réprima un soupir. Pourquoi son père éprouvait-il toujours le besoin de faire revivre le passé ? Elle, elle désirait aller de l'avant, vivre, à sa guise.

— C'est toujours non ? enchaîna-t-elle avec insolence.

— Naturellement.

Elle haussa les épaules.

— Ce que tu peux être démodé ! Les pères de mes amies ne se posent pas tant de questions !

— Chacun est maître chez lui.

Une nouvelle fois, Marie-Louise se dit que si sa mère avait été là, les choses se seraient passées différemment. Rose était morte six ans auparavant, en donnant naissance à un enfant qui n'avait pas survécu. Si elle avait souffert de sa disparition brutale, elle n'en avait rien laissé paraître face au désespoir de son père. Rose et lui formaient un couple exceptionnel, et Gianni s'était effondré. Heureusement, ses anciens collègues charbonniers l'avaient entouré. Depuis dix ans, Gianni avait abandonné son premier métier pour reprendre la ferme des parents de Rose, située entre Sahune et Sainte-Jalle. Il y cultivait du blé et avait un élevage de chèvres, quelques cochons. Ils n'étaient pas malheureux, même si sa forêt lui manquait. Le dimanche, il partait chasser. Rose comprenait son besoin d'arpenter les bois.

Sa mère était une femme douce et tolérante, pensa Malou. Tout son contraire ! Elle avait, affirmait son père, hérité le caractère de Concetta, sa grand-mère paternelle. « Du feu dans les veines ! racontait Gianni. Lorsqu'elle était petite fille, les voisins racontaient qu'elle leur faisait peur avec ses yeux noirs, comme deux pistolets ! »

Malou ne connaissait pas cette terrible grand-mère, le voyage en Italie était trop coûteux. Elle était morte l'an passé d'une attaque d'apoplexie et Gianni, qui ne se rendait jamais à l'église, était allé prier à Notre-Dame-de-Beauvert. Depuis, il n'avait plus évoqué sa mère.

« Je ne veux pas me laisser attendrir, pensa Malou. Si je l'écoutais, je ne quitterais jamais la ferme ! Or, qu'il soit d'accord ou pas, j'irai au mariage de Lison. »

Satisfaite d'avoir arrêté sa décision, elle adressa un sourire angélique à son père.

C'était si facile de le berner !

Presque trop facile…

23

Berlin, 1941

David, mon amour. Si tu savais à quel point tu me manques… Peut-être le devines-tu ? Il me suffit de fermer les yeux pour nous revoir tous les deux sous notre tilleul. L'officier SS qui habite votre ancienne maison l'a fait abattre et débiter en bois de chauffage l'hiver dernier. Je lui aurais volontiers arraché les yeux ! Mais il convient de rester courtois, même si, intérieurement, je bouillonne… Le personnage en question se croit irrésistible. Heureusement, il s'absente assez souvent.

Comment t'es-tu intégré en France ? Quelles sont les conséquences pour les tiens et toi de l'armistice et de l'occupation ? Dieu merci, vous vous trouvez en zone libre ! Pour combien de temps ? C'est curieux comme cette expression « Dieu merci » est venue spontanément sous ma plume alors que, tu le sais, je suis agnostique. Certains jours, je ne sais plus très bien ce que je suis. Nous évoluons sur un bateau ivre, sans points de repère, sans gouvernail.

Mais, vrai, j'ai trop pleuré ! Les Aubes sont navrantes.

Toute lune est atroce et tout soleil amer :
L'âcre amour m'a gonflé de torpeurs enivrantes.
Ô que ma quille éclate ! Ô que j'aille à la mer ![1]

Quelle mer pour nous ? Je songe à la Baltique, et à ce merveilleux été 1933.

Que sont nos amis devenus ? Tu me manques, Sarah et ton père me manquent, comme Philippa et Thaddée… Je n'arrive pas à croire que nos vies ont basculé, comme ça, d'un coup, à cause d'un fou hystérique et névrosé. La vie à Berlin est étrange, presque irréelle. Nous connaissons des alertes, naturellement. Tout le monde doit alors se rendre dans les abris prévus à cet effet mais les bombardements britanniques manquent de précision. En revanche, tout est rationné, depuis le beurre jusqu'aux bas de soie.

J'ai appris à tricoter des chaussettes. Maman prétend qu'elle n'aurait pas fait mieux. Je m'inquiète pour elle, elle a perdu sa joie de vivre.

Mais, d'autre part, comment pourrait-on cultiver le bonheur dans ce monde de fous ?

*Notre horrible voisin, l'*Oberleutnant*, m'a envoyée au n° 4 de la Tiergartenstrasse à Charlottenburg, en prétendant que je serais embauchée immédiatement. Malheur ! Imagine une belle villa confisquée comme de bien entendu à ses propriétaires juifs, en bordure du Tiergarten où nous aimions tant aller nous promener. Le contraste entre le cadre du plus beau parc de Berlin et l'horrible réalité est saisissant. J'ai failli provoquer*

1. Extrait du « Bateau ivre » d'Arthur Rimbaud.

un scandale au n° 4 avant de trouver plus prudent de répondre que je ne me sentais pas capable de donner la Gnadentod, *la « mort miséricordieuse ». Car, tiens-toi bien, au n° 4 de la Tiergartenstrasse, on détruit les « vies sans valeur » de ceux qui représentent une charge pour la société.*

On m'a fait valoir des arguments qui auraient dû me convaincre. A en croire le responsable qui m'a reçue, en effet, j'obtiendrais des avantages financiers, un avancement rapide, et je devrais être fière et honorée de participer à un projet secret. Arguments qui m'ont laissée totalement indifférente, comme tu peux t'en douter.

Face à mon refus, on m'a assuré que c'était dommage mais que je ne subirais aucune sanction. J'ai quitté la villa le cœur au bord des lèvres. De retour à la maison, je me suis effondrée en larmes avant d'aller voir notre voisin et de lui dire son fait.

Ma réaction l'a choqué. Une véritable Aryenne comme moi devrait adhérer à cette fameuse Aktion T4 destinée à débarrasser le Reich des aliénés, débiles et autres handicapés inaptes au travail ! Je crois que seul mon instinct de survie m'a empêchée de le gifler ! J'ai même réussi à le questionner. Comment procédait-on ? N'y avait-il pas de protestations de la part des familles ? Il m'a répondu que les médecins de l'Aktion T4 établissaient d'abord des formulaires destinés à recenser leurs patients « inaptes au travail ». Ceux-ci étaient ensuite transportés vers les centres de gazage dans des autocars aux vitres peintes, les « bus gris », dont mon père avait déjà entendu parler. Ils étaient enfin assassinés dans *des « chambres de gazage ». Ma main tremble en écrivant ces détails sordides. Comment des médecins, des infirmières peuvent-ils participer à ce qui est une gigantesque entreprise d'assassinat ? Pourquoi personne ne se révolte-t-il ? Qu'a-t-on fait du serment d'Hippocrate ? Mes objections n'ont pas convaincu l'*Oberleutnant *qui a haussé les épaules.*

« Il importe de procéder à l'anéantissement de vies indignes d'être vécues », s'est-il borné à me répondre.

J'aurais voulu tempêter, hurler, m'attaquer à son uniforme. J'en ai été incapable. Parce que je venais de comprendre qu'il trouvait l'Aktion T4 tout à fait logique et, même, normale. Il n'était pas choqué. Pour lui, les races inférieures devaient être éliminées sans états d'âme. Tu te rends compte, David ? Comment pourrais-je me sentir proche de ces monstres ? Le pire est que nous sommes nés dans le même pays, avons reçu la même éducation…

C'est à la fois sidérant et horrible. J'ai honte d'être allemande et, pourtant, c'est de mon pays qu'il s'agit.

Changeons de sujet, cela vaut mieux. Hier, je suis allée jusqu'à l'île des Musées, pour le seul plaisir de revoir l'Alte Nationalgalerie[1] *et son temple antique. Je n'ai pu résister au désir d'aller saluer* L'Ile des morts *de Böcklin. T'en souviens-tu ? Nous n'étions pas d'accord sur la signification de ce tableau. Je pense que, finalement, tu avais raison. Cette île mystérieuse, vers laquelle se dirige une embarcation conduite par*

1. La Vieille Galerie nationale.

Charon, dans laquelle se trouve un défunt debout dans son linceul, symbolise certainement notre destinée. Je n'aimais pas, jadis, l'atmosphère de solitude procurée par les falaises escarpées et les hauts cyprès, mais, à présent, je me dis que ceux-ci évoquent certainement notre mal-être et notre difficulté à vivre.

Je vais mal, mon David, et je ne vois pas d'issue à notre situation.

Pardonne-moi, je n'ai plus d'espérance.

La jeune fille plia soigneusement ses feuillets avant de les glisser dans une grande enveloppe en papier kraft, qu'elle rangea à l'intérieur du tiroir secret de son bureau. Même si elle savait que c'était très dangereux, elle ne parvenait pas à se débarrasser des lettres écrites à l'homme qu'elle aimait.

Il était hors de question de les poster, la censure étant vigilante. Elle espérait qu'un jour David pourrait les lire mais, comme elle le lui avait écrit, l'espérance était devenue pour elle un sentiment irréel. Tout lui faisait peur dans Berlin.

Elle n'avait pas raconté à David sa dernière rencontre avec Ruth. Il s'agissait bien d'elle, même si, au début, elle avait marqué une hésitation.

La femme qu'était devenue Ruth ne ressemblait plus à la jeune femme à la beauté rayonnante croisée dans les salons de l'hôtel Adlon.

Ce jour-là, Ruth portait une robe rouge un peu trop courte et racolait dans le quartier de Kurfürstenstrasse. Son visage marqué, ses tremblements convulsifs révélaient la consommation de drogue.

N'était-ce pas le seul moyen de tenir face à un destin contraire ?

Hannah s'était approchée d'elle et l'avait saluée mais Ruth s'était détournée. « Laissez-moi », avait-elle prié d'une voix lasse et rauque. Hannah s'était enhardie à poser une main sur son bras.

« Venez avec moi, Ruth. Je vais vous trouver un abri pour la nuit. »

La jeune femme s'était dégagée avec force de la main posée sur elle.

« Laissez-moi tranquille, avait-elle répété. Je ne vous connais pas. »

Son regard exprimait une détresse telle qu'Hannah, horriblement gênée, avait détourné les yeux.

La mère de David et de Sarah ne désirait pas être reconnue ; à Hannah de respecter sa décision. Quelque part au fond d'elle-même, Hannah comprenait le choix de Ruth.

Celle-ci ne voulait à aucun prix laisser voir sa déchéance.

Ne préfigurait-elle pas ce que tous les Berlinois allaient devenir ?

Hannah le redoutait fort.

24

Drôme, 1941

« Pourquoi ? » se répéta Sarah, en donnant un coup de pied dans une grosse pierre. Geste qui lui arracha un petit cri de douleur.

Elle avait fini par se rendre aux arguments des siens et renoncé à poursuivre ses études de sage-femme à Avignon. Tout cela à cause des maudites lois raciales qui les avaient rattrapés en France. Elle haïssait Hitler, les nazis, et Pétain, ce vieillard qui se laissait imposer la loi du Reich.

Il était impossible aux ressortissants juifs de passer inaperçus : ceux-ci avaient l'obligation de se faire recenser. Les naturalisations effectuées après 1928 avaient été abrogées. Les Steiner étaient désormais considérés comme des apatrides et sur leurs papiers figurait un tampon à l'encre rouge large de 1,5 centimètre et long de 3,5 centimètres indiquant « JUIF ».

Sarah supportait sans faiblesse cette mesure censée être infamante.

« Je suis juive, et alors ? avait-elle lancé à son amie Eliette sur un ton chargé de défi. Qu'est-ce que cela peut bien leur faire ? »

Elle avait de longues discussions à ce sujet avec les siens. Son père comme Thaddée partaient du principe qu'il convenait de ne pas faire de vagues et de se plier à la loi.

Raisonnement qui exaspérait Martin. « C'est ça ! protestait-il avec véhémence. Tendons la joue droite puis laissons-nous tondre, et égorger avec résignation ? Très peu pour moi ! Croyez-moi, le gouvernement de Vichy ne lèvera pas le petit doigt pour nous. C'est à nous de préparer nos arrières. »

David partageait l'avis de son grand-père. Sarah aurait aimé parler plus longuement avec lui mais leur séparation avait laissé des traces. Son aîné se confiait peu, et donnait l'impression de traîner un désespoir persistant. Hannah, bien sûr…

Se reverraient-ils un jour ? Sarah en doutait fort.

Elle-même avait mûri au cours des dernières années. Elle avait beaucoup lu, beaucoup échangé avec ses amis, ainsi qu'avec son grand-père.

Eliette, Alice et elle étaient toujours inséparables. L'été aux Gipières, le reste de l'année à Nyons ou aux Pilles, les trois jeunes filles parcouraient le pays à bicyclette, et distribuaient des tracts incitant à la résistance.

Martin seul était au courant de leurs activités clandestines. Sarah avait toute confiance en son grand-père. Contrairement à Walther, il estimait qu'il ne fallait pas accorder confiance aux institutions françaises.

« Nous restons des étrangers. Regarde, petite… combien de juifs allemands réfugiés ont-ils été internés à Gurs, au camp des Milles et à Montélimar ? Pour l'instant, nous avons la chance d'être soutenus par la population et plutôt bien intégrés mais… pour combien de temps ? »

Cette incertitude angoissait Sarah. Le jour, elle donnait le change, travaillait dur, plaisantait et riait avec ses amies. La nuit, en revanche, elle se tournait et se retournait dans son lit, imaginant de nouveaux pogroms. Et, toujours, la même question revenait la hanter : qu'avaient-ils donc fait, quels crimes avaient-ils commis, pour susciter autant de haine ?

Elle ne pouvait s'ouvrir de ses craintes auprès de son père. Walther était dans le déni. Pour lui, la situation finirait bien par s'arranger. C'était à se demander s'il avait pris conscience de la gravité des événements. Il continuait de livrer les villages éloignés du Nyonsais, fréquentait Clémence en croyant que la famille l'ignorait, menait une vie normale, sans donner l'impression de danser sur un volcan. Etait-ce de la lâcheté ? de l'inconscience ? Sarah pensait plutôt qu'il refusait de voir la réalité en face pour ne pas sombrer.

Elle aurait voulu aider son père, tout en se sentant impuissante à le faire. Il y avait trop de non-dits entre eux deux et, surtout, l'ombre de l'absente. Même si Sarah avait décidé de ne plus prononcer le nom de sa mère, elle pensait toujours à elle.

Ruth lui manquait, et ce parfois aux moments les plus inattendus. A chacun de ses anniversaires, naturellement, mais aussi le jour de ses premières règles. A qui pouvait-elle se confier ? Alice et elle avaient fait front commun. La mère d'Alice, Philis Desmarais, était douce et sereine. Elle faisait tourner la librairie, à Nyons, tout en élevant sa fille. Sa mère, Marie, l'aidait en préparant les repas et tenant le ménage. Quand elle arrivait chez les Desmarais, et qu'elle voyait Marie, un torchon sur l'épaule, occupée à lire un poème de Victor Hugo à ses deux chats, Sarah avait soudain le sentiment que rien d'autre n'avait d'importance. Marie et Philis avaient su tisser un cocon d'amour autour d'elles.

Elle soupira. Cette atmosphère-là existait aussi aux Gipières mais pas aux Pilles.

Comment s'étonner, dans ces conditions, que David s'éclipse aussi souvent ?

Il secondait son grand-père à la ferme, sans montrer si son travail lui plaisait ou non.

Ces maudits nazis avaient tout abîmé, pensa Sarah. Jusqu'à la belle relation qui l'unissait à son frère.

— Tu viendras à la veillée des Antonin ?

Malou Santafiore adressa un sourire éblouissant à David.

Beaucoup la trouvaient belle, avec ses cheveux couleur de flamme et son regard insolent. Lorsqu'elle descendait de la ferme paternelle, en balançant légèrement les hanches, les hommes la suivaient d'un regard gourmand. On l'imaginait peu farouche, mais son père veillait. De plus, Malou avait jeté son dévolu sur le seul homme qui lui paraissait inaccessible : David.

— Eh bien ? s'impatienta-t-elle.

David repoussa d'une main lasse la mèche de cheveux qui s'obstinait à boucler sur son front. Il venait de descendre d'un tilleul particulièrement fourni et sa saquette lui sciait les épaules. Il aimait pourtant la saison de la cueillette du tilleul, qui lui rappelait Unter den Linden, et Berlin. La douceur suave du parfum miellé des fleurs de tilleul s'insinuait en lui, il pouvait imaginer qu'Hannah se trouvait à ses côtés. Il eut un éblouissement. Il aurait tout donné pour qu'ils soient enfin réunis.

— David ! Je te parle, insista Malou.

Soudain dégrisé, il tourna la tête vers la jeune fille.

— Euh… oui, désolé. Ce ne sera pas possible ce soir, nous avons une réunion de famille aux Gipières. A présent, salut, je dois retourner au travail.

Sidérée, Malou le regarda lui tourner le dos et remonter à l'échelle.

« Non mais… je rêve ! se dit-elle. Je me jette presque dans ses bras et il m'ignore ! Pour lui apprendre, je sortirai avec Bernard ! »

Au fond d'elle-même, cependant, elle était pratiquement certaine qu'il s'en moquerait.

Il ne prêtait pas attention à elle.

25

Drôme, 1942

« Se faire le spectateur de sa propre vie c'est échapper à toutes les souffrances de la vie. »

David se répétait cette phrase d'Oscar Wilde tout en faisant tourner le cheval sur l'aire. Après avoir foulé le blé avec le rouleau, il étendait les gerbes sur l'aire, les coupait et faisait tourner le cheval. C'était une brave bête, bien qu'elle fût borgne.

Donatien, le neveu de Maurice, venu donner la main à son oncle pour les travaux de l'été, fit remarquer avec un sourire moqueur :

— Toi, tu es bien loin d'ici !

Agé de vingt ans, trapu, il abattait de l'ouvrage et avait un caractère ouvert, porté sur les blagues. Appartenant à la même génération, David et lui s'étaient tout de suite bien entendus.

— Tu penses la même chose que moi ? reprit Donatien.

David haussa un sourcil. « Reste en permanence sur tes gardes », lui répétait son grand-père. Cependant, cette précaution valait-elle pour Donatien ?

Parfois, il ne pouvait plus supporter les consignes de prudence et avait envie de hurler sa révolte. Pour, l'instant d'après, songer à tous les juifs étrangers déjà arrêtés et se dire que, s'il désirait retrouver Hannah, il avait tout intérêt à se tenir à carreau.

Le temps, l'éloignement ne faisaient rien à l'affaire. Hannah lui manquait toujours autant. Il avait renoncé à lui écrire, sachant que non seulement ses lettres ne lui parviendraient jamais, mais aussi qu'elles mettraient en danger leurs deux familles. Il se contentait de tenir une sorte de journal, dans lequel il notait des citations extraites des derniers ouvrages lus, des paroles de chansons, des titres de films appréciés...

C'était tout un pan de sa vie qu'il réservait pour elle.

David releva la tête, croisa le regard sombre de Donatien.

— De quoi veux-tu parler ?

Son camarade esquissa un sourire empreint de tristesse.

— De la rafle du Vél'd'Hiv, pardi ! Tout le monde en parle, tout le monde se révolte. Le pire, c'est que des gendarmes français sont allés chercher ces pauvres gens dans leur logis. Des femmes, des enfants, des vieillards...

— Parqués pire que des animaux, sans même qu'on leur donne à boire, renchérit David. Plusieurs dizaines de personnes se sont suicidées. Le plus monstrueux est que l'on a arrêté aussi les enfants à la demande de l'Etat français. Des enfants qui, pour beaucoup, avaient la nationalité française parce que nés en France bien que de parents étrangers.

— Grâce au zèle du gouvernement de Vichy, qui me donne envie de gerber ! lâcha Donatien.

Ses parents, instituteurs, lui avaient transmis les valeurs auxquelles ils croyaient. Son bachot obtenu, il aurait souhaité poursuivre ses études à l'Ecole normale de la rue d'Ulm. Mais la drôle de guerre avait battu son projet en brèche. Devant l'angoisse de ses parents, il s'était résigné à venir seconder Maurice sur ses terres. Le gouvernement de la « Révolution nationale » ne vouait-il pas un véritable culte au retour à la terre ? Donatien avait surtout envie de liberté. A la campagne, il exerçait un travail physique qui convenait à son besoin de se dépenser, tout en lisant, le soir, des livres empruntés à Maurice ou à la bibliothèque.

David et lui s'échangeaient leurs ouvrages préférés. Tout comme son ami, il avait été profondément marqué par la découverte des *Thibault* de Roger Martin du Gard.

Changeant de sujet, comme cela lui arrivait souvent, Donatien cita un extrait de *L'Eté 1914* :

— *Est-ce possible qu'à Paris vous n'ayez pas encore la moindre notion de ce qui se passe depuis trois semaines ? Tous ces présages qui s'accumulent… Il ne s'agit plus d'une petite guerre dans les Balkans. C'est toute l'Europe, cette fois, qui va droit à une guerre ! Et vous continuez à vivre, sans vous douter de rien ?*

David hocha la tête.

— C'est tout à fait ça. Et tu vois, avec le recul, je me dis que nous avons vécu la même chose à compter de 1933. Mon grand-père a compris le premier la gravité de la situation. Sans lui, nous ne serions sans doute plus de ce monde…

Il s'interrompit. Il se souvenait du triste état de Thaddée, agressé par des nazis, de la peur éprouvée dans un Berlin qui n'était plus « sa » ville, mais aussi de l'émotion et de la révolte ressenties lors du tristement célèbre autodafé de Berlin, en mai 1933.

C'était peut-être ce soir-là que tout avait basculé…

— Je crains des arrestations en zone libre, déclara David après avoir marqué un temps de réflexion. La machine est enclenchée… ils ne vont pas s'arrêter en si bon chemin.

— Si tu dis vrai, ta famille et toi n'êtes plus en sécurité.

David haussa les épaules.

— L'avons-nous jamais été ? Tu sais que nous avons été recensés. On nous tolère encore parce que nous travaillons aux champs. Pour combien de temps ?

Son grand-père prétendait qu'on ne viendrait pas les chercher aux Gipières.

N'avaient-ils pas un bon réseau d'amis ? De plus, ils pourraient toujours se cacher dans la montagne.

Mais David n'éprouvait plus de certitudes. L'horrible rafle du Vél'd'Hiv les avait toutes ébranlées.

— En tout cas, reprit-il, je refuse de tendre le cou comme un mouton qu'on conduit à l'abattoir. Je me battrai jusqu'au bout !

— En parlant de se battre..., fit Donatien en baissant la voix. Tu as déjà entendu parler des actions du 14 juillet ?

— Chaque année, de petits groupes cherchent à frapper l'opinion en rappelant l'importance de la fête de la Liberté et en recommandant aux Français d'arborer les trois couleurs du drapeau national ce jour-là.

— Et comment ! Il y a quinze jours, nous devions faire une marche mais finalement tout a été annulé. Les Boches nous doivent une revanche...

— Nous avons dépassé le stade de la « petite guéguerre »...

— Naturellement, mais les actions de « petite guéguerre », comme tu dis, frappent les esprits. C'est ce dont nous avons besoin, en ce moment. Montrer que nous sommes et restons des hommes et des femmes debout, que nous ne calerons pas.

— Tu as des idées ?

— Je ne suis pas le seul. Si ça t'intéresse, tu peux m'accompagner à notre prochaine réunion, à Venterol, dans une semaine. Nous en rediscuterons. Elle a lieu à seize heures.

— Une réunion... en plein jour ? s'étonna David.

Donatien cligna de l'œil.

— Qu'est-ce que tu crois ? Nous sommes des gens sérieux, et nous nous intéressons au rendement de nos terres. Tu verras…

— Je viendrai, promit David.

Cette perspective le motivait. Agir, enfin ! Ne pas rester le spectateur de sa propre vie, mais prendre celle-ci à bras-le-corps.

Le temps pressait.

26

1943

Clémence s'arrêta brusquement de fredonner le refrain de sa chanson préférée, « Mon amant de Saint-Jean », ce qui déplut à son père. Le vieux Phonse tapa sur le bras de son fauteuil roulant.

— Eh bien, petite ! Tu as perdu ta voix ?

Tétanisée, elle fixa la porte de l'épicerie sans parvenir à articuler un son. Le vieil homme se tourna vers le seuil et laissa tomber sa chique.

Un jeune homme – il ne devait pas avoir plus de dix-sept ans – braquait sur Clémence une mitraillette Sten. Il portait un béret, des culottes de golf et une chemise froissée.

— Des provisions, vite ! jeta-t-il d'une voix mal assurée. Du pain, du lard, des pâtes…

— Encore faudrait-il que j'en aie ! répliqua Clémence. Je peux te donner des patates et un peu de margarine, c'est tout.

Elle s'était ressaisie face à la stupeur de son père. Ce n'était qu'un gamin, se dit-elle, il n'allait pas leur faire grand mal.

— Fais voir, reprit le jeune.

« Quelle idée de lui avoir confié cette arme ! » songea Clémence. Avaient-ils perdu tout sens commun, au maquis ? De plus, ce gamin ne devait pas encore être concerné par les mesures si impopulaires du STO.

Clémence s'était efforcée depuis l'armistice de vivre comme si la guerre n'avait pas lieu. C'était pour elle le seul moyen de s'en sortir. Elle avait peur de l'occupant, peur pour ses enfants, peur pour Walther. Elle le trouvait beaucoup trop insouciant, et ne se gênait pas pour le lui faire remarquer.

« Les Boches ne se hasardent pas dans la montagne, répondait-il pour la rassurer. Et puis, je suis intégré au pays. »

Elle aurait voulu insister, lui parler de l'appât du gain, d'une dénonciation toujours possible... mais elle y avait finalement renoncé, de crainte de tenter le sort.

De plus, elle aussi était heureuse de le voir venir lui rendre visite deux fois par semaine, au mépris du danger.

Elle ne l'aimait pas comme elle avait aimé Adrien, son époux. C'était un amour différent, à la fois plus apaisé, mais aussi plus profond.

Adrien et elle étaient très jeunes lorsqu'ils s'étaient mariés. Amour d'adolescents, fièvre de la découverte de leurs corps, sentiment que le monde leur appartenait... Plus tard, il avait fallu composer avec la belle-famille, les problèmes d'argent, la naissance des garçons, le vieux Phonse qui avait des exigences... Walther, lui, ne lui disait pas qu'il l'aimait, mais ses caresses, infiniment tendres, le lui prouvaient à chaque étreinte.

Elle aimait l'entendre lui raconter le passé, dans ce Berlin qu'il n'oublierait jamais, avec cette pointe d'accent qui l'émouvait.

A ses côtés, Clémence se sentait en sécurité. Malgré la guerre. Malgré tout.

Elle saisit un sac de pommes de terre, un pot de margarine, les posa sur le comptoir.

— File ! ordonna-t-elle au jeune. Je ne peux rien te donner de plus.

Il balbutia : « Merci, madame », et s'en fut.

— Drôle de zigoto ! commenta Phonse. Je me demande s'il sait se servir de son arme.

— Souhaitons qu'il en ait besoin le moins possible, marmonna Clémence, en époussetant son comptoir d'un geste machinal.

Cette incursion soudaine lui avait rappelé la guerre. Elle secoua la tête.

Bien qu'elle ait de la peine à le reconnaître, elle avait toujours peur pour Walther.

Durant plusieurs années – jusqu'à la déclaration de la guerre, en fait –, Renate Steiner avait eu l'impression d'avoir retrouvé une certaine sérénité aux Gipières. Elle appréciait le climat des Baronnies, la lumière, et le calme. « Notre refuge », aimait-elle à dire. Cependant, l'intrusion des Allemands en zone libre, l'arrestation de treize coreligionnaires à Nyons, le 25 août dernier, les rares informations en provenance de Berlin avaient suscité chez elle de nouvelles angoisses.

Elle dormait peu, et mal, rêvant de plus en plus souvent qu'on venait les arrêter.

La compagnie de ses chèvres ne parvenait plus à l'apaiser. Seule la musique lui permettait encore de s'évader pendant plusieurs minutes. Concentrée sur la partition, elle oubliait ses craintes jusqu'à ce qu'elle reprenne contact avec la réalité en plaquant le dernier accord. Alors, frissonnante, elle rabattait le couvercle du piano et marchait jusqu'à la fenêtre ouvrant sur la vallée. Elle guettait ceux qui, forcément, grimperaient un jour jusqu'aux Gipières.

Elle se serait sentie plus rassurée si Philippa et Thaddée avaient accepté de les rejoindre à la ferme, ce que tous deux refusaient avec force. Thaddée travaillait depuis 1939 avec un inventeur un peu touche-à-tout, Félix Chapuis, ce qui le passionnait, même s'il ne gagnait guère. Philippa effectuait toujours des ménages et des travaux de couture, et Renate se désolait de voir sa fille vivre d'expédients. Naturellement, le couple était trop fier pour accepter la moindre aide de sa part et de celle de Martin. Seuls Greta et Ralf venaient aux Gipières le temps des vacances, et Renate en profitait pour leur cuisiner des plats reconstituants.

« Ça me rend malade de les voir tirer ainsi le diable par la queue », confiait-elle à Martin, qui haussait les épaules.

« Mon amie, il s'agit de leur choix. Au moins sont-ils en vie. »

Il avait raison, son caractère pragmatique allait droit à l'essentiel. Lorsqu'elle l'observait à la dérobée, Renate se disait qu'il puisait sa force dans l'adversité.

« Ne pas abdiquer, jamais », telle aurait pu être sa devise.

Renate soupira. Elle aurait voulu prier, n'y parvenait plus. Elle se souvenait avec émotion de l'accueil reçu à Nyons, bien avant la guerre, alors que les protestants avaient mis à la disposition des réfugiés juifs l'ancien temple, situé rue de la Fraternité, dans la vieille ville. Martin avait pu y déposer les précieux rouleaux de la Torah qu'il avait emportés dans leurs bagages.

Walther poursuivait ses tournées dans l'arrière-pays, au mépris du danger. Sarah, qui avait obtenu son bachot l'an passé, travaillait désormais chez un garagiste de Sainte-Jalle où elle s'occupait du secrétariat et de la facturation. Plus proche de la ferme que des Pilles, elle s'était installée chez ses grands-parents, ravis.

Restait David… Le jour où il leur avait annoncé sa décision de prendre le maquis, Martin l'avait approuvé d'un hochement de tête.

« Bats-toi comme un lion, mon garçon. Je suis fier de toi. »

A vingt-deux ans, David était grand, bien bâti. Ses cheveux drus avaient blondi sous l'effet du soleil. Il était calme et déterminé, même si la révolte bouillonnait souvent en lui. Renate avait attiré son petit-fils contre elle.

C'était son aîné, celui pour qui elle avait une secrète préférence. Elle lui avait caressé la joue. « Prends soin de toi, mon David, je t'en conjure. » Il avait rejeté la tête en arrière. A cet instant, il lui avait donné l'impression d'être indestructible. « Si seulement c'était vrai ! » avait pensé Renate.

Il leur avait promis de passer aux Gipières à intervalles réguliers. Son père aurait lui aussi de ses nouvelles.

Et… il avait la ferme intention d'abattre le plus de nazis possible.

Renate caressa Arlequin, qui lui tenait compagnie pendant que sa maîtresse travaillait au garage.

« J'aimerais tant… », se dit-elle.

Pour s'interrompre l'instant d'après.

A quoi servait-il de nourrir des rêves ? Il fallait déjà survivre.

27

Berlin, 1943

S'il fallait en croire les films d'actualité, les Berlinois gardaient un moral d'acier malgré le rationnement, les bombardements et la peur. Ils souriaient, même, tout en déblayant les décombres. Hannah aurait bien aimé en rencontrer quelques-uns.

Les habitants de leur quartier, tout comme elle, avaient plutôt tendance à raser les murs et à éviter de traîner à proximité des grandes entreprises, cibles privilégiées des bombardiers britanniques. Sa mère ne quittait plus la maison. Impuissante, Hannah l'avait vue basculer dans une sorte d'agoraphobie et de misanthropie.

Chaque fois qu'elle avait essayé d'en parler avec son père, il avait éludé, refusant d'admettre la réalité. Hannah était certaine que Lisa souffrait, et sa propre impuissance la crucifiait. Comment aurait-elle pu lui venir en aide ?

L'atmosphère régnant à Berlin était anxiogène et délétère.

Depuis le début de l'année, plusieurs convois – environ cinq mille juifs pour les mois de janvier et février – avaient quitté Berlin à destination du camp d'extermination d'Auschwitz. Le nom circulait sous le manteau et on le répétait en frissonnant. Les non-initiés disaient « vers l'Est », comme si cela avait permis de minimiser la déportation. Incrédule, Hannah assistait à la « purification » de sa ville, en se demandant si elle ne vivait pas un cauchemar éveillé. Le 19 mai, Berlin avait été déclarée *Judenfrei*, « purifiée de ses juifs ». Ce jour-là, Lisa avait refusé de quitter son lit. « Mon pays devient fou », sanglotait-elle.

La honte et le désespoir la consumaient. Elle citait des phrases d'Emily Brontë, de Jane Austen et d'Oscar Wilde, tout en critiquant le régime nazi.

Peter lui-même avait pris peur et fermé les fenêtres. Si jamais leurs voisins l'entendaient ? Cela suffirait à les envoyer dans un camp.

Il convenait de se méfier de tout le monde, à commencer par l'*Oberleutnant* Rheinhardt, qui continuait de rechercher la compagnie d'Hannah. La jeune fille réprima un soupir.

« Et encore…, se dit-elle avec une pointe d'ironie, nous n'avons pas le droit de nous plaindre : nous sommes de vrais Aryens ! »

Cette simple expression lui donnait la nausée. La notion de race pure l'exaspérait et la révoltait. Comment pouvait-on condamner des hommes, des femmes, des enfants, seulement parce qu'ils appartenaient au peuple juif ?

Lorsqu'elle évoquait ce sujet avec son père, il baissait la tête avec accablement.

« J'ai fini par renoncer à m'exprimer, lui disait-il. J'ai reçu des mises en garde, pour ne pas dire des menaces. Il n'est pas bon de penser différemment, à l'heure actuelle. » C'était là l'une des plaies du régime, se dit Hannah. La terreur vous empêchait de réfléchir, faisait de vous des moutons. Or, c'était ce contre quoi elle se révoltait. Elle ne baissait pas les bras.

En tant qu'infirmière, elle avait déjà été appelée à participer à des actions de regroupement de juifs.

A chaque fois, elle avait fait remonter l'information jusqu'à Saül. Elle avait connu Saül par le biais d'un ami de David, Moshe. Il l'avait contactée en 1940, et lui avait demandé si elle acceptait de se joindre à eux.

Moshe et Saül tenaient à rester des hommes debout. Ils n'avaient pas quitté Berlin et ne se pliaient pas aux mesures de recensement et de regroupement. Ils luttaient contre le régime.

Hannah retrouvait Saül au Tiergarten, non loin de la Colonne de la Victoire. A chaque rencontre, il lui recommandait la prudence, et elle lui répondait avec un petit sourire triste qu'il était plus en danger qu'elle-même.

L'un et l'autre savaient que c'était vrai.

Hannah pressa le pas. Sa mère devait la guetter à la fenêtre. Elle avait remarqué que Lisa s'inquiétait au moindre retard. Elle aurait voulu la rassurer et se sentait impuissante à le faire.

Lisa avait basculé, loin, dans un monde où les mots ne l'atteignaient plus.

Contrairement à son habitude, sa mère attendait Hannah dans le vestibule. Face à son regard perdu, la jeune fille comprit tout de suite qu'il s'était passé quelque chose de grave.

— Ton père..., souffla Lisa. Ils sont venus l'arrêter.

On disait « ils », comme si cela faisait un peu moins peur.

Hannah comprima d'une main les battements de son cœur.

— Maman... quand sont-ils venus ?

Lisa secoua la tête.

— Je ne sais pas, ma chérie, je ne sais plus. Il y a eu beaucoup de bruit...

Les meubles étaient renversés dans le salon, le bureau de Peter avait été forcé. Hannah réprima un haut-le-cœur.

— Reste là, maman, recommanda-t-elle à Lisa. Je vais essayer de savoir où on l'a emmené.

Elle courut jusqu'à la maison de David. Rheinhardt fumait sous la pergola. Une bouffée de haine submergea Hannah. « Reste calme », s'exhorta-t-elle.

Il haussa un sourcil en apercevant la jeune fille qui s'avançait vers lui.

— Oh ! Hannah, je me demandais justement comment je pouvais vous aider, déclara-t-il d'une voix doucereuse.

Elle l'interrompit.

— Mon père... pourquoi est-on venu le chercher ?

Il écrasa le mégot de sa cigarette sous son talon. Chacun de ses gestes était mesuré.

« Comme s'il était en représentation », se dit Hannah.

Il releva la tête, croisa le regard anxieux de la jeune fille.

— Votre père s'est montré... imprudent, répondit-il enfin. Ce n'est pas un bon Allemand, il a osé critiquer la politique raciale de notre Führer bien-aimé.

— Où est-il ? jeta Hannah.

Rheinhardt leva la main en signe d'apaisement.

— Doucement, Hannah, mesurez vos paroles, je vous prie. Monsieur Ritter a été conduit au numéro 8, Prinzalbrechtstrasse, je n'en sais pas plus.

— Numéro 8, Prinzalbrechtstrasse, répéta la jeune fille, accablée.

Tous, à Berlin, connaissaient au moins de réputation l'adresse du siège de la Gestapo.

Hannah joignit les mains.

— Puis-je aller le voir ? lui apporter du linge de rechange... ?

Rheinhardt ricana.

— Ne rêvez pas, voyons ! répliqua-t-il brutalement. Les agissements de votre père sont extrêmement graves. Estimez-vous déjà heureuse de ne pas avoir été arrêtées, votre mère et vous ! J'ai œuvré en ce sens.

Malgré la nausée qui la submergeait, Hannah fit front.

— Vraiment ? Je suppose que nous devons vous remercier ?

Il posa la main sur son épaule.

— Ce serait une excellente idée. Vous avez besoin d'un protecteur, Hannah.

Tremblante de colère, elle se rejeta en arrière.

— Je chercherai un officier plus haut placé que vous, dans ce cas ! lança-t-elle.

Tournant les talons, elle le planta là et regagna sa maison à grands pas. Sa mère la guettait.

— Ils ont emmené papa à la Gestapo, lui dit Hannah dans un souffle avant d'éclater en sanglots.

Les jours suivants, Hannah fit appel aux personnes sûres de sa connaissance afin d'en apprendre un peu plus au sujet de son père. La notion même de personnes sûres était particulièrement subjective. A qui se fier à Berlin en 1943 ?

Curieusement, ce fut Saül qui lui donna des informations, une semaine plus tard.

Le Tiergarten, qu'Hannah aimait tout particulièrement, donnait l'impression d'avoir perdu ses couleurs.

Son camarade, lui aussi, lui parut gris, comme les quelques juifs qu'elle connaissait vivant encore à Berlin. Teint de cendre, regard triste, vêtements couleur de passe-muraille...

Il l'entraîna en direction du château Bellevue et lui fit face.

— Il est parti, déclara-t-il d'une voix lasse. Vers l'Est, suivant l'expression consacrée. Un convoi de « politiques ».

Hannah se mit à trembler.

— Je suppose qu'il n'y a rien à faire.

Saül secoua tristement la tête. Depuis plusieurs mois, il luttait pour ne pas s'effondrer.

Se battre pour vivre. C'était le moins qu'il pouvait faire pour tous ceux qui avaient relevé la tête contre le Reich.

Hannah déglutit avec peine. Tout son être se révoltait à l'idée que son père avait certainement été battu ou, pis, torturé, poussé dans un wagon avec d'autres prisonniers, emmené vers une destination inconnue.

Or, qu'avait-il fait de mal ? Il avait refusé l'injustice et la terreur.

Saül posa une main sur son épaule. Le même geste que Rheinhardt, pensa-t-elle, mais il n'avait pas la même signification pour elle.

— Si tu préfères arrêter de nous soutenir, nous comprendrons très bien, lui dit-il. Tu dois penser à assurer ta sécurité et celle de ta mère.

Hannah haussa les épaules.

— A quoi bon ? Nous sommes déjà suspectes, ne crois-tu pas ? Je veux continuer à me battre.

Son regard clair reflétait une tristesse insondable. De nouveau, Saül éprouva la tentation de la serrer contre lui pour la réconforter. Il se borna à incliner la tête.

— Si j'apprends quoi que ce soit, je te préviendrai aussitôt.

Toujours de la même façon. Une pancarte, vantant les mérites d'une marque de café, placée dans la vitrine d'une épicerie sûre. Hannah passait chaque jour devant en se rendant à l'hôpital de la Charité, où elle travaillait. Elle lui tendit la main.

— Je te remercie pour tout, Saül. Prends bien soin de toi.

Il la regarda s'éloigner, droite dans son léger manteau bleu roi. C'était un bon petit soldat, une Berlinoise qui refusait d'abdiquer.

Il aurait voulu courir derrière elle, la rattraper et lui promettre que tout s'arrangerait, mais il n'en avait pas le pouvoir.

Le cœur lourd, il se détourna et s'éloigna à grands pas.

28

Drôme, 1943

« Un nouveau jour », se disait David chaque matin en contemplant le lever du soleil sur la Lance.

La vie au maquis du Jas était rythmée par des règles intangibles. C'était nécessaire pour canaliser certains, que Tiburce appelait « les chiens fous ».

Tiburce était leur chef. Il ne s'appelait pas Tiburce, mais cela importait peu.

Les jeunes gens étaient nombreux à se cacher dans la montagne pour échapper au STO. Déjà, en mars, des tracts avaient été distribués dans la région.

On pouvait y lire :

« Mères de famille, Femmes ! Ne laissez pas partir vos fils, vos maris qui vont être incorporés dans l'armée allemande et iront mourir sur le front russe.

« Jeunes ! Formez vos comités de Résistance, refusez de partir. Gagnez la montagne. Formez des groupes qui iront chez les paysans qui vous ravitailleront.

Vive la France ! Signé : le Front National pour l'indépendance. »

David avait contacté Donatien, qui connaissait tout le monde à Nyons et dans les environs. Concerné au premier chef par la « Relève », il était aussi viscéralement antinazi. Son père et lui avaient des relations à Valréas, où trois personnes au moins aidaient les parents des jeunes visés par le STO. Une quinzaine de jours avait suffi pour mettre sur pied un camp dissimulé dans une ferme abandonnée de la montagne de la Lance. Le maquis s'était tout naturellement appelé le maquis du Jas, du nom de la ferme.

Celle-ci comprenait une cuisine équipée d'un fourneau, un grenier à foin et plusieurs dépendances où pourraient être entreposées les armes. Le grenier avait été aménagé en dortoir. Une source, jaillissant une centaine de mètres en contrebas, fournissait l'eau.

Une trentaine de jeunes s'entraînait chaque jour sous le commandement de Tiburce. Maniement des armes, techniques de combat, répétition des consignes de sécurité alternaient avec les tâches d'intendance, comme le « ravito » ou la « tambouille ».

Certains étaient insouciants, leur jeunesse leur donnait le sentiment d'être éternels. D'autres, comme David, suivaient l'actualité de près et étaient partagés entre révolte et désespoir. Même s'il aspirait à la chute du Reich, il supportait mal les bombardements que Berlin subissait. Il songeait à Hannah et à ses parents, ainsi qu'à sa propre mère. Il s'angoissait aussi pour sa famille. Tous avaient échappé aux rafles de 1942… Pour combien de temps ? Son père effectuait toujours ses livraisons, au mépris du danger.

Il estimait Sarah à l'abri chez leurs grands-parents mais le sort de Philippa et des siens l'inquiétait. N'étaient-ils pas plus vulnérables en ville ?

Et Hannah… Sans cesse, il songeait à elle. Qu'était-elle devenue à Berlin ? L'avait-elle oublié ? Le manque d'elle le réveillait parfois la nuit. Ensuite, il se tournait et se retournait sur sa paillasse, cherchant en vain à retrouver le sommeil.

Ces jours-là, premier levé, il préparait le « jus » après avoir inspecté les environs et salué le camarade de garde. « Un nouveau jour », pensa David. Que leur réservait-il ?

Parfois, il préférait ne pas le savoir.

Depuis qu'ils avaient quitté leur logement de la vieille ville pour une maison située près de la promenade des Anglais, ainsi nommée à cause de son ensoleillement exceptionnel, Philippa se plaisait mieux à Nyons. Madame Léger, chez qui elle faisait toujours des ménages, trois fois par semaine, leur avait réservé sa maison de l'allée Clair-Tisseur dès que les locataires précédents l'avaient quittée.

Le jour où elle l'avait visitée, Philippa s'était sentie chez elle, enfin ! Les meubles robustes, en noyer, racontaient l'histoire de plusieurs générations. La demeure, crépi clair, toit de tuiles patinées et volets d'un délicat vert grisé, était entourée d'un jardin en restanques qui constituait un terrain de jeux rêvé pour les jumeaux. La cuisine offrait un bon confort avec sa cuisinière robuste et sa glacière. De plus, Philippa avait eu l'excellente surprise de découvrir un piano dans le salon. Un simple piano droit, qui était bien accordé. Le soir où elle avait effleuré ses touches pour la première fois, Philippa s'était mordu les lèvres pour ne pas pleurer. C'était si bon, après toutes ces années passées à vivre dans des meublés dépourvus d'âme !

Leur vie à Berlin lui manquait. Thaddée et elle n'en parlaient jamais, comme pour se protéger mutuellement. Pourtant, il suffisait parfois d'une anecdote évoquée avec les enfants pour que les époux éprouvent une bouffée de nostalgie.

Ils regrettaient le temps des vacances, quand ils partaient avec les Ritter au bord de la Baltique. Leurs échanges passionnés leur manquaient, tout comme les soirées passées à refaire le monde, au Romanisches Café, devant leur tasse de café au rhum. Elle se souvenait d'une rencontre étincelante avec Bertolt Brecht, alors qu'il venait de créer *L'Opéra de quat'sous*. C'était en 1928, ils avaient l'impression d'avoir la vie devant eux.

Et puis, la peste brune avait envahi l'Allemagne, et Berlin, les livres de Brecht avaient été brûlés, et lui-même s'était réfugié en Californie. C'était une époque révolue.

Elle joua les premières mesures de « La Complainte de Mackie », l'ouverture musicale de la pièce. Celle-ci était interdite en Allemagne mais elle voulait se persuader qu'en France cela n'avait plus d'importance.

Une dizaine d'oliviers faisaient la fierté de Philippa. Elle embauchait le temps des olivades. Walther et Sarah étaient venus les aider pour la cueillette, emportant ensuite leur récolte au moulin. Philippa n'oublierait jamais leur première bouteille d'huile d'olive. L'or jaune avait un parfum délicieusement fruité et il s'agissait de *leur* huile, issue de *leurs* oliviers.

Merveilleuse sensation ! Elle, l'intellectuelle pure, s'était sali les mains, avait travaillé dans le froid et le vent. Tous quatre avaient partagé des moments de fous rires.

Comme avant…

Philippa referma d'un coup sec le couvercle du piano.

Leur vie avait changé du tout au tout, il ne servait à rien de chercher des points de repère. Ils devaient survivre en France. Le bonheur constituait un but supplémentaire, qu'ils n'étaient pas certains d'atteindre.

29

1943

De plus en plus souvent, Hannah avait l'impression de passer plus de temps au fond d'un abri que sur la terre ferme. Or, elle détestait les abris surpeuplés dans lesquels les Berlinois s'entassaient dès que les sirènes d'alerte retentissaient. Elle détestait tout, lui semblait-il, depuis la survenue de la tragédie.

Elle aurait certainement dû garder pour elle les informations de Saül. C'était désormais un regret et un remords lancinants. Sur le moment, elle avait pensé que sa mère devait être tenue informée.

Lisa n'avait rien dit. Le visage blême, elle s'était contentée de secouer la tête de droite à gauche et de gauche à droite, comme si elle avait refusé d'accorder foi à la nouvelle.

De son côté, épuisée, toujours sous le choc, Hannah avait servi à sa mère un ersatz de chocolat et l'avait accompagnée jusqu'à sa chambre avant de s'enfermer dans la salle de bains où elle s'était lavée avec une sorte de frénésie.

Pourquoi, se répétait-elle, avait-on arrêté son père et l'avait-on déporté ?

A cinquante-six ans, Peter Ritter n'était pas en très bonne santé. Diabétique, il avait aussi une faiblesse cardiaque. Hannah pressentait qu'il ne résisterait pas longtemps aux mauvais traitements et cette certitude la rendait folle d'angoisse. Au terme d'une nuit blanche, elle était allée voir Lisa dans sa chambre. Sa mère, le regard fixe, ne la reconnut pas.

« Qui êtes-vous ? lui déclara-t-elle froidement avant de gémir : Je veux Peter. »

Hannah avait alors éprouvé un désespoir si intense qu'elle avait failli s'enfuir pour ne pas pleurer, mais elle n'en avait pas le droit. Sa mère avait besoin d'elle.

Durant cinq semaines, elle s'était épuisée entre son travail à l'hôpital et les nuits blanches passées au chevet de Lisa. Celle-ci, en effet, dormait la journée et s'agitait la nuit. Elle tenait des propos incohérents, se griffait, geignait. Hannah n'avait pas consulté de médecin, elle savait que sa mère avait basculé dans la nuit et avait bien trop peur de lui voir administrer une « mort miséricordieuse » pour demander conseil. A qui faire confiance ?

Elle n'oublierait jamais cette nuit de septembre. Harassée de fatigue, elle s'était endormie dans le fauteuil. A son réveil, elle avait découvert sa mère morte. Elle s'était pendue. Horrifiée, Hannah avait poussé un hurlement inhumain.

Le chef d'îlot, qui connaissait bien sa famille, était accouru. Hannah gardait un souvenir confus des heures qui avaient suivi. Les secours, les commentaires navrés, les regards obliques… Elle ne se pardonnait toujours pas d'avoir dormi aussi profondément alors que sa mère…

Seigneur ! Elle imaginait le désespoir de Lisa, tout comme sa détermination.

Seule mademoiselle Jutta, leur vieille voisine, institutrice en retraite, avait trouvé les mots pour la réconforter.

« Ta maman n'était plus elle-même, ma petite Hannah, il ne faut pas te culpabiliser. Nous vivons à une époque si dure… »

Depuis, la jeune fille s'abrutissait plus encore dans le travail. Elle vivait seule dans la maison devenue trop grande et avait condamné la chambre de ses parents. Parfois, lorsqu'elle apercevait son reflet dans un miroir, elle avait l'impression de se trouver face à une inconnue.

Elle avait beaucoup maigri sous les effets conjugués des privations, du chagrin et de l'épuisement. Elle ignorait tout du sort de son père, mais ne se faisait guère d'illusions. Rheinhardt avait été envoyé en France, ce qui l'avait soulagée. Au moins, il la laisserait tranquille ! Seule la perspective de revoir David quand cette maudite guerre aurait pris fin l'incitait à se battre pour survivre. Elle voyait Saül de loin en loin et il lui paraissait de plus en plus désespéré.

Ne supportant plus l'atmosphère confinée de l'abri antiaérien, Hannah joua des coudes et multiplia les « pardon » pour sortir à l'air libre. L'alerte n'était pas terminée ; les bombardiers survolaient toujours Berlin.

Elle fouilla dans son sac, en sortit un paquet de cigarettes. Elle avait pris le pli de fumer au travail, dans le but de se détendre et, depuis la mort de sa mère, ne pouvait plus s'en passer.

Une haute silhouette la rejoignit, et lui arracha la cigarette qu'elle s'apprêtait à allumer.

— Etes-vous folle ? gronda l'inconnu. Vous n'entendez pas à quel point ça canarde là-haut ?

Elle haussa les épaules.

— Quelle importance ?

Il fronça les sourcils.

— La vie est sacrée.

Hannah laissa échapper un ricanement :

— Vraiment ? Je n'en ai pas l'impression.

Elle savait qu'elle n'aurait pas dû dire ça mais elle n'avait pu s'en empêcher. Le cynisme était devenu pour elle un moyen de ne pas craquer.

— Je suis médecin, reprit l'inconnu.

— Et moi infirmière. Mais... la plupart des médecins ne sont-ils pas au front ? A la Charité, nous avons surtout des Hollandais ou des Hongrois.

— Je vais retourner au front dès que ma jambe ira mieux.

Il tapota sa cuisse et elle remarqua qu'il s'appuyait sur une canne.

— Un éclat d'obus. Pas mal de dégâts, mais je devrais être opérationnel d'ici une quinzaine de jours.

Hannah garda un silence prudent. Elle regrettait déjà d'avoir répondu au blessé. Même s'il était vraiment médecin, elle se défiait de lui.

— Maudits soient les Anglais, grommela son interlocuteur. Nous ne les avons pas assez bombardés en 40 !

— J'ai la guerre en horreur, s'entendit dire Hannah, oubliant toute prudence.

Il toussota.

— Parce que vous et moi sommes des soignants. Cependant, ne le criez pas sur les toits : il convient de garder un moral d'airain !

Elle hocha la tête.

Un filet de sueur coula le long de sa colonne vertébrale. Tout comme son père, malgré ses bonnes résolutions, elle ne parvenait pas à dissimuler ce qu'elle éprouvait.

De nouveau, l'autre toussota, comme pour la mettre en garde.

— Je retournerai certainement dans un avant-poste dès que je serai opérationnel. Les combats y sont acharnés. Les « Ivan[1] » sont de rudes gaillards. Ils n'ont peur de rien.

Le père d'Hannah estimait que les Russes avaient de fortes chances d'abattre le régime d'Hitler. « A quel prix ? » marmonnait-il.

1. Nom donné aux soldats soviétiques.

Les sirènes annonçant la fin de l'alerte retentirent presque joyeusement. Hannah poussa un soupir de soulagement.

— Nous avons peut-être une chance de dormir cette nuit. Bonsoir, qui que vous soyez, ajouta-t-elle.

Elle le gratifia d'un signe de tête et s'éloigna vers Charlottenburg. Elle savait qu'elle ne le reverrait jamais.

« Le premier matin du monde… », pensa Hannah en contemplant le ciel couleur d'aquarelle, traversé par un long sillon d'oiseaux migrateurs.

Comme s'il n'y avait pas eu de bombardement la veille au soir. Comme si la paix avait été signée durant la nuit.

« Ne te berce pas de rêves », s'exhorta-t-elle.

Elle s'emmitoufla dans sa cape d'infirmière, saisit son sac et referma la porte de la maison derrière elle.

« Hannah ! »

Mademoiselle Jutta la hélait depuis le seuil de sa demeure. La jeune fille traversa la rue et alla la saluer. La vieille dame aux cheveux gris fer sentait bon la poudre de riz.

— Entre deux minutes, je dois te parler, lui dit-elle.

Hannah jeta un coup d'œil à sa montre.

— Je n'ai pas beaucoup de temps devant moi, *Fräulein* Jutta.

— Deux minutes, te dis-je. Il y a un bon moment que cette histoire me tracasse. Le bombardement d'hier m'a décidée. Je peux mourir sous les décombres et tu ignorerais toujours ce que ta mère m'a confié.

— Maman ? répéta Hannah, intriguée.

Le petit salon de mademoiselle Jutta était douillet. Deux fauteuils recouverts de velours occupaient une position stratégique, de chaque côté de la fenêtre. Ainsi, la vieille dame pouvait-elle surveiller tout ce qui se passait dans la rue. Elle alla chercher une enveloppe dans le tiroir d'un secrétaire en bois de citronnier.

— Ta chère maman, Dieu ait son âme, m'avait donné ceci pour toi. C'était avant la guerre, juste après la Nuit de cristal, si je me rappelle bien.

Hannah se raidit. Sa mère n'avait plus été la même après le 9 novembre 1938. Les mains tremblantes, elle décacheta la grande enveloppe. Elle y découvrit un curieux objet cylindrique.

C'est une mezouzah, avait écrit Lisa. *Un objet de culte, constitué d'un rouleau de parchemin comportant deux extraits de la Bible, et glissé dans un réceptacle. On l'attache au linteau de la porte d'entrée afin d'assurer la protection divine sur une maison juive. Cette mezouzah me vient de ma grand-mère Rebecca, juive ashkénaze de Pologne. C'est d'elle que nous tenons nos cheveux blonds et nos yeux clairs.*

J'ai refusé de pratiquer la religion de mes ancêtres mais n'ai jamais pu me séparer de la mezouzah. Ne fais pas comme moi, Hannah. N'oublie pas tes racines.

— Oh ! murmura Hannah.

Elle comprenait mieux à présent pourquoi sa mère avait sombré dans la dépression aussitôt après la Nuit de cristal. Lisa se considérait comme juive, même si elle n'avait jamais pratiqué, et le sort de ses coreligionnaires l'avait bouleversée.

— Pourquoi ne m'a-t-elle rien dit ? reprit-elle.

Mademoiselle Jutta soupira.

— Ce ne devait pas être facile. Un secret pareil, par les temps qui courent ! Lisa cherchait seulement à vous protéger, ton père et toi. Ses démons l'ont rattrapée après l'arrestation de Peter.

— J'aurais tant voulu..., souffla Hannah.

A cet instant, en effleurant de la main la mezouzah, elle songeait qu'elle n'avait pas vraiment connu sa mère.

Et cette certitude la désespérait.

30

Drôme, 1944

Janvier était lumineux et froid. Un ciel incroyable, d'un bleu pur, faisait chanter le feuillage argenté des oliviers et les tons sépia des collines.

David aimait ce pays, se surprit-il à penser. Il y avait plus de cinq ans qu'il vivait dans le sud de la Drôme et il s'était laissé séduire autant par le climat que par la beauté des paysages.

Si seulement… si seulement Hannah avait pu le rejoindre.

Il était devenu pratiquement impossible de connaître la situation réelle des Berlinois. Comment, en effet, faire la part des choses entre la propagande nazie, orchestrée par le sinistre Goebbels, et les bulletins des Alliés, qui avaient annoncé d'importantes destructions consécutives aux bombardements de novembre et décembre 1943 ?

Le sort d'Hannah et de ses parents le préoccupait plus encore que celui de sa mère.

Grand-père Martin lui-même, malgré son entregent, n'avait plus la possibilité de savoir ce qui se passait en Allemagne.

David passa une main aux doigts écartés dans ses cheveux. Il avait beaucoup changé au cours des derniers mois. Il avait suivi fin août 1943 un entraînement de deux semaines dans un « camp-école » situé sur les contreforts du Vercors.

Au programme, entraînement physique, organisation quotidienne de la vie et de la sécurité du camp, instruction au maniement des armes, combat de guérilla, comportement du maquisard vis-à-vis de la population, et enfin culture et politique.

David avait aimé ce dernier aspect, axé sur la réflexion. En fait, il avait apprécié chaque aspect de sa formation, et celle-ci lui avait paru trop brève.

A l'issue de leur stage, Donatien et lui avaient regagné le maquis du Jas. Durant leur absence, des miliciens du Vaucluse avaient investi un campement situé non loin de Taulignan. Tiburce pestait contre l'insouciance des jeunes réfractaires, qui ne mesuraient pas toujours les risques encourus.

« La Milice constitue des dossiers sur vous, elle connaît vos filières d'acheminement comme vos soutiens, leur répétait-il. Soyez prudents, les garçons. »

Cependant, malgré les consignes, il s'en trouvait toujours un qui prenait la poudre d'escampette pour rejoindre sa bonne amie.

David esquissa un sourire. Il était resté fidèle à Hannah sans que cela lui coûtât beaucoup. Son amour pour elle était si intense qu'il ne s'imaginait même pas fréquentant une autre jeune fille. Sarah, qu'il retrouvait une fois par mois à La Roche-Saint-Secret, se moquait parfois gentiment de lui : « Toujours pas d'amoureuse, mon frère ? », et il répondait invariablement : « Il y a Hannah. »

Les risques courus par Sarah l'inquiétaient. Tout en travaillant toujours pour le garagiste de Sainte-Jalle, sa jeune sœur jouait le rôle d'agent de liaison pour plusieurs maquis. Elle sillonnait le pays sur sa bicyclette, empruntant l'autobus lorsqu'elle devait se rendre à Valence ou à Crest.

Elle transportait des documents, des faux papiers, du ravitaillement, en donnant l'impression d'ignorer la peur.

« Une sacrée bonne femme, ta petite sœur ! » admirait Donatien, visiblement sous le charme. Mais Sarah le regardait à peine. Elle lui apportait des nouvelles de la famille.

Leur père avait loué le logis des Pilles à une famille de réfugiés marseillais. Lui logeait désormais au hameau, dans une chambre au-dessus de l'épicerie de Clémence.

« Personne n'est dupe, riait Sarah sous cape, mais papa est persuadé que les apparences sont sauves. »

Clémence et ses garçons habitaient à deux pas. Depuis la mort de son père, Clémence aurait voulu tout changer dans sa boutique. Comme si cela ne pouvait pas attendre !

Sarah se défiait de la jeune veuve, qu'elle soupçonnait d'être intéressée. Son père était naïf, une proie rêvée pour une jeune femme ambitieuse. Depuis combien de temps Clémence était-elle la maîtresse de Walther ? On n'évoquait pas ces choses-là dans leur famille, même si grand-père Martin laissait parfois échapper une critique contre ceux qui préféraient choisir une *shiksa* plutôt qu'une jolie jeune fille juive.

Ces histoires de religion exaspéraient Sarah. Elle estimait que son père avait bien le droit de refaire sa vie, même si elle était reconnaissante à ses grands-parents de perpétuer les rites et les traditions. A vingt ans, elle n'avait pas d'amoureux attitré, à la différence de ses amies. Lorsqu'elle en discutait avec Eliette et Alice, Sarah crânait : « Un amoureux, pour quoi faire ? », mais au fond d'elle-même elle savait qu'elle avait peur d'être trahie. La séparation de ses parents, l'abandon de Ruth l'avaient profondément marquée. L'amour pouvait-il durer ? La fidélité de David à Hannah impressionnait la jeune fille. Elle-même doutait d'inspirer un sentiment aussi profond.

Elle haussa les épaules, appuya plus fortement sur les pédales. Elle serait en retard pour le dîner.

« Nous sommes en sécurité ici », pensa Philippa, observant les flammes qui dansaient joyeusement dans la cheminée.

Elle avait confectionné de la pâte à crêpes, les enfants en raffolaient. Ce serait leur souper. On n'était pas trop rationnés à Nyons. Chaque semaine, Walther leur apportait des provisions. Grâce à lui, ils parvenaient à joindre les deux bouts, malgré leurs faibles ressources. Philippa n'était pas amère, mais force lui était de reconnaître qu'ils avaient tout perdu en quittant Berlin.

Elle secoua la tête comme pour chasser cette pensée, se leva pesamment et alla héler Greta et Ralf qui jouaient dans le jardin. « Ces deux-là..., se dit-elle en esquissant un sourire attendri. J'ai toujours un mal fou à les faire rentrer. »

Le climat leur réussissait. Ils avaient grandi, gagné de belles couleurs.

Un souffle d'air glacial s'infiltra dans le logis.

— Brr ! fit Greta, en s'approchant du feu.

A treize ans, elle était déjà presque aussi grande que sa mère et promettait d'être une beauté avec ses longs cheveux sombres et ses yeux verts. Ralf, tout en bras et jambes, paraissait plus jeune que sa jumelle. Sportifs, tous deux jouaient au basket. Inséparables, ils avaient peu d'amis car ils se suffisaient à eux-mêmes.

Philippa versa un peu de pâte à crêpes dans sa poêle. Greta alla chercher un pot de gelée de mûres dans le buffet.

— La confiture de grand-mère, annonça-t-elle. La meilleure !

Philippa lui sourit avant de jeter un coup d'œil à l'horloge.

— J'espère que votre père va bientôt rentrer. Il ne fait vraiment pas chaud ce soir.

« Pourtant, il faisait bien plus froid à Berlin », se dit-elle. Mais Berlin c'était différent. C'était sa ville.

On frappa deux coups à la porte de derrière. Philippa, effrayée, s'immobilisa.

— Va ouvrir, mon grand, demanda-t-elle d'une voix blanche à Ralf.

Elle ne put réprimer un soupir de soulagement en reconnaissant son neveu.

— Oh ! David, tu m'as fait peur ! Est-ce bien prudent de venir en ville ?

— Il faut partir, répondit-il sans prendre la peine de les saluer. Tout de suite. Nous avons été prévenus par des collègues de Valence qu'on préparait des arrestations à Nyons.

Philippa pâlit horriblement.

— Tout de suite ? Mais... Thaddée n'est pas rentré. Et il fait très froid. Et...

David s'avança vers elle, posa les mains sur ses épaules, d'un geste à la fois empreint de douceur et de fermeté.

— C'est une question de vie ou de mort, ma tante. Je te promets de faire prévenir Thaddée chez son patron, mais nous devons être partis d'ici dix minutes. Emportez des vêtements de rechange, tes bijoux, ton argent... Pas plus d'une valise par personne. Vite !

Philippa et ses enfants échangèrent un regard affolé. La première, la fille de Martin se ressaisit.

— Les jumeaux, prenez vos livres de classe et des vêtements chauds, recommanda-t-elle à Ralf et à Greta. Rendez-vous ici dans dix minutes.

Vite, se répétait-elle, leurs papiers, le peu d'argent qu'ils possédaient, sa bague de fiançailles, ses autres bijoux ayant été vendus. Du linge pour Thaddée, pour elle, leurs diplômes universitaires, une photographie d'eux quatre, à Berlin. Sans réaliser ce qu'elle faisait, elle attrapa la partition de *L'Opéra de quat' sous*, la fourra dans la poche de son manteau. Elle ne parvenait plus à réfléchir, ses gestes étaient saccadés, son cœur battait à grands coups désordonnés. Vite, glisser dans la valise deux paquets de nouilles, comme si cela avait quelque importance. Mais quelque chose avait-il encore de l'importance ?

David lui ôta la valise des mains.

— Donne, ma tante. Vous êtes là, les jumeaux ? Bien, en route. Vous me suivez sans faire de bruit, en file indienne.

Il refusa de fermer la porte à clé.

— De toute manière, s'ils veulent entrer, ils enfonceront la porte.

Philippa se demanda à qui il pensait en disant « ils ». Aux nazis ? A la Milice ?

Elle frissonna dans la nuit sombre et glacée. David ouvrait la marche, d'un pas décidé.

Il les entraîna par la Mochatte vers la route d'Orange.

Philippa se mit à traîner la jambe au bout de deux kilomètres. A quarante-huit ans, elle n'avait plus la résistance de jadis et souffrait de malaises féminins depuis plusieurs mois.

Elle aurait dû en parler à Walther, ne s'y était pas résolue. Son frère était avant tout son parent et sa pudeur la retenait.

— Encore un effort, Philippa ! lui enjoignit David.

Il les conduisit au bois Saint-Pierre, les confia à une famille amie, qui n'hésitait pas à héberger des proscrits. Philippa le retint alors qu'il allait repartir.

— N'oublie pas Thaddée, mon David. Et... merci pour tout.

Il brusqua les adieux. Il lui fallait trouver Thaddée, et le convaincre de rejoindre les siens. Depuis qu'il vivait en France, son oncle était persuadé qu'ils ne risquaient plus rien.

« Si seulement c'était vrai... », se dit David, pressant le pas dans la nuit.

31

Berlin, 1944

David, mon amour, je me demande parfois pourquoi je t'écris toujours. Les lettres qui te sont destinées tapissent le fond de ma besace. Elles voisinent avec la centaine de marks qui constitue toute ma fortune, mes tickets de rationnement, mon recueil de poèmes de Goethe et la mezouzah de grand-mère Rebecca. Assurément, si je suis arrêtée et fouillée, on ne me laissera pas repartir !

Je ne dirai pas que cela m'est égal car je désire plus que tout te retrouver, mais je suis si fatiguée. Nous avons subi un bombardement horrible la nuit dernière. A croire que tous les avions anglais avaient pris Berlin pour cible…

Nous devrions être habitués mais je ne supporte toujours pas le fait de rester enfermée dans un local étriqué, serrée contre d'autres personnes aussi furieuses que moi d'être bloquées dans l'abri. La lumière nous faisant le plus souvent défaut, il nous est impossible de passer le temps en lisant. J'écoute les papotages. Certaines vieilles femmes prient. La religion constitue-t-elle un secours ? Je n'en suis pas certaine.

Nous guettons les sirènes annonçant la fin de l'alerte. Les prévoyants sont descendus avec leur boîte en carton contenant des petits pains et des pommes.

Moi, naturellement, je n'y ai pas pensé. De toute manière, je n'ai jamais grand-chose à manger chez moi. Maman ne m'a pas transmis son talent de cuisinière. Seulement une mezouzah dont je ne sais que faire mais que je n'ai pas le droit d'abandonner. Nous avons pu rentrer chez nous à cinq heures du matin… pour nous lever une heure et demie plus tard. Partout, des maisons éventrées, des corps mutilés.

Je ne me suis pas rendue à la Charité ; on avait plus besoin de moi dans les rues. A force, les gestes deviennent automatiques. Trier – quelle horreur ! mais c'est une nécessité – les blessés suivant la gravité de leurs blessures, déterminer les cas les plus urgents, faire le lien avec les brancardiers. La médecine en temps de guerre, c'est avant tout l'esprit de décision. Ne pas hésiter, même si l'on a le cœur déchiré. Peux-tu comprendre ça ?

J'ai parfois de la peine à imaginer ce que tu as fait de ta vie. Et ta famille ? Comment vont-ils ? C'est stupide, n'est-ce pas, de te poser des questions, alors que tu ne peux lire ma lettre ? Oh ! mon amour, tu me manques tant ! Sans toi à mes côtés, la vie a perdu toute couleur.

Hannah posa son crayon et, la tête entre les mains, éclata en sanglots. Elle pleurait sur ses parents, sur les victimes du bombardement de la nuit, sur les milliers de juifs déportés et aussi sur David et elle-même.

« Tu as autre chose à faire que t'apitoyer sur ton sort », se dit-elle fermement. Tant de maisons avaient été détruites durant la nuit. Des centaines de familles erraient dans les décombres, l'air hagard. Brusquement, Hannah eut honte de sa demeure trop vaste pour elle seule et décida de chercher des locataires. Il lui fallait agir, même si elle supporterait mal l'idée de partager ses souvenirs avec des étrangers.

Elle haussa les épaules. Nécessité faisait loi... On se le répétait à Berlin depuis plusieurs semaines.

Saül noua étroitement son écharpe de laine grise autour de son cou et se faufila dans la rue déserte.

« L'heure des rats », se dit-il.

Etre juif à Berlin en janvier 1944 constituait un exploit. Pour ce faire, il fallait survivre plutôt que vivre dans une cave ou un grenier, sortir la nuit, éviter les patrouilles, grignoter des repas froids... Avant, dans une autre vie, il avait été professeur de violon. Le seul souvenir du passé était son instrument, qu'il gardait précieusement avec lui, à côté de la paillasse qui lui servait de lit.

Le hasard lui avait permis d'échapper à une rafle, au début de 1941. Son épouse et leur fils avaient disparu, tout comme de nombreux voisins et amis. Par la suite, d'horribles témoignages avaient donné à Saül une idée de ce que pouvait être « la déportation vers l'Est ». Il avait entendu prononcer le nom d'Auschwitz tout comme il connaissait ceux de Dachau et de Buchenwald.

Ce qu'on lui avait rapporté lui avait donné la nausée. Comment pouvait-on imaginer pareille ignominie ? Par ailleurs, les nazis avaient déjà tant de crimes à leur actif que plus rien ne pouvait étonner de leur part.

Le sort de la plupart des déportés ne laissait pas de place au doute, et la pensée d'Ilse et de Manfred, sa femme et son fils, ne le quittait pas. Saül aurait voulu étrangler de ses mains leurs bourreaux. Cependant, plutôt que de chercher à se venger, il avait choisi de protéger un maximum de coreligionnaires.

De nombreux juifs se cachaient encore dans Berlin. Traqués, ils s'efforçaient d'échapper aux rafles comme aux actions de regroupement. Grâce à des sympathisants engagés, Saül et ses amis disposaient de plusieurs planques, d'une ronéo. Hannah était l'un de ses meilleurs agents de liaison. Il l'admirait pour son engagement et éprouvait pour elle une tendresse presque paternelle. Elle avait failli flancher après le suicide de sa mère, avant de retrouver une raison de vivre dans l'action.

Serrant sous son manteau la liasse de tracts fraîchement imprimés, il entreprit sa tournée de distribution sous les portes, dans les boîtes aux lettres. « Une goutte d'eau », se dit-il. Cependant, il savait qu'il poursuivrait jusqu'à sa mort.

Parce que c'était pour lui une façon de faire vivre Ilse et Manfred.

Un vent glacial, venu de la mer, soufflait sur Berlin. Trébuchant sous ses assauts, frissonnant dans son manteau trop léger, Hannah suivait Saül qui marchait à grandes enjambées. Il était venu la chercher quelques minutes auparavant.

« J'ai besoin de toi », avait-il simplement dit et, sans poser de questions, elle avait passé son manteau et saisi sa trousse de secours.

Son ami l'avait entraînée vers un quartier de Berlin qu'elle connaissait à peine, du côté de la route de Spandau, l'ancien quartier des Granges.

Toujours l'un derrière l'autre, ils s'enfoncèrent dans un lacis de ruelles étroites bordées d'échoppes aux volets fermés.

Saül s'immobilisa brusquement devant un vieil immeuble à la façade lépreuse et poussa une porte branlante.

— Tout en haut, souffla-t-il.

L'escalier qui sentait le chou donnait l'impression de monter vers le ciel. Cinq, six étages… Saül ouvrit une nouvelle porte, qui menait au grenier. Hannah, les yeux écarquillés, découvrit à la lueur tremblotante d'une bougie une dizaine de personnes rassemblées autour d'un vieux poêle.

— Bienvenue dans le monde des « sous-marins » ! lança Saül.

Il ajouta à l'adresse des habitants :

— C'est Hannah, une « Juste » qui nous vient souvent en aide.

Elle les salua d'un signe de tête sans oser les dévisager. Visages blêmes, regards inquiets… ces gens-là ne devaient jamais sortir de leur refuge sous les toits.

Saül l'entraîna vers le fond de la pièce, là où plusieurs matelas étaient posés sur le plancher en sapin. Deux enfants dormaient sous un amoncellement de mauvaises couvertures. Le cœur d'Hannah se serra.

— Sont-ils malades ?

— Il faudrait surtout qu'ils puissent prendre un peu l'air. Ce n'est pas pour eux que je suis venu te chercher mais pour cette femme.

Il écarta légèrement le paravent qui isolait le dernier matelas et Hannah réprima un sursaut en découvrant la femme gisant sous un duvet.

— Nous n'avons plus de draps, expliqua sobrement Saül.

Hannah fit un geste de la main, comme pour signifier que cela importait peu.

La jeune fille avait l'impression d'avoir déjà vu la femme émaciée qui peinait à respirer. Elle se pencha au-dessus d'elle alors que Saül l'éclairait d'une lampe torche.

La femme tenta de se redresser un peu tandis qu'Hannah, ayant discrètement soulevé sa chemise, écoutait sa respiration.

Lorsqu'elle se releva, son visage était grave.

— Pneumonie, laissa-t-elle tomber. Aggravée parce que cette dame est un sujet affaibli et dénutri. La fièvre est forte, l'épuisement, patent. Il faut l'isoler des autres pour éviter tout risque de contagion, lui faire boire beaucoup d'eau. Je rapporterai demain des tisanes de bouillon blanc. Vous avez de l'aspirine pour faire baisser la fièvre ?

La malade saisit sa main.

— Hannah, murmura-t-elle. Vous ne me reconnaissez pas ? Ruth, la mère de David et de Sarah.

— Ruth ! s'écria la jeune fille, surprise.

Elle n'ajouta pas qu'elle avait énormément changé. La malade paraissait avoir une bonne soixantaine d'années. Ses cheveux blancs la vieillissaient, comme les cernes bruns qui soulignaient ses yeux.

« Une épave », pensa Hannah. La maladie n'expliquait pas tout.

— Droguée, ancienne prostituée, lui souffla Saül après l'avoir entraînée à l'écart. Il lui a fallu beaucoup de temps, et beaucoup de drames, pour accepter sa judéité.

— Je l'ai connue, il y a longtemps, quand elle s'appelait Ruth Steiner. Nos maisons étaient voisines. Ses enfants et moi étions amis.

Hannah ne parvint pas à dissimuler son émotion.

— Je vais tout mettre en œuvre pour la tirer de ce mauvais pas. Ne pouvons-nous la transporter dans un endroit mieux chauffé ?

Saül secoua la tête.

— Nous n'avons pas de refuge de secours. Tu devras te débrouiller avec les moyens du bord, Hannah.

Elle soutint son regard.

— Ça ne me fait pas peur.

32

Drôme, 1944

Les Levine étaient restés trois nuits et trois jours au bois Saint-Pierre, le temps que les choses se calment à Nyons. David avait eu beaucoup de peine à convaincre Thaddée de ne pas rentrer allée Clair-Tisseur. Il refusait d'accorder foi à ce qu'il qualifiait de « rumeurs », arguant du fait qu'ils étaient bien intégrés dans la petite sous-préfecture. De nombreux réfugiés se cachaient dans les fermes environnantes, ne dormant jamais deux fois au même endroit.

« Autant continuer à vivre à Berlin ! » avait grommelé Thaddée alors que Philippa ne savait quel parti prendre. Elle avait eu très peur la nuit de leur fuite, pour se rassurer par la suite. Il n'y avait eu aucune arrestation, c'était bien la preuve qu'il s'agissait d'un bruit dénué de fondement.

Elle aurait aimé avoir l'avis de madame Léger, ainsi que celui de son père. Mais elle ne voulait pas angoisser Martin. Lui n'accordait pas sa confiance à l'aveuglette comme Thaddée. Par le passé, Philippa lui avait reproché de jouer l'oiseau de mauvais augure.

Elle finit par se laisser convaincre de rentrer allée Clair-Tisseur. Leur maison lui manquait.

Sarah jeta un coup d'œil au clocher de l'église Saint-Mayeul de Rousset-les-Vignes. Déjà cinq heures ! Son contact était en retard, et elle avait froid. Elle portait une grosse veste en laine sur un pull jacquard tricoté par sa grand-mère, ainsi qu'un pantalon taillé dans une vieille couverture.

« La dernière élégance de Paris ! » s'amusa-t-elle, tout en frottant ses mains l'une contre l'autre pour se réchauffer. Elle n'aimait pas rester ainsi au vu et au su des habitants du village. Certes, il n'y avait pas grand monde étant donné le froid, mais il convenait de ne pas se faire remarquer.

Elle soupira en apercevant son contact qui s'avançait vers elle en poussant sa bicyclette. Elle connaissait vaguement Malou Santafiore, qu'elle avait déjà croisée lors des fêtes votives du côté de Sainte-Jalle. Les deux jeunes filles échangèrent un bref salut avant de cheminer vers la chapelle. Elles y pénétrèrent, laissant leurs vélos appuyés contre le muret de pierres. L'édifice était désert.

Sarah tendit à Malou les documents qu'elle gardait dans la poche intérieure de sa veste.

— Il paraît que c'est urgent, lui dit-elle.

Malou hocha la tête.

— Je file. Au fait, vous êtes bien la sœur de David Steiner ?

Sarah fit la sourde oreille.

— On m'appelle Cathy, répondit-elle.

Leur chef insistait pour qu'ils utilisent un nom de code et elle se conformait à cette règle. De plus, elle n'éprouvait pas de réelle sympathie pour Malou. Elle trouvait la jeune fille un peu trop « *kess* », comme aurait dit sa grand-mère, un peu trop effrontée.

La fille de Gianni Santafiore lui adressa un signe de la main désinvolte.

— Eh bien… à une autre fois, peut-être ! lança-t-elle.

Sarah la suivit des yeux tandis qu'elle pédalait sur la route étroite menant au Pègue.

« Drôle de fille », pensa-t-elle.

L'instant d'après, elle l'avait déjà oubliée. Elle devait se hâter si elle voulait être rentrée aux Gipières avant la nuit.

La nuit du 21 janvier 1944, Alice, dont la chambre donnait sur la place des Arcades, fut réveillée par des claquements de portières, des bruits de bottes et des cris. Elle se leva, courut pieds nus jusqu'à sa fenêtre et, tirant doucement les doubles rideaux occultants, aperçut le docteur Bourdongle qu'on entraînait vers une Traction avant noire. C'était la Gestapo, à coup sûr, qui venait d'arrêter le jeune médecin. Le poing serré contre sa bouche pour étouffer son cri de révolte, Alice alla frapper à la porte de la chambre de sa mère. Celle-ci lui ouvrit aussitôt.

Son visage blêmit quand elle lui eut résumé ce qui venait de se passer.

— Ils ne trouveront rien chez Jean, déclara-t-elle aussitôt, comme pour chercher à se rassurer. Alice, ma grande, habille-toi chaudement et cours prévenir les Bertram, rue Draye-de-Meyne. Si par malheur la Gestapo s'y trouve déjà, ne te montre pas et file allée Clair-Tisseur chez les parents de ton amie Sarah. Dis-leur bien qu'ils doivent partir, le plus vite possible.

Alice hocha la tête, passa un manteau sur ses vêtements de nuit, chaussa ses souliers et sortit de la maison par-derrière. Elle connaissait si bien la vieille ville qu'elle eut tôt fait d'atteindre la rue Draye-de-Meyne. Cependant, en apercevant une deuxième Traction avant devant la porte de la famille Bertram, le cœur lui manqua. Il était trop tard.

Elle bifurqua à gauche vers la promenade des Anglais, déserte à cette heure. Elle courait vite, pressée par l'urgence. Elle redescendit sur la gauche pour se rendre allée Clair-Tisseur.

Alice s'efforçait de ne pas paniquer en songeant à la famille de Sarah. Elle aimait bien sa tante qui venait régulièrement à la librairie chercher les nouveautés littéraires.

Sa grand-mère admirait Philippa : « Cette dame s'y connaît drôlement en auteurs allemands, anglais et français ! » disait-elle.

Et sa mère renchérissait : « Il paraît qu'elle était professeur, à Berlin, avant d'avoir ses enfants. C'est Sarah qui a dû me le raconter. Quelle famille ! Ce sont des intellectuels, qui se trouvent obligés de faire des ménages ou de cultiver la terre.

— C'est tout à leur honneur », répliquait Marie.

Un bruit de moteur la fit tressaillir. La sinistre Traction de la Gestapo était montée par la Mochatte. Alice plongea dans le fossé en priant pour que les Levine aient été absents. Un tapis de feuilles mortes amortit sa chute. Relevant la tête avec précaution, elle aperçut la famille Levine qu'on poussait sans ménagement à l'intérieur de la voiture. Son cœur manqua un battement. Philippa et les jumeaux trébuchèrent.

— *Schneller !*[1] hurlaient les gestapistes.

Alice serra les poings. Elle n'avait pas vu Thaddée Levine et se demanda s'il avait pu échapper à la rafle. Sa propre impuissance la rendait malade.

Elle attendit que la Traction ait disparu à l'angle de la rue pour se redresser et se diriger vers la maison. Des chaises, une table avaient été renversées. Alice n'osa pas y toucher. Elle réprima un haut-le-cœur en découvrant des traces de sang sur le carrelage. Qui avait été blessé ?

Des livres appartenant certainement aux jumeaux étaient retournés, à demi déchirés. Elle reconnut la couverture du *Dernier des Mohicans* et celle d'un

1. « Plus vite ! »

ouvrage de Jules Verne, *Cinq semaines en ballon*. Elle les caressa du plat de la main, plus émue qu'elle n'aurait su le dire.

Où avait-on emmené Philippa et ses enfants ?

D'autres personnes allaient-elles être arrêtées durant la nuit ? Autant de questions qui n'avaient pas fini de la hanter.

Elle se sentait un peu perdue. Elle tourna sur elle-même dans la salle de séjour, s'immobilisa devant le piano et ramassa une partition elle aussi déchirée. Elle la glissa dans la poche de son manteau. Elle éprouvait une impression de tristesse et de gâchis qui lui donnait envie de pleurer. Elle renifla, se faufila au-dehors.

La nuit lui parut glaciale. Elle redescendit vers la place des Arcades à pas pressés.

Elle savait qu'elle n'oublierait jamais cette date du 21 janvier.

Le lendemain, Nyons se réveilla en ayant l'impression d'avoir fait un mauvais rêve.

Quinze juifs, dont une majorité de Sarrois, avaient été arrêtés, ainsi qu'une dizaine de résistants.

Un vent de colère souffla sur la sous-préfecture. Depuis près de dix ans, les Nyonsais avaient accueilli les réfugiés allemands et s'étaient efforcés de les protéger face à la montée de l'antisémitisme. Ceux-ci faisaient partie intégrante de leur ville. Ils ne se pardonnaient pas les arrestations de la nuit, comme s'ils avaient eu le pouvoir de les empêcher !

Dès potron-minet, Alice enfourcha son vélo et prit la route des Gipières.

Sa mère la suivit d'un regard inquiet. Aurait-elle dû retenir la jeune fille à Nyons ?

Elle ne s'en était pas senti le droit, d'autant qu'elle connaissait les liens d'amitié unissant Alice et Sarah.

De son côté, Philis Desmarais jouait le rôle de « boîte aux lettres » et l'arrestation du docteur Bourdongle l'avait profondément choquée. Devait-elle s'attendre à voir la Gestapo débarquer dans la librairie familiale ? Cette idée suscitait chez elle une véritable panique.

Comment réagirait-elle si l'on brutalisait en sa présence sa fille ou sa mère ?

Eternel dilemme !

Philis n'avait rien d'une héroïne, elle « servait » simplement son pays, sans se poser trop de questions. Mais les événements de la nuit avaient fait resurgir ses angoisses, pourtant soigneusement enfouies.

Marie la trouva assise devant son bol de chicorée, le regard perdu dans le vague.

— Je ne pense pas que tu aies le temps de bayer aux corneilles ! lui lança-t-elle. Nous attendons la livraison Gallimard.

Philis secoua la tête, comme pour remettre ses idées en place.

— Pardon, maman ? Oh ! désolée, je pensais à tout autre chose.

— C'est l'évidence même !

Marie esquissa un sourire moqueur.

— Je te parlais de la livraison Gallimard, ma chère âme.

Philis haussa les épaules.

— Aujourd'hui, c'est le cadet de mes soucis !

Elle résuma les événements de la nuit pour sa mère, qui se signa.

— Seigneur ! Encore un crime de ces malfaisants ! Où ont-ils emmené leurs prisonniers ?

— Je ne sais pas, maman, avoua Philis d'une voix très lasse. Et j'ai peur pour eux.

33

Drôme, 1944

En cette fin d'après-midi de janvier, le ciel moutonneux annonçait encore une belle journée pour le lendemain. Une lumière couleur sépia jouait sur les montagnes environnantes, conférant au paysage un charme empreint de nostalgie. David s'en imprégna, comme pour se protéger contre le drame qui venait de frapper sa famille.

— Pourquoi sont-ils revenus allée Clair-Tisseur ? répéta-t-il pour la troisième fois.

Martin Steiner poussa un énorme soupir tout en serrant les poings.

— Cette question nous obsède, ta grand-mère et moi, rugit-il. Il nous est impossible de penser à autre chose. Ils avaient un refuge ici, à la ferme, mais ils n'ont jamais voulu quitter la ville. On ne les arrêterait pas, affirmait Thaddée. Comme s'il avait eu quelque prescience en ce domaine ! Il a déjà quitté Berlin beaucoup trop tard…

Malgré la gravité de la situation, David réprima un sourire. Tous, dans leur famille, savaient que Martin ne laissait pas passer une occasion de critiquer son gendre. De toute manière, aucun homme n'était à la hauteur de ses attentes pour sa fille unique. Renate se moquait souvent de lui à ce propos.

« Mon cher ami, tu manques de discernement dès que Philippa est en cause », déclarait-elle.

Mais, depuis la rafle, elle n'avait plus le cœur à plaisanter. Effondrée, elle ne quittait pas le coin de la cheminée, sans parvenir à se réchauffer.

— Mais toi, mon garçon, ne reviens pas ici pour le moment, reprit Martin. C'est beaucoup trop dangereux.

David haussa les épaules.

— Il fallait que je vienne vous voir. Comment va Sarah ?

Martin Steiner esquissa une moue.

— *So la la*[1]. Sa grande amie Alice a assisté à l'arrestation du docteur Bourdongle et a essayé d'alerter Philippa. Elle est arrivée quelques minutes trop tard et ne se le pardonne pas. C'est une bonne petite, sa mère nous aide beaucoup. Quel malheur ! conclut-il.

David hocha la tête.

— Où Thaddée se trouvait-il cette nuit-là ?

— Dans le garage de son patron, où il tentait de faire fonctionner l'une de leurs dernières inventions. Il est effondré… Il est bien temps ! J'ignore où il s'est réfugié.

1. « Couci-couça ».

— Ce n'est pas de sa faute, plaida David. D'une certaine manière, Thaddée est à mille lieues de la réalité.

— Il aurait pu y réfléchir à deux fois avant de ramener Philippa et les enfants dans leur maison ! Je ne pense pas pouvoir lui pardonner.

David n'insista pas. Tel qu'il connaissait son grand-père, il savait qu'il fallait lui laisser le temps de se calmer. Lui aussi était très inquiet au sujet des siens. Il avait appris que toutes les personnes arrêtées la nuit du 21 janvier avaient été emmenées à la prison Montluc, à Lyon. Cet établissement souffrait d'une mauvaise réputation depuis qu'il avait été réquisitionné par l'occupant.

Le ciel s'obscurcissait lentement, tandis qu'une barre mauve soulignait l'horizon.

David frissonna. De nouveau, le manque d'Hannah se fit douloureux. Où était-elle à cet instant précis ? Etait-elle en butte, elle aussi, à la brutalité nazie ?

— Rentre vite à ton campement, reprit son grand-père. Je n'aime pas te savoir en vadrouille.

— Mes faux papiers ressemblent à s'y méprendre à des vrais.

— Je l'espère ! Si tu croises Sarah, n'oublie pas de lui recommander la prudence. Elle se croit invulnérable.

— Comme beaucoup d'entre nous, j'en ai peur, souffla David, et les deux hommes échangèrent un regard perdu.

Le jeune homme alla embrasser sa grand-mère qui le serra contre elle durant quelques instants. Les cheveux de Renate avaient blanchi d'un coup. Brusquement, elle accusait son âge.

— Prends bien soin de toi, mon David, je t'en conjure.

Elle lui ébouriffa les cheveux.

— File, mon garçon. La nuit nous encercle déjà.

Elle se leva et le regarda descendre vers Curnier, son vélo à la main. Martin la rejoignit et l'attira contre lui. Elle n'avait pas peur à ses côtés, songea-t-elle. Il était solide, rassurant, et il en avait toujours été ainsi depuis leur mariage.

— Martin… Crois-tu que Philippa va… ?

— Chut !

Il la fit taire d'un baiser.

— Faisons confiance à Dieu et prions. C'est tout ce que nous pouvons faire.

Elle perçut du désespoir et de la colère dans sa voix. Des sentiments qu'elle partageait. Philippa et les jumeaux, comme toutes les autres personnes arrêtées cette nuit-là, n'avaient jamais commis de mauvaise action.

— Je voudrais tant…, souffla-t-elle, sans achever sa phrase.

C'était inutile, Martin savait ce qu'elle désirait. Avoir tous les siens réunis aux Gipières et se sentir en sécurité.

Walther ne s'était pas montré. Se trouvait-il toujours du côté de La Motte ? L'incertitude au sujet de ses enfants la rendait folle.

Renate serra ses mains l'une contre l'autre.

— Nous espérions une Terre promise, chuchota-t-elle.

— Ne perds pas espoir, *mein Schatz*[1]. Les Steiner feront souche dans la Drôme.

« A quel prix ? » s'interrogea-t-elle. Mais elle n'osa pas formuler sa question à voix haute. De peur de lui donner corps.

Malou, qui surveillait la route depuis le pont de Curnier, reconnut tout de suite les cheveux blonds de David.

Elle s'élança à sa rencontre en boitant, abandonnant son vélo qui tomba contre la rambarde.

— Arrêtez ! s'écria-t-elle, agitant la main. J'ai crevé, pouvez-vous m'aider ?

« Belle fille », pensa David, détaillant les cheveux fauves, les yeux verts et le visage en forme de cœur. La taille était fine, les jambes interminables sous la jupe de laine. Malgré le froid, elle ne portait qu'une grosse veste en tricot sur un chandail léger.

Alors qu'il le lui faisait remarquer, elle s'écria sur un ton chargé de défi, en rejetant ses longs cheveux en arrière :

1. « Mon trésor ».

— Jamais froid, jamais mourir !

Le visage de David se ferma.

— Ne plaisantez pas avec ça, déclara-t-il froidement.

Il ajouta : « Nous nous sommes déjà vus », et elle hocha la tête.

— Oui, mais nous ne sommes pas censés en parler. Vous pouvez me dépanner ?

Il réprima un soupir car il était déjà en retard ; entreprit de réparer la crevaison tandis que la jeune fille bavardait.

— Voilà, fit-il en se redressant un quart d'heure plus tard. Remis à neuf ou presque.

— Merci !

Elle lui décocha un sourire ensorcelant.

— A bientôt ! lança-t-elle tout en enfourchant sa bicyclette.

Il s'éclipsa sans mot dire. Malou le suivit des yeux alors qu'il s'élançait vers la route des Pilles.

Elle savait qu'il risquait gros en circulant ainsi. Il était certainement recherché.

De nouveau, elle éprouva le désir de mieux le connaître.

« Il m'aimera », se dit-elle.

Elle ne voulait pas d'autre homme dans sa vie.

34

Berlin, 1944

— C'était notre maison, murmura Ruth, le regard fixé sur la demeure voisine.

Hannah entoura ses épaules d'un bras protecteur.

— Venez vous asseoir, Ruth. Vous êtes encore faible.

Elle était fière d'avoir sauvé la mère de David et de Sarah. Quoique… fière ne soit pas le mot juste. Elle avait plutôt le sentiment de ne pas avoir failli. Pendant plus d'une semaine, elle avait lutté pied à pied avec l'infection qui rongeait Ruth.

Elle redoutait toujours d'être suivie et de contribuer à l'arrestation des proscrits, si bien qu'elle avait insisté pour l'installer chez elle dès que Ruth avait été transportable. Saül et Moshe l'avaient amenée dans une brouette. En d'autres circonstances, Hannah en aurait ri. Imaginer Ruth Steiner, toujours élégante, blottie dans une brouette, sous deux couvertures mitées, avait quelque chose de surréaliste. Depuis, Ruth se rétablissait lentement, soignée aussi par mademoiselle Jutta, réfugiée également chez Hannah depuis qu'une bombe avait détruit sa maison. Elles cohabitaient à six. Ruth, Hannah, Jutta occupaient l'étage tandis que Hannelore, une jeune femme, vivait au rez-de-chaussée avec ses deux jeunes enfants. Par précaution, Ruth lui avait été présentée comme une parente. Elle ne sortait pas dans le jardin quand le temps le permettait. Elle ne se réfugiait pas non plus dans l'abri antiaérien le plus proche dès que la sirène retentissait.

« Qu'aurais-je à perdre ? » répondait-elle à Hannah qui l'incitait à se montrer plus prudente. Elle ajoutait alors : « Quel gâchis que ma vie ! »

Il était difficile de lui donner tort. Au fil des nuits blanches, Ruth s'était peu à peu confiée à Hannah. Elle lui avait raconté ses terreurs d'enfant, quand sa grand-mère évoquait les pogroms en Pologne. Ses parents pratiquaient fort peu. Pour eux, leur intégration était à ce prix.

Ruth avait été élevée selon l'idée qu'être juif vous attirait forcément des problèmes. Elle s'était éprise de Walther Steiner au début de l'été 1914. Leur rencontre, durant un pique-nique, avait été très romantique mais la guerre l'avait prise de court.

Se sentant moralement obligée de répondre aux lettres de Walther, Ruth avait eu l'impression de gâcher sa jeunesse en s'interdisant de sortir.

Ne s'étaient-ils pas officieusement fiancés la veille du départ de Walther pour le front ? Elle avait vécu les quatre années de guerre entre parenthèses, s'interdisant de s'amuser tout en en souffrant. Au cours de ses rares permissions, Walther paraissait si abattu, si déprimé, qu'elle ne se sentait pas le courage d'aborder avec lui le thème de leur avenir. Walther reviendrait-il seulement ? Ils étaient si nombreux à tomber, fauchés par la mitraille, à Verdun puis dans la Somme !

De plus, sa famille rappelait sans cesse à la jeune fille indécise que le fils Steiner constituait une prise de choix. Ses parents appartenaient à la bourgeoisie juive de Berlin et avaient du bien. Elle ne pouvait renoncer à ce mariage.

A la fin de la guerre, donc, elle avait été heureuse de retrouver son fiancé et elle s'était laissé entraîner dans les préparatifs du mariage. Sa mère et sa future belle-mère avaient tout organisé. Ruth avait suivi le mouvement, balançant entre indifférence et excitation.

Le mariage avait constitué une sorte d'apogée. Par la suite, il lui avait fallu se glisser dans la peau d'une parfaite maîtresse de maison, ce que Ruth ne serait jamais.

Elle aimait danser, aller au concert ou au cinéma, acheter des vêtements élégants… Comparée à Renate et à Philippa, elle se sentait frivole, et avait l'impression de ne pas avoir sa place dans la famille Steiner. La greffe n'avait pas pris… Ruth ne jouait pas du piano avec le talent d'une concertiste et n'avait pas étudié à l'université. Elle était simplement une jeune femme de vingt et un ans, impatiente de croquer la vie à belles dents. Deux mois après s'être mariée, elle se découvrait enceinte. Elle avait vécu cette première grossesse comme une punition. Elle était trop jeune, elle n'avait pas envie d'aliéner sa liberté à un bébé.

Walther n'avait rien compris. Pour lui, tout se déroulait le mieux du monde. On voyait bien que ce n'était pas lui dont les chevilles gonflaient, dont l'estomac se retournait chaque matin, et qui avait la démarche d'un hippopotame ! Le jour de l'accouchement, le premier geste de Ruth, avant même d'admirer son petit garçon, avait été de repousser le drap afin de vérifier si ses chevilles avaient dégonflé.

— C'était tout moi, à l'époque ! confia Ruth à Hannah. Je n'étais pas mûre et je l'ai payé cher par la suite.

Sa seconde grossesse avait contribué à l'éloigner de Walther. Ruth s'était sentie prisonnière des couches, des biberons, des nuits sans sommeil. Elle avait refusé d'allaiter ses enfants, afin de préserver sa poitrine. Une nouvelle fois, Walther n'avait pas compris. Martin, lèvres pincées, avait glissé au cours d'un repas que, dans la tradition juive, la femme avait le devoir d'allaiter son enfant. Ruth était sortie bruyamment de table et s'était réfugiée dans le jardin. Ils n'allaient tout de même pas régenter sa vie ! Et elle se moquait bien de la tradition juive… Dans sa propre famille, on ne s'en souciait pas.

— J'étais si stupide…, soupira Ruth. Je ne mesurais pas à quel point j'avais eu une existence protégée. Je croyais que le monde entier m'attendait…

La montée en puissance du national-socialisme l'avait séduite. Au club de tennis, elle avait rencontré des officiers qui lui avaient fait la cour. Leurs idées ne lui faisaient pas peur puisque, de toute manière, elle-même ne se sentait pas juive. N'était-elle pas une jeune femme moderne ?

Peu à peu, la cassure entre les deux époux s'était accentuée. Walther s'était montré maladroit, autoritaire, Ruth s'était braquée. Un officier épris d'elle lui avait ouvert des perspectives : elle allait vivre à sa guise, enfin ! Elle était partie.

Par la suite, elle avait connu une lente descente aux enfers. Sa famille ne l'avait pas soutenue. Elle avait abjuré pour se sentir tout à fait libre.

Cependant, elle ne pouvait se libérer de la honte et des remords éprouvés vis-à-vis de ses enfants.

L'officier ne l'avait pas épousée ; il était déjà nanti d'une famille. Ruth en avait séduit un autre, puis un autre encore, jusqu'à ce qu'elle rencontre Wogel dans une soirée. Lui, elle avait cru l'aimer.

Sa judéité l'avait rattrapée, comme un mauvais coup du destin. A compter de ce jour, elle avait décidé de l'assumer et s'était rapprochée des juifs de Berlin.

— Tu n'as plus de nouvelles de David depuis longtemps, je suppose ? reprit Ruth.

Le visage d'Hannah s'altéra.

— J'attends son retour. Il me l'a promis.

Ruth lui envia brusquement sa certitude. Elle-même n'avait jamais aimé de cette manière.

Avait-elle jamais su aimer, d'ailleurs ?

Elle était passée à côté de la vraie vie et le regrettait amèrement.

35

Drôme, mars 1944

Sarah avait toujours aimé le printemps. Ce jour-là, il éclatait en bourgeons impatients. Un vent tiède annonçait le retour des beaux jours. De nombreux agneaux étaient nés aux Gipières.

Son grand-père s'en réjouissait bien que, cette année-là, tout fût différent. Leur famille se sentait amputée et ne parvenait pas à surmonter le choc de l'arrestation de Philippa et des jumeaux. Torturé par les remords parce qu'il avait insisté pour ramener les siens allée Clair-Tisseur, Thaddée avait quitté Nyons et s'était réfugié dans le nord de la Drôme, où il avait rejoint un maquis.

Walther, de son côté, avait remisé sa camionnette aux Gipières et décidé de reprendre sa trousse de médecin. Il soignait les maquisards, se rendait dans les fermes isolées où il aidait aussi bien aux accouchements qu'aux vêlages. Sarah et David étaient fiers de lui car, même si son activité restait clandestine, il avait retrouvé sa dignité de médecin.

Elle appuya un peu plus fort sur les pédales pour amorcer la montée menant aux Gipières. A certains moments, quand son moral était bien bas, elle éprouvait le besoin de se réfugier auprès de ses grands-parents. Eux seuls parvenaient à la réconforter et à lui redonner confiance en la vie. Presque chaque nuit, elle était victime de cauchemars qui la laissaient épuisée au petit matin. Elle « voyait » Philippa, Greta et Ralf la suppliant de s'élancer à leur secours. Elle ne se faisait pas d'illusions, les prisonniers de la rafle avaient été emmenés à Montluc puis déportés vers « l'Est ».

Une formule vague qui laissait libre cours à toutes les suppositions.

Seul le docteur Bourdongle avait été relâché, aux alentours du 15 février. Aucune preuve n'avait pu être retenue contre lui. Cependant, la plupart de ses contacts lui avaient recommandé de se faire oublier durant quelque temps. En vain, le jeune médecin ne pouvant se résoudre à abandonner ses patients.

Philis Desmarais partageait les craintes d'Alice et de Sarah. « La Gestapo n'a pas pour habitude de lâcher son os », avait coutume de dire la libraire. Elle-même vivait dans l'angoisse depuis la nuit de la rafle. Il ne lui serait pas venu à l'idée de renoncer à ses activités clandestines mais elle tremblait pour sa fille et sa mère.

« Sale époque, maudite guerre ! » marmonnait-elle tout en déballant ses cartons de livres. Certains ouvrages lui donnaient la nausée, comme *Les*

Décombres de Lucien Rebatet ou *Les Beaux Draps* de Louis-Ferdinand Céline. Elle s'arrangeait pour les placer sur les étagères les plus élevées, pratiquement invisibles pour les clients pénétrant dans la librairie. De toute manière, elle connaissait bien ses habitués et ils n'étaient pas attirés par les ouvrages « collaborationnistes ».

Sarah esquissa un sourire en évoquant Philis. La mère d'Alice, tout en menant de front la tenue de sa maison et celle de son magasin, restait à l'écoute du trio d'inséparables. Une bonne personne, qui vous donnait envie de croire en la solidarité et en l'espérance. Malgré tout.

A la ferme, sa grand-mère s'activait parmi ses chèvres. C'était le seul moyen qu'elle avait trouvé pour tenter de surmonter son désespoir. Elle aimait ses chèvres, câlines et têtues, qui l'avaient adoptée et la considéraient comme leur chef.

Sarah avait un présent pour elle dans sa besace, même si elle se demandait s'il convenait de le lui offrir.

Elle se décida en découvrant le couvercle du piano ouvert et déposa dessus la partition de *L'Opéra de quat'sous* qu'Alice avait ramassée allée Clair-Tisseur.

Les larmes nouèrent sa gorge. Son sentiment d'impuissance la révoltait. Elle aurait tant voulu retrouver les siens !

Elle monta se changer dans sa chambre, passa le vieux pantalon qu'elle portait aux Gipières et partit à la recherche de son grand-père.

Il coupait du bois dans le bosquet dominant la ferme.

Elle s'étonnait souvent que ce négociant sache tout faire. Il s'essuya le front après avoir posé sa hache et sourit à Sarah.

— Beau temps, n'est-ce pas ?

« Non ! je t'en prie ! eut-elle envie de hurler. Ne me parle pas du temps ou de toutes ces banalités qui m'indiffèrent. »

Ils échangèrent un regard indéfinissable. L'instant d'après, Sarah se jetait dans les bras de son grand-père. Les larmes ruisselèrent sur ses joues.

« Là, là, lui dit-il, se sentant maladroit. Pleure, ma chérie, n'aie pas honte de tes larmes. »

Sarah s'essuya les yeux d'un geste rageur.

— Peux-tu me dire ce qu'« ils » nous reprochent ? reprit-elle d'un ton chargé de défi. En quoi les gênons-nous ? A cause de ces barbares, nous avons quitté notre pays, nos amis et, alors que nous pensions nous être intégrés en France, ils recommencent à nous pourchasser ! Pourquoi ?

Martin soupira.

— Je peux juste te dire que nous avons reçu ici des témoignages émouvants et des preuves de solidarité des habitants de ce qui est devenu notre pays.

— Je sais, grand-père. Alice et sa mère sont révoltées elles aussi. Elles ont essayé de sauver les nôtres, en vain.

Sarah détourna la tête pour dissimuler ses larmes. Son impuissance la rendait malade.

— Je suppose que je ferais mieux de retourner au garage. Le pauvre Bastien doit se demander où je suis passée.

— Il vaut mieux s'occuper l'esprit, en effet. As-tu des nouvelles de ton père ?

La jeune fille secoua la tête.

— Pas la moindre. Cela vaut sûrement mieux. Moins nous en savons…

C'était l'évidence, même si Martin détestait ce monde dans lequel ses enfants et ses petits-enfants vivaient. Un monde où les règles de survie vous imposaient de demeurer en permanence sur vos gardes.

— Je rentrerai peut-être tard, ce soir, reprit Sarah. Je dois passer à la ferme des Marquet.

Martin savait ce que cela signifiait. Sarah se rendrait au maquis de Saint-Pons. Cela ne lui plaisait guère mais il savait par expérience que Sarah était une Steiner, plus obstinée qu'une paire de mulets.

— Sois prudente, ma petite-fille, se contenta-t-il de lui recommander.

Si Bastien ne reprocha pas son retard à son employée, il lui désigna d'un geste explicite la pile de documents qui menaçait de s'écrouler sur son bureau. Celle-ci s'attela à la tâche. Classer le courrier, rédiger les factures suivant les notes de Bastien et de Bébert, son mécano, passer les commandes de fournitures… Elle salua gaiement Valentin, le boulanger, venu chercher une batterie pour sa camionnette, prépara le café, ou plutôt un ersatz pompeusement nommé « café ». Une journée ordinaire, sans une minute de répit.

A six heures, alors qu'elle s'apprêtait à apporter le courrier à la poste, Bastien fit irruption dans son bureau, sans frapper comme à son habitude.

— Tu allais partir, Sarah ? Tu veux bien emmener Robert à la ferme des Marquet ? Il nous arrive de Lyon et a besoin de se mettre au vert, si tu vois ce que je veux dire.

Robert avait une vingtaine d'années, un visage ouvert, piqueté de taches de rousseur. Il tendit la main à Sarah.

— Bonjour. Cela ne vous dérange pas ?

— Non, je m'apprêtais à partir. Vous avez un vélo ?

Il désigna ses pantalons de golf, resserrés dans le bas.

— Bien sûr. Comment se déplacer, sinon ?

— Ne perdez pas de temps, enchaîna Bastien. Je me charge du courrier.

Sarah le remercia d'un sourire et entraîna Robert vers la sortie du garage. Assurément, il cherchait à échapper au STO. Serait-ce une bonne recrue pour autant ?

Ses amis maquisards en jugeraient.

— En route ! lança-t-elle.

36

Berlin, mars 1944

L'aspect de Berlin était de plus en plus déprimant, songea l'*Oberleutnant* Rheinhardt, en contemplant d'un air dégoûté les maisons éventrées et les tas de gravats encombrant les rues. Maudits bombardements !

Il était rentré la veille chez lui à cause d'une blessure à la jambe. Celle-ci s'était infectée, il avait échappé de peu à l'amputation et en conservait une claudication. Peu lui importait, si son pays gagnait la guerre ! Rheinhardt avait toujours foi en la victoire, le Führer ne l'avait-il pas promis ? Il attendait avec impatience la fin de sa convalescence, prévue jusqu'à début avril, pour se rendre en France. Le régime avait besoin d'hommes forts afin de neutraliser les francs-tireurs et les partisans qui s'attaquaient à l'occupant.

Rheinhardt abhorrait le désordre. Il rêvait d'une Allemagne parfaite, où tout serait tiré au cordeau. Les dégâts causés par les bombardements faisaient désordre. Les juifs faisaient désordre.

« Vivement que toute cette racaille soit exterminée », se dit-il. La maison voisine était intacte, comme la sienne. Il se demanda si Hannah Ritter y habitait toujours. Sa mutation en France, un an auparavant, ne lui avait pas permis de pousser son avantage comme il l'aurait désiré. Peut-être seraitelle plus réceptive à présent, même s'il ne disposait plus de moyen de pression.

Le vieux Ritter n'avait pas survécu deux jours au camp de Dachau. Victime d'une crise cardiaque pendant des travaux de terrassement, il avait été jeté dans la fosse commune. De toute manière, ce mauvais Aryen qui critiquait la politique du Führer ne méritait pas un autre sort.

Rheinhardt boitilla jusqu'à la cave à liqueurs et se servit une belle rasade de cognac.

Il leva son verre en direction de la demeure des Ritter.

— A nous deux, Hannah ! s'écria-t-il.

« Je fume trop », se dit Hannah, tirant sur sa cigarette. C'était pour elle le seul moyen d'apaiser ses angoisses. Elle finissait par avoir peur de son ombre, ce qui ne lui ressemblait guère. Elle savait qu'elle jouait un jeu dangereux en aidant Saül et en hébergeant Ruth mais elle n'aurait pu supporter de rester les bras croisés.

Il lui semblait parfois que l'état d'esprit des Berlinois se modifiait. On lançait de moins en moins « Heil Hitler ! » pour se saluer, on disait simplement « Bonjour » d'un air las. Les bombardements, les nuits sans sommeil, les privations, l'inquiétude affectaient le moral des habitants même s'ils s'efforçaient de ne pas le laisser paraître. A l'hôpital de la Charité, Hannah soignait un nombre croissant de blessés par éclats d'obus. Elle devait aussi traiter des enfants en état de choc, traumatisés par la violence des bombardements. De vieux livres d'images étaient précieux dans ces moments-là. Hannah leur suggérait de faire des dessins, qu'elle conservait dans le bureau des infirmières. La surveillante en chef grommelait que c'était une perte de temps, mais Van Hoo, le médecin néerlandais, soutenait Hannah.

Il lui avait proposé à deux reprises de l'emmener au cinéma, et avait eu l'intelligence de ne pas se formaliser de son refus.

A vingt-deux ans, Hannah se sentait parfois terriblement vieille.

David lui manquait toujours autant. Il était impossible de connaître exactement la situation en France. La propagande affirmait que les Français collaboraient avec l'Allemagne afin de faire émerger un Etat fort et pur.

Selon Saül, en revanche, la Résistance s'était intensifiée et les maquisards mettaient tout en œuvre pour faire s'enliser l'armée allemande en attendant le débarquement.

C'était fou comme ce fameux débarquement faisait couler d'encre ! On l'annonçait dans le Pas-de-Calais, l'Hérault, et les troupes allemandes étaient de plus en plus nerveuses. Pour sa part, Hannah n'avait qu'une hâte, que cette maudite guerre se termine et que ce régime barbare prenne fin.

Ses amis juifs désespéraient de retrouver un jour une vie normale. Il devenait de plus en plus difficile pour eux de survivre à Berlin. Ruth s'impatientait. « Quand la guerre sera finie..., répétait-elle, je retrouverai mes enfants. »

Cette perspective paraissait si lointaine à Hannah qu'elle n'osait y croire. Elle avait cessé d'écrire à David. Cela lui faisait peur, comme si d'elle-même elle avait renoncé à garder espoir.

La nuit, seule dans sa chambre, elle pleurait, en se répétant qu'elle devait rester forte. Elle n'avait plus de famille, seulement des amis pour qui elle était prête à se battre jusqu'au bout mais... combien de temps encore parviendrait-elle à tenir ?

Assise dans la cuisine, grignotant une tartine de pain sur laquelle elle avait étalé une petite cuillère de gelée de groseilles, elle se demandait si la journée à venir s'écoulerait sans nouvelle alerte.

Deux coups frappés à la porte de derrière la firent tressaillir. Elle jeta un rapide coup d'œil au décor familier. Rien de suspect alentour.

Elle se leva, resserra la ceinture de son peignoir et alla entrebâiller la porte. L'*Oberleutnan*t Rheinhardt se tenait sur le seuil.

— Hannah, vous êtes toujours là, me voici rassuré. J'ai souvent pensé à vous, en entendant parler des bombardements subis par Berlin.

— J'ai survécu, répondit-elle froidement sans ouvrir plus largement la porte.

— Et j'en suis heureux pour vous. M'autorisez-vous à entrer ?

— Je ne suis pas encore habillée. Ce ne serait pas convenable.

Il se mit à rire.

— Qu'est-ce qui est encore convenable à l'heure actuelle ? Nous ne savons même pas si nous serons encore vivants demain !

Hannah ne se laissa pas impressionner.

— J'héberge des personnes qui ont tout perdu. Je ne tiens pas à les choquer.

Rheinhardt s'inclina face à cet argument.

— Je comprends, Hannah. Accepterez-vous de m'accompagner ce soir ? Je connais un endroit où nous pourrons dîner convenablement.

Même si cette perspective la révulsait, elle savait qu'elle ne devait pas tout refuser en bloc. Son voisin pouvait se révéler dangereux et Jutta comme Ruth, Hannelore et ses enfants n'avaient pas à en payer les conséquences.

— A sept heures trente ? proposa-t-elle. Je serai rentrée de l'hôpital.

Il s'inclina légèrement.

— Je viendrai vous chercher. Bonne journée, Hannah.

Elle le salua d'un sourire incertain et referma sa porte.

Elle ne se rappelait même pas son prénom, songea-t-elle, tout en se disant que cela lui était tout à fait indifférent.

Seul le retour de Rheinhardt dans le quartier l'angoissait.

Elle allait devoir jouer serré car il pouvait se montrer dangereux.

37

Drôme, mars 1944

C'était l'heure où le soleil disparaissait à l'horizon, cédant la place à un sublime dégradé de bleus. Sarah aurait voulu le peindre à grands traits d'indigo, de bleu outremer et de gris obsidienne.

Elle achetait pastels et peintures chez Philis et s'accordait parfois le loisir de réaliser des tableaux.

Sarah jeta un coup d'œil à sa montre. Déjà dix-neuf heures, elle était en retard. Elle avait rendez-vous dans une ferme située près de Vaison, là où les membres du maquis de Saint-Pons venaient de s'installer. Elle devait transmettre à leur chef des documents importants, que Malou lui avait apportés aux Gipières.

Elle ne parvenait pas à déterminer si elle appréciait ou non la fille de l'ancien charbonnier. Certes, elle se dévouait sans compter pour les maquis mais Sarah ne pouvait se défendre d'un sentiment de défiance à son égard. Malou semblait ignorer la peur. Or, grand-père Martin estimait que celle-ci pouvait vous inciter à une prudence salutaire. Sarah comprenait ce qu'il voulait dire. Se pensant invulnérable, Malou risquait de multiplier les imprudences et de mettre en danger ses camarades.

Elle n'était pas vraiment objective, se reprocha Sarah. Tout simplement parce qu'elle avait deviné que Malou cherchait à séduire David et que cela ne lui plaisait pas. Elle pensait que David et Hannah étaient destinés l'un à l'autre de toute éternité. Elle songeait souvent à leur amie, sans oser parler d'elle à son frère, de crainte de raviver son chagrin. Hannah symbolisait pour elle la dualité de la situation des Allemands. Foncièrement opposée au régime, elle était cependant prisonnière dans son propre pays.

Sarah releva la tête pour mieux se repérer alors que la nuit gagnait sur le jour. Elle reconnut le grand pin parasol qui s'inclinait vers la droite et sourit. Il lui restait à peu près trois kilomètres à parcourir. Elle resserra sa veste de laine. Un petit vent frisquet s'était levé, on était seulement en mars et la température chutait aussitôt après le coucher du soleil. Elle se mit à fredonner une chanson de Trenet qu'elle aimait particulièrement, « Que reste-t-il de nos amours ? ».

Appuyant sur les pédales, elle chanta le refrain à tue-tête :

Bonheur fané, cheveux au vent
Baisers volés, rêves mouvants
Que reste-t-il de tout cela ?
Dites-le-moi.

A cet instant, l'émotion la submergea, tant elle pensait à Philippa et à ses cousins. Elle s'essuya les yeux d'une main rageuse. Elle détestait s'apitoyer sur le sort de leur famille. « Nous nous en sortirons », se dit-elle.

La nuit l'enveloppa brutalement. Réprimant un frisson, elle s'enfonça dans l'obscurité.

Philis et Alice n'oublieraient jamais ce matin du 19 mars 1944. A sept heures du matin, elles virent des soldats allemands, accompagnés de quatre civils, se présenter chez le docteur Bourdongle, l'arrêter et le conduire à la mairie.

Tremblante, Philis souleva le couvercle du poêle qui chauffait la librairie, jeta dedans une liasse de documents qu'elle aurait dû faire passer au maquis du Jas. Ses gestes étaient précis et rapides. Sa mère l'observait sans mot dire. Quand Philis retourna sur le seuil de la boutique, Marie toussota.

— Je me suis chargée de ce que tu avais glissé dans le tiroir-caisse, lui dit-elle d'une voix unie.

Un frisson désagréable courut le long du dos de Philis. Elle savait pertinemment que l'« objet » en question, s'il était découvert, les expédierait toutes les trois en prison.

Elle passa un bras protecteur autour des épaules de sa fille.

— Merci, maman, souffla-t-elle.

Alice paraissait tendue.

— Il faut que je téléphone à Sarah. C'est très urgent.

Philis inclina la tête.

— Tu m'expliqueras après ?

— Promis, maman.

Alice parvint à joindre le garage où travaillait son amie assez rapidement.

— C'est important, lui dit-elle à mots prudents. Robert, tu sais, le Lyonnais que tu avais conduit chez notre voisin d'en face… Il est revenu. Ce matin. Accompagné d'hommes au béret et de la Gestapo. Fais attention à toi.

Sarah raccrocha après avoir laissé échapper un cri étouffé. A Nyons, Alice se tourna vers sa mère :

— Ce Robert dont je t'avais parlé, un jeune Lyonnais soi-disant réfractaire… Sarah l'a amené chez le docteur Bourdongle il y a quatre jours. Or, je l'ai reconnu il y a moins d'une heure. C'est lui qui a conduit les miliciens et la Gestapo chez notre médecin.

— Seigneur ! s'écria Philis. Sarah te l'avait présenté ? reprit-elle.

— Non, maman. Sarah « cloisonne », comme elle dit. Elle est défiante, d'ordinaire. Si elle a emmené ce Robert à Nyons, c'est sur ordre de Charles. Il faut croire que Robert était un bon comédien. Il fallait que je prévienne Sarah le plus vite possible car il est capable de la dénoncer, elle aussi.

Philis joignit les mains. Si elle acceptait tous les risques pour elle, elle vivait dans l'angoisse que ses activités de résistante ne mettent Alice en danger.

— Ne sors pas du magasin, recommanda-t-elle à sa fille. Je vais tâcher de me renseigner.

Sur la place des Arcades, on commentait avec indignation l'arrestation du docteur Bourdongle, apprécié de tous pour son dévouement. Derrière la vitrine, Alice, mortellement inquiète, suivit sa mère des yeux. Philis allait de l'un à l'autre, en glanant des renseignements. On se demandait où étaient passés l'épouse et le fils du médecin.

— Ils sont saufs, indiqua le boucher qui s'était glissé dans la maison.

On maudissait les miliciens qui effectuaient une bien sale besogne mais personne ne semblait connaître le jeune Robert. Philis regagna la librairie. Son visage était soucieux.

— Ils sont en train d'essayer de faire parler notre médecin, murmura-t-elle d'une voix blanche. Le pauvre homme ! Oh ! Je voudrais…

Elle serra les poings. Les bouffées de colère et de révolte qui la submergeaient parfois lui faisaient presque peur. Marie l'appela.

— Un appel pour toi, Philis. Lyon, au sujet de ta dernière commande.

Lentement, la mère d'Alice reprit contact avec la réalité. Il lui fallait se comporter comme si de rien n'était, donner le change. Elle répondit à son distributeur, échangea quelques mots avec lui au sujet des derniers romans parus. Comme partout en France, on lisait de plus en plus à Nyons. Une façon comme une autre de s'évader.

— Maman..., souffla Alice dès que sa mère l'eut rejointe à son poste d'observation.

Marc, le coursier du quincaillier, courait sous les Arcades. Agé d'à peine seize ans, il se vantait toujours d'être le premier informé de ce qui se passait en ville.

— Ils viennent d'emmener le docteur, annonça-t-il à la libraire qui était sortie. Le pauvre homme est dans un sale état...

Marie se signa. Sa fille et sa petite-fille échangèrent un regard accablé. Même si elles étaient persuadées que le médecin résisterait le plus possible, elles n'étaient pas certaines qu'il ne parlerait pas. Comment lui en tenir rigueur ? On informait souvent les résistants des risques encourus et de la pratique généralisée de la torture. Or, le docteur Bourdongle était le président du Front national de la Résistance. Tous les maquis environnants étaient en danger, ainsi que les agents de liaison comme Philis ou Sarah.

— Il est perdu, murmura Marie.

De nouveau, Philis frissonna.

Résolument, elle se dirigea vers le numéro 3 de la place. Il fallait qu'elle sache ce qu'il était advenu de l'épouse et du petit garçon du médecin.

38

Drôme, mars 1944

« Maudit Robert ! » pesta Sarah, refermant brutalement le meuble dans lequel elle classait les dossiers des clients du garage. Depuis le matin, elle balançait entre désespoir et incrédulité, comme tous ceux qui venaient d'apprendre la tragédie survenue à Saint-Pons.

Après avoir arrêté et horriblement torturé le docteur Bourdongle, les Allemands l'avaient jeté dans un camion et s'étaient rendus à Condorcet où ils comptaient surprendre un groupe de maquisards. Cependant, ils ignoraient – Robert le premier – que ceux-ci s'étaient déplacés l'avant-veille vers Vaison, là même où Sarah leur avait apporté des documents.

Exaspérés, furieux de ne pouvoir anéantir un commando de maquisards comme les indications de Robert le leur avaient laissé espérer, les Allemands avaient passé leur colère sur Bertin Montlahuc et son camarade Gustave Long qu'ils avaient arrêtés. Ils s'étaient ensuite dirigés vers le hameau de Saint-

Pons après s'être arrêtés à la ferme de Stanislas Gras. Celui-ci, refusant de dénoncer qui ravitaillait le maquis de Saint-Pons, avait été frappé, à coups de poing et de pied, tandis qu'un jeune berger, Simon Raspail, qui gardait ses chèvres, avait été abattu au fusil-mitrailleur.

Regroupés au camp du groupement des chantiers de la jeunesse, qui avait été le camp de base du maquis de Saint-Pons, les Allemands avaient de nouveau battu leurs prisonniers, qui n'avaient pas parlé.

Ils s'étaient livrés au pillage des fermes des alentours après avoir incendié le camp, fait sauter à la grenade plusieurs maisons et l'école. Ils avaient procédé à deux nouvelles arrestations à la ferme Gras, celles d'Henri Silan et de son fils Marcel, avant de retourner devant l'école et de fusiller le docteur Bourdongle, Bertin Montlahuc et Stanislas Gras. Poursuivant leur œuvre de mort, ils étaient revenus à la ferme Gras où ils avaient fusillé Gustave Long, Henri et Marcel Silan.

« Les monstres, les barbares », avait commenté Martin Steiner en apprenant le massacre. Il connaissait le docteur Bourdongle, qui était monté à plusieurs reprises aux Gipières pour venir chercher du ravitaillement destiné aux réfractaires et discuter avec lui. Les deux hommes partageaient le même idéal de résistance et d'humanisme.

Il circulait partout sur sa moto, apportant un peu de tabac, ou des médicaments.

Le cœur de Martin était lourd. L'étau se resserrait de plus en plus autour des maquis.

« Promets-moi… », avait-il dit à Sarah, avant de se détourner en poussant un énorme soupir. A quoi servait-il de lui recommander la prudence ? L'ennemi était partout. Les doutes l'assaillaient de plus en plus souvent. Avait-il bien fait d'emmener sa famille dans le sud de la Drôme ? Il désespérait de revoir sa fille et ses petits-enfants. Il ne supporterait pas que Sarah, David ou Walther disparaissent à leur tour.

Il regagna la chèvrerie d'un pas lourd.

Il se sentait vieux. Et inutile.

Sa casquette à la main, Walther adressa un sourire tremblé à Clémence.

— Je ne viendrai plus, lui annonça-t-il. Je ne veux pas vous faire courir de risques, à toi et à tes garçons. Regarde ce qu'ils ont fait à Saint-Pons… C'est trop dangereux.

Clémence haussa les épaules.

— Qu'est-ce qui n'est pas dangereux, par les temps qui courent ? Je n'ai pas peur.

— Mais tes enfants ont besoin de toi. Il nous faudra patienter jusqu'à la fin de la guerre.

— Quand sera-t-elle finie ? Le sera-t-elle un jour ? Je n'y crois plus.

Walther résista au désir de caresser les cheveux de la jeune femme. S'il le faisait, il ne parviendrait plus à partir.

— Nous devons être raisonnables, reprit-il.

— Ah oui ?

Clémence se rapprocha de lui, se cambrant pour mieux mettre ses seins en valeur.

— Tu envisages d'être raisonnable alors que nous serons peut-être morts demain ? C'est de la lâcheté, Walther Steiner !

Il secoua la tête. Même s'il brûlait du désir de la prendre, là, dans le cellier, il savait qu'il ne le ferait pas. Il y avait trop de vies en jeu, des vies dont il se sentait en partie responsable, de par son statut de médecin.

— Au revoir, Clémence, reprit-il d'un ton résolu. Je reviendrai quand la guerre sera finie.

Cette fois, elle n'insista pas. Elle venait de comprendre qu'il ne céderait pas.

« Maudit Boche ! » pensa-t-elle, furieuse contre lui et plus encore contre elle-même. Elle l'aimait. Tout en se demandant si la réciproque était vraie.

Walther était d'une nature taciturne et l'arrestation de sa sœur et de ses neveux avait encore accentué ce trait de caractère.

Il lui avait fait peu de confidences. Lorsqu'il venait la rejoindre, il se glissait dans sa chambre sur la pointe des pieds, lui faisait l'amour avant de tomber épuisé dans un sommeil agité.

Elle veillait sur son sommeil, en songeant qu'elle l'aimait. Beaucoup trop pour ce qu'il était capable de lui offrir. Il y avait sa famille, qui passait en priorité. Et le passé, qui l'avait marqué à vie. Le soir où il lui avait parlé de Ruth, il avait précisé qu'il ne pourrait plus jamais aimer comme il l'avait aimée, elle, son premier amour. Et Clémence s'était dit que, décidément, le destin était parfois très injuste...

Elle sortit sur le seuil de son café-épicerie, suivant des yeux la silhouette élancée de Walther qui se dirigeait vers sa moto.

« Reviens-moi vite », murmura-t-elle.

Je partis et tu restas, les yeux baissés
Et tu me suivis d'un regard humide
Et pourtant, être aimé, quel bonheur !
Ô dieux, et quel bonheur d'aimer ![1]

David rêvait d'un monde dans lequel la poésie et les livres auraient chassé la barbarie. Comme ses camarades, la tragédie de Saint-Pons l'avait profondément marqué. A vingt-trois ans, il se croyait immortel. Or, il avait réalisé combien il était facile de basculer dans le drame. L'ennemi était déterminé et ne s'embarrassait pas de scrupules. Il aspirait à la vengeance tout en se disant que, ce faisant, il tomberait dans le piège tendu par les nazis. Œil pour œil... la loi du talion. Leur combat n'avait-il pas un autre idéal ?

Il s'éloigna du mas du Jas pour fumer. Le tabac lui était devenu indispensable. Un moyen comme

1. Goethe, *Bienvenue et adieu*, trad. J. Porchat.

un autre de surmonter ses angoisses. Il ne cessait de penser à Philippa et aux jumeaux. En même temps, Hannah lui paraissait être de plus en plus lointaine. Inaccessible. La perspective de leurs retrouvailles lui semblait être redevenue une hypothèse irréalisable, tant leurs deux mondes s'étaient écartés l'un de l'autre.

De plus, le problème de son identité allemande se posait à lui et le fait de rester attaché à la poésie de Goethe restait pour lui très symbolique.

David était allemand, même s'il abhorrait le régime nazi. Dans ces conditions, devait-il se considérer comme un apatride ?

Adrian, le réfugié espagnol qui avait rejoint le maquis du Jas, ne se posait pas ce genre de questions. Il était républicain, et communiste, avant même d'être espagnol.

Et lui, David… qui était-il en priorité ?

— Je t'ai apporté du tabac. Fabrication paternelle.

Il se retourna. Malou l'avait rejoint sur la pierre plate qui lui tenait lieu d'observatoire. De là, le regard embrassait la plaine, courant vers Montélimar et la vallée du Rhône.

David tendit la main.

— Je te remercie.

Elle était ravissante dans sa jupe fleurie et son chandail blanc. Il n'osa pas le lui dire, parce qu'elle le mettait parfois mal à l'aise. Elle lui donnait l'impression d'attendre… trop de lui, comme s'il avait eu le pouvoir de transformer sa vie en arc-en-ciel.

Malou Santafiore était une belle fille, courtisée par nombre de maquisards. Elle flirtait, riait, sans pour autant fréquenter un jeune homme en particulier.

— J'ai entendu à Radio Londres que l'on saisissait les postes de TSF en Normandie et dans le Nord, reprit la jeune fille. Ce serait le signe que le débarquement est proche.

David opina du chef.

— Serons-nous encore là pour le débarquement ?

Elle se rapprocha de lui. Un parfum léger de framboise l'enveloppait.

— Il ne faut pas perdre courage, David. Cela ne te ressemble pas.

Il haussa les épaules.

— Qu'est-ce qui me ressemble ? J'avoue ne pas le savoir. Ces hommes qui sont morts pour nous... ce médecin si dévoué... jamais je ne pourrai les oublier.

— La guerre sera bientôt finie...

Il ricana.

— Ah oui ? Serais-tu en liaison directe avec Churchill et Roosevelt pour faire ce genre d'annonce ? Nous n'en savons rien et, de toute manière, les nazis et les miliciens ont le temps de massacrer une foule de camarades avant !

— Si je t'écoutais... tu me ferais presque peur. Je ne veux pas y penser. Sinon, j'arrête tout.

— C'est peut-être ce que tu devrais faire.

Il avait peur pour elle. Il le lui dit, et vit son visage qui s'illuminait.

— Je compte donc un peu pour toi ? lança-t-elle.

La lueur d'espoir qu'il lut dans son regard fit naître en lui des sentiments fugaces, honte et orgueil mêlés. Il n'eut pas le temps d'y prêter vraiment attention. Marie-Louise venait de se couler contre lui et posait une main possessive sur sa cuisse.

— David… j'ai besoin de toi, chuchota-t-elle.

Il aurait dû s'imposer un temps de réflexion, s'écarter, mais une flambée de désir le submergea et, après avoir jeté un coup d'œil rapide aux alentours, il entraîna la jeune fille vers un grangeon où ils stockaient des pommes de terre.

Elle noua les bras autour de son cou, se laissa allonger sur de vieux sacs avant d'entreprendre de caresser David. Son savoir-faire le laissa pantois. Cette fille aurait fait bander un mort ! se dit-il, ayant besoin d'user d'un langage familier pour ne pas songer à ce qu'il était en train de faire.

Le désir monta en lui, balayant tout le reste. Il ne fut pas surpris de découvrir qu'elle n'était plus vierge. Plusieurs « maquis » s'étaient vantés d'avoir couché avec elle, cela lui importait peu, finalement. Pour l'instant, seul son plaisir comptait.

Il se laissa rouler sur le côté, soudain dégrisé. Il n'avait pas envie de rester auprès d'elle, ni d'esquisser un geste tendre. Il se détestait. Plus encore parce qu'il avait trahi Hannah qu'à cause de sa muflerie envers Malou.

Celle-ci n'était pas, ne serait jamais Hannah. Et cette certitude le désespérait.

39

Berlin, 1944

Les sirènes retentirent à nouveau alors qu'Hannah venait de se coucher. Elle poussa un énorme soupir, passa des vêtements chauds, saisit sa lampe torche avant de descendre voir mademoiselle Jutta et Ruth. Les deux femmes refusèrent de l'accompagner jusqu'à l'abri antiaérien. Hannelore était partie la veille pour Hambourg avec ses enfants. Elle espérait qu'ils y seraient en sécurité.

— C'est chaque nuit le même cinéma, gémit mademoiselle Jutta. Je n'ai pas envie de me retrouver serrée comme une sardine dans leur horrible bâtiment.

— Et moi, je n'ai pas vraiment confiance dans mes faux papiers, renchérit Ruth.

Finalement, Hannah se rendit à leurs arguments et les trois femmes, tous rideaux tirés, s'installèrent à la cuisine devant une tasse de thé. Elles fumaient et devisaient comme si de rien n'était quand on frappa à la porte de derrière. Hannah sauta sur ses pieds.

— La défense passive ? risqua-t-elle.

— Allez ouvrir, suggéra mademoiselle Jutta. Après tout, nous ne faisons rien de mal.

Hannah obéit et découvrit l'*Oberleutnant* Rheinhardt sur le seuil.

— Cela devient une habitude, déclara-t-elle en guise de salut.

Au-dessus de leurs têtes, les bombardiers britanniques avaient entamé leur ballet mortel. Hannah se mordit la lèvre.

Rheinhardt la considéra froidement.

— Vous devez vous rendre à l'abri, Hannah. J'insiste. Les bombardiers causent de plus en plus de dégâts.

— Je supporte mal l'enfermement, répondit-elle.

Il haussa les épaules.

— Quelle sottise ! Venez, je vous emmène.

Elle se dégagea.

— Merci, *Oberleutnant*, mais je n'en ai pas envie. Je préfère mourir ici, dans la maison de mes parents, plutôt que dans une cave insalubre.

— A votre guise ! jeta-t-il, furieux.

Se ravisant, il fit deux pas en direction de la cuisine.

— Mais vous n'êtes pas seule…

— Des voisines, répondit-elle précipitamment.

Rheinhardt plissa les yeux.

— J'ai déjà vu cette dame, reprit-il, désignant Ruth de l'extrémité de sa canne.

Il sembla chercher dans sa mémoire. Une lueur s'alluma soudain dans ses yeux bleus.

— Ah ! J'y suis ! Vous êtes l'ancienne propriétaire de la maison où j'habite. Ruth… c'est bien cela ? Ruth Steiner, j'ai trouvé plusieurs photographies de vous dans le tiroir d'une commode. Dites-moi… ce n'est pas un nom très aryen.

« Il sait, pensa Hannah. Il sait mais cela l'amuse de jouer avec nous au chat et à la souris. »

Elle serra ses mains l'une contre l'autre pour les empêcher de trembler.

— Vous vous trompez, déclara-t-elle fermement. Madame ici présente se nomme Béatrix Walder et ses papiers sont tout à fait en règle.

Ce faisant, elle avait conscience de bluffer mais que pouvait-elle faire d'autre ?

— Montrez-les-moi, ordonna Rheinhardt à Ruth.

Celle-ci s'exécuta, la mort dans l'âme. Elle alla chercher son sac à main, en sortit ses papiers d'identité.

Rheinhardt les étudia avec attention avant de refermer leur étui d'un coup sec.

— Ces papiers sont faux, laissa-t-il tomber. Je vous emmène, *Frau* Steiner.

Il était inutile de protester, toutes trois le savaient. Au-dessus de leurs têtes, les lâchers de bombes se succédaient, dans un bruit d'apocalypse.

— Je vais devoir vous emmener au siège de la Gestapo, enchaîna Rheinhardt. Vous aussi, Hannah.

— Laissez-moi prendre mon sac, implora Ruth.

Elle se saisit de l'objet, une sorte de besace fourre-tout qui, à l'en croire, constituait sa seconde maison.

— Dépêchez-vous ! la pressa Rheinhardt.

Par la suite, Hannah devait se demander si elle n'avait pas été victime d'une hallucination. Comme dans un film au ralenti, elle vit Ruth sortir de son sac un pistolet Mauser P38, le braquer sur Rheinhardt, et tirer sans hésiter. L'*Oberleutnant* s'abattit, tête en avant, sur la table de la cuisine. Mademoiselle Jutta eut la présence d'esprit de reculer sa tasse de thé. Hannah eut l'impression que leur vie venait de basculer.

— Seigneur, Ruth ! s'écria-t-elle, sous le choc.

La mère de David se pencha au-dessus de Rheinhardt.

— Il est mort, constata-t-elle sans émotion apparente.

Hannah se mit à trembler.

— Qu'allons-nous faire du corps ?

En d'autres circonstances, elle aurait goûté le sel de la situation. Trois femmes réunies face à un cadavre… Elle eut une pensée émue pour sa mère qui aimait tant les romans d'Agatha Christie. Elle se raccrocha à cette idée. « Réfléchis ! » s'exhorta-t-elle.

— Peut-être que votre ami Saül…, risqua mademoiselle Jutta de sa voix flûtée.

Hannah et Ruth échangèrent un regard entendu. Bien sûr ! Saül était l'homme de la situation.

— Je vais le chercher, décida Hannah. Ne laissez personne entrer, surtout !

Elle s'enfonça dans la nuit zébrée par les éclairs des bombes.

« Moins vous en saurez, mieux ce sera », avait tranché Saül.

Hannah n'oublierait pas de sitôt cette nuit durant laquelle il était venu chez elle avec une brouette. Peut-être la même que celle qui avait amené Ruth, plusieurs mois auparavant. Il avait déshabillé Rheinhardt, avait passé son uniforme puis déposé le cadavre portant de vieux vêtements dans la brouette. Ensuite, il était reparti en direction du Tiergarten, sans paraître redouter quoi que ce soit. Par chance – si l'on pouvait dire ! –, les bombardements s'étaient poursuivis jusqu'à cinq heures. Mademoiselle Jutta dormait déjà depuis deux bonnes heures. Hannah n'avait pu convaincre Ruth de se débarrasser de son arme.

« Ils ne me tueront pas deux fois ! » lui avait répondu la mère de David et Sarah avec insouciance.

Ruth était la première étonnée du changement qui s'était opéré en elle. Après avoir vécu si longtemps dans l'angoisse, elle n'avait presque plus peur. Le fait d'avoir abattu l'homme qui s'était approprié son ancienne maison l'avait réconciliée avec elle-même. C'était Wogel qui lui avait fait cadeau du Mauser au début de la guerre et lui avait appris à s'en servir.

Au petit matin, Hannah et elle firent quelques pas dans le jardin de la maison Steiner.

Ruth s'arrêta là où il ne restait plus qu'une souche du gros tilleul.

— Te rappelles-tu ? David et toi vous donniez rendez-vous chaque soir au pied de ce vieux tilleul. Je vous observais, parfois, et je vous enviais en me disant que votre vie était déjà toute tracée. Ce que j'ai pu être stupide !

Hannah prit sur elle pour ne pas laisser voir son trouble.

— J'espère bien revoir David après la guerre, déclara-t-elle d'une voix unie.

Ruth soupira.

— Oui, naturellement. Mais... as-tu bien réfléchi ? Vous avez déjà passé six ans éloignés l'un de l'autre. Les années écoulées, la guerre, ont fait de vous des êtres différents de ce que vous étiez en 1938. Crois-en mon expérience, on ne change pas de vie sur un simple claquement de doigts. On vit différemment, c'est tout.

« Elle se trompe ! pensa Hannah avec force. David et moi, c'est autre chose. Un amour comme le nôtre ne peut pas s'éteindre. C'est impossible ! »

Pourtant, au fond d'elle-même, une petite voix intérieure lui soufflait que Ruth n'avait peut-être pas tort. Ils sortiraient forcément marqués des années de guerre. Et personne ne pourrait leur rendre leur insouciance perdue.

A travers la nuit et le vent

Au jardin des cyprès je filais en rêvant,
Suivant longtemps des yeux les flocons que le vent
Prenait à ma quenouille [...]
Je marchais à pas lents, m'arrêtant aux jasmins,
Me grisant du parfum des lys, tendant les mains
Vers les iris fées gardés par les grenouilles[1].

Leur jeunesse était finie.

Ce jour-là, Hannah avait l'impression d'avoir cent ans.

---

1. Extrait d'« Enfance » de Guillaume Apollinaire.

40

Drôme, mai 1944

La vie clandestine était de mieux en mieux organisée. Au maquis, on coupait du bois, on maintenait un entraînement physique, on procédait à l'instruction des hommes sur l'armement tombé du ciel ou pris sur l'ennemi, on aménageait le cantonnement, on montait la garde, on était de corvée de « ravito ».

Les différents maquis étaient sur les dents, harcelant l'occupant en prévision du fameux débarquement que tous attendaient. La tension chez les miliciens était à son comble. Le 14 avril, deux villageois de Mirabel-aux-Baronnies, Lucien Barnier et René Blanc, avaient été abattus par des hommes de la LVF et de la Milice pour ne pas avoir répondu aux sommations.

De quoi exacerber encore la colère des Nyonsais, restés marqués par les arrestations de janvier et par la tragédie de Saint-Pons.

Chaque fois qu'elle ouvrait les volets de bois protégeant sa librairie, Philis revoyait la trentaine d'Allemands se présentant au domicile du docteur Bourdongle. Robert, activement recherché par les résistants, avait disparu. Il hantait encore les cauchemars d'Alice. La jeune fille, cependant, n'avait pas mis fin à ses missions d'agent de liaison. Sa grand-mère la soutenait.

« Je suis fière de toi, ma petite », lui avait-elle dit au retour d'une de ses expéditions.

Philis, de son côté, vivait dans la peur. Plusieurs de ses relations avaient été arrêtées au cours de banals contrôles d'identité.

« Pourquoi eux et pas moi ? » se disait-elle avec une lucidité cruelle.

Philis n'avait pas eu une vie facile. Sa mère, veuve de guerre, l'avait élevée avec l'aide de ses propres parents, qui avaient créé la librairie. Petite fille, Philis avait aidé sa grand-mère à coudre les dos des cahiers et à préparer les commandes provenant de tout l'arrière-pays. Elle aimait particulièrement l'animation régnant les jours de marché. Cependant, elle se rappelait aussi les inquiétudes familiales. Ses grands-parents redoutaient toujours de « ne pas y arriver », comme ils disaient, ce qui plongeait la fillette dans la perplexité. Arriver à quoi exactement ? Elle avait grandi dans l'amour des livres, se passionnant pour les ouvrages des sœurs Brontë, ceux de Walter Scott et de James Oliver Curwood. Curieusement, elle s'intéressait surtout aux auteurs anglo-saxons ainsi qu'à ceux qui décrivaient le Grand Nord.

Elle avait suivi des études littéraires au collège Roumanille avant d'épouser le premier homme qui l'avait invitée à danser. Guy Desmarais était musicien, jouait fort bien du violon, tout en étant représentant de commerce car « il fallait bien vivre ».

Philis n'aurait pu dire si elle avait été heureuse ou non avec lui. Elle avait continué de vivre dans sa maison natale. Ses grands-parents étaient morts ; sa mère et elle avaient repris la librairie. Philis s'était très vite retrouvée enceinte et avait continué de travailler. Trois jours après la naissance d'Alice, elle réceptionnait déjà les cartons de livres. Elle ne pouvait se permettre le luxe de prendre quelques jours de repos, le comportement de son époux ne lui en laissait pas le loisir. Elle avait en effet vite compris que Guy buvait plus qu'il ne travaillait. Il était coureur, aussi.

De quoi se demander pour quelle raison il l'avait épousée ! A moins que la librairie ne l'ait attiré… ? pensait Philis, devenue cynique. Alors qu'elle songeait à se séparer de lui, il avait été victime d'un accident de la route sous l'empire de l'alcool. Veuve à moins de trente ans, elle avait eu l'impression de reproduire le destin maternel. Elle s'était battue pour sauvegarder la librairie et élever Alice en lui donnant un maximum de chances dans la vie. Elle-même avait tiré un trait sur sa vie sentimentale. « A quoi bon ? » se disait-elle parfois. A quarante-cinq ans, elle n'espérait plus grand-chose. Hormis la fin de la guerre.

Elle jeta un coup d'œil à la pendule qui indiquait huit heures. Elle n'avait pas de temps à perdre si elle désirait ouvrir la librairie avant l'arrivée des premiers clients qui auraient besoin de fournitures en papeterie, de papier carbone ou de rubans pour machines à écrire.

La vie continuait. Malgré tout.

Son sac tyrolien sur l'épaule, Walther grimpait d'un pas régulier vers le maquis du Jas où il tenait à revoir le blessé qu'il avait soigné deux jours auparavant.

Il était heureux à la perspective de pouvoir échanger quelques mots avec David. Ses enfants lui manquaient, tout comme Clémence. Il se rendait une fois par semaine aux Gipières parce qu'il avait besoin de voir ses parents. N'était-ce pas un réflexe puéril, à cinquante-deux ans ?

La douceur et la sérénité de sa mère l'apaisaient, tout comme la force et la détermination de son père se communiquaient à lui. Tant que ses parents vivraient aux Gipières, il pourrait caresser l'illusion que Philippa et les jumeaux étaient saufs.

Il n'avait pu pardonner à Thaddée son inconséquence. Comment avait-il pu être naïf au point d'inciter les siens à revenir allée Clair-Tisseur ? D'autres camarades avaient vécu la même expérience dans leur famille.

« Thaddée n'a pas voulu croire au mal, lui avait dit Tiburce dans le but de le réconforter. C'est bien là un exemple de la force des barbares. Nous pensons toujours qu'ils n'oseront pas transgresser un autre tabou. Or, ils s'en moquent éperdument ! Ils suivent leur but, écrasant au passage les gêneurs ou les opposants. »

Mais Thaddée n'était même pas un véritable opposant ! Depuis son arrivée en France, il se consacrait aux recherches technologiques dans le monde agricole. Un véritable Professeur Nimbus, passionné par des sujets scientifiques. Pourtant, il aurait dû comprendre, à Berlin, la détermination des nazis !

David ne parvenait pas à évoquer sa tante et ses cousins avec Walther. « C'est trop dur, lui avait-il confié le soir de leurs retrouvailles. J'ai tout fait pour les sauver, en vain. »

Un « tiou… tiou… tiou » régulier se fit entendre. Walther s'immobilisa à l'abri d'un chêne et, les mains en conque, imita à son tour le cri du hibou petit duc. L'instant d'après, les branches s'écartèrent sous la poussée impatiente de son fils.

Les deux hommes s'étreignirent. David n'avait pas bonne mine, remarqua le médecin. Des cernes soulignaient ses yeux. Une bouffée de colère submergea Walther. Son fils devrait être en train d'étudier le droit, ou la littérature, et non risquer sa vie à chaque instant. Cependant… avaient-ils le choix ?

Ses camarades étaient ouvriers agricoles, étudiants, artisans… pour la plupart des jeunes désireux d'échapper à la fameuse « Relève », et qui avaient résolu de défendre leur pays.

Epaule contre épaule, le père et le fils atteignirent l'ancienne bergerie. Donatien montait la garde. Il salua Walther.

— Vous n'auriez pas un peu de tabac, toubib ? risqua-t-il.

Walther secoua la tête et répondit, de son ton le plus docte :

— Non, mon garçon, je ne fume pas, et tu ferais bien de m'imiter.

David se mordit les lèvres. Qui Walther espérait-il tromper ? Il fumait, naturellement, un infâme « pétun » qu'un agriculteur de Dieulefit lui procurait. Mais le docteur Steiner ne pouvait l'admettre !

Une jeune fille s'avança à leur rencontre. Walther la connaissait bien. Elle jouait les agents de liaison entre les différents maquis de la région et faisait preuve de vaillance.

— Bonjour, Malou, la salua-t-il. Tu as l'air en forme.

Elle rougit de plaisir sous son compliment. David ne lui en avait jamais fait. Leur relation était assez compliquée. David avait semblé l'éviter, comme s'il lui avait reproché de l'avoir séduit. Blessée, elle s'était efforcée d'agir comme si de rien n'était. Elle l'aimait, ce qui ne l'empêchait pas d'essayer de se protéger. Naturellement, elle aurait dû se faire désirer, mener le jeu de la séduction. Au lieu de quoi, elle était tombée dans ses bras ! Fallait-il qu'elle fût stupide ! De plus, avec lui, elle n'avait pas pris de précautions, et avait craint ensuite de se retrouver enceinte. « La totale ! » avait-elle alors pensé avec une ironie cruelle. Dieu merci, ses règles, le mois suivant, l'avaient rassurée. Elle savait en effet que, si son père tolérait les mœurs assez libres de sa fille unique, il ne supporterait jamais de la voir revenir fille mère à la ferme.

David et son père s'éloignèrent vers la bergerie après l'avoir gratifiée d'un signe de tête.

Malou les suivit des yeux. Elle aurait voulu courir vers David et l'enlacer mais elle ne le ferait pas. Elle devait jouer serré pour se l'attacher.

D'autant plus que sa sœur Sarah avait mentionné devant elle l'existence d'une certaine Hannah, berlinoise.

« Tous deux doivent se marier dès que la guerre sera finie », avait glissé Sarah de son air le plus innocent. Malou n'était pas dupe.

« C'est loin, Berlin », se dit-elle.

Elle, elle était sur place. Aux côtés de David.

41

Drôme, juin 1944

La journée s'annonçait belle mais Renate avait envie de s'accorder un peu de temps libre. Assise à son piano, elle rêvassait, tout en songeant à la visite impromptue de David. Son petit-fils était venu les embrasser, Martin et elle, et leur confier qu'il allait passer quelques jours au maquis d'Arpavon situé au-dessus des Gipières.

Curieusement, le fait de le savoir si proche n'avait pas vraiment rassuré la vieille dame. De toute manière, elle vivait dans l'angoisse depuis la nuit terrible du 21 janvier 1944. Il lui semblait que la bulle les protégeant avait éclaté. Malgré les recherches entreprises, ils n'avaient pu retrouver la trace de Philippa et des jumeaux.

Ils étaient arrivés à la prison de Montluc, puis plus rien. Ce vide terrorisait Renate. Elle n'osait même plus évoquer les siens avec Martin, de crainte qu'il ne mette des mots sur ses angoisses. C'était affreux, horrible… elle avait parfois envie de hurler sa détresse et son désespoir.

Naturellement, elle n'en faisait rien. Renate avait reçu une éducation stricte, « à la prussienne », se moquait jadis Martin.

Si son tempérament d'artiste lui avait permis de vivre par la suite de façon plus fantaisiste, elle n'avait jamais oublié les préceptes de son enfance.

« Chez nous, on se tient », lui répétait sa mère. Ces règles vous marquaient pour la vie. L'évocation de sa mère suscita chez Renate le désir de jouer l'air que celle-ci préférait, « La Chanson de Solveig », empreinte de tristesse et de mélancolie.

Elle en égrena les premières notes, fredonnant :

L'hiver peut s'enfuir,
Le printemps bien-aimé peut s'écouler.
Les feuilles d'automne et les fruits de l'été,
Tout peut passer.

Au-dehors, un bruit insolite la fit tressaillir. Elle tourna la tête vers la fenêtre ; aperçut quelque chose qui ressemblait à un uniforme.

Son sang se figea. « Ils » étaient là, chez eux, sur leur domaine. Là où Martin et elle se croyaient en sécurité.

Martin Steiner sciait du bois dans la cour. Il aurait dû se rendre dans les champs du haut afin de vérifier si les cerises étaient mûres mais, ce matin-là, il n'avait pas eu envie de s'éloigner de la ferme. Il espérait que Walther finirait par venir les saluer. Son fils lui manquait.

David lui donnait de ses nouvelles de loin en loin mais il se montrait peu loquace. La guerre avait changé les caractères du père et du fils. Quoi de plus normal ? Cette fois, cependant, il s'agissait d'une guerre sale, où tous les coups étaient permis.

Martin posa sa scie sur le chevalet de bois, s'essuya le front de son grand mouchoir à carreaux. Si elle le voyait, Renate lui rappellerait qu'il devait se ménager, et il le prendrait mal. Bigre ! Il n'avait que soixante-quatorze ans ! Il ne se sentait pas encore l'âme d'un vieillard.

L'air était délicieux à cette heure matinale. Plus tard, la chaleur monterait, au point d'imposer une sieste après le déjeuner. Une nouvelle fois, Martin songea qu'il aimait ce pays de lumière et de soleil.

L'instant d'après, il tendit l'oreille. Renate lui faisait souvent remarquer qu'il avait perdu de son acuité auditive, ce qui l'agaçait prodigieusement. Sourd, lui ? Quelle idée stupide ! C'est alors qu'il aperçut les premiers uniformes qui grimpaient vers les Gipières.

Ils progressaient à une allure régulière qui lui parut inexorable. La sueur ruissela le long du dos de Martin. Ils arrivaient ! Ils menaçaient le refuge qu'il avait bâti pour sa famille.

A cet instant, il ne pensa pas à Renate ni à lui-même. David. Il fallait protéger David et ses camarades du maquis, afin qu'ils ne subissent pas le sort des martyrs de Saint-Pons. Il n'hésita pas, sortit le Mauser à canon raccourci dont il ne se séparait jamais de la poche de sa blouse et tira sur les Allemands en hurlant à l'intention de sa femme : « Renate ! Sauve-toi ! »

Renate jaillit sur le seuil de la maison. Elle s'élança vers Martin, courut le rejoindre, face aux uniformes qui continuaient d'avancer vers eux.

Il tenta de la protéger tout en continuant de tirer mais, crânement, elle resta à ses côtés.

Il sembla à Renate que les détonations se répercutaient dans les collines. C'était ce qu'il fallait, se dit-elle, afin de prévenir David et les autres maquisards.

Martin tomba le premier.

— Renate..., souffla-t-il.

— Je suis là, *Liebling*, murmura-t-elle, avant de s'effondrer à côté de lui.

La patrouille vida plusieurs chargeurs sur le couple. Cela n'avait plus vraiment d'importance. Martin et Renate étaient ensemble. Pour l'éternité.

Ils étaient tous venus. Les jeunes du maquis, Philis, Alice, Maurice, Eliette, les cousins Elsie et Moshe, les Vianey, Donatien, des Nyonsais, les habitants de Sainte-Jalle, et aussi Malou accompagnée de son père.

La journée était belle. Une lumière, un soleil incomparables, comme pour saluer une dernière fois le couple qui avait choisi de s'installer dans les Baronnies plus de dix ans auparavant et y avait planté ses racines.

Côte à côte, Walther, David et Sarah se tenaient face aux deux cercueils et à la tombe qui avait été creusée, sous un tilleul, comme pour rappeler leurs origines berlinoises.

Tous savaient que Martin et Renate s'étaient sacrifiés pour alerter les maquisards. Maurice se racla la gorge. Il ne se pardonnait pas d'avoir été au marché ce jour-là et de n'avoir pu se porter au secours de son vieil ami, et ce même s'il savait qu'il n'aurait pu éviter le double assassinat.

Walther prononça le kaddish, la prière des morts.

Epaule contre épaule, David et Sarah avaient le visage fermé, cadenassé par la douleur. Sarah avait le sentiment de perdre une nouvelle fois tous ses repères. Elle jeta un regard éperdu autour d'elle. Qui pouvait comprendre ce qu'elle éprouvait, hormis David ? Mais David avait sa vie propre, son combat à mener… Et la ferme ? Qui s'en occuperait, désormais ?

A l'issue de la brève cérémonie, et après que proches et amis eurent partagé un repas composé de pain, d'œufs et d'olives, symboles de la vie qui continuait, Maurice se rapprocha de David, qu'il avait toujours préféré à Walther.

— Entre voisins, nous pourrons nous débrouiller avec les bêtes de ton grand-père, lui dit-il. Quand la guerre sera finie… tu verras ce que tu veux faire.

Cette précision troubla David. D'abord parce qu'à cet instant il n'envisageait même plus la fin de la guerre. Ensuite parce qu'il ne savait pas quel sens il désirait donner à sa vie… après. Pour lui, l'urgence consistait à rejoindre Hannah. Le reste n'avait plus réellement d'importance à présent que Martin et Renate étaient morts.

— Il faudrait voir ça avec mon père, répondit-il à Maurice.

Ce dernier hocha la tête, sans pour autant chercher à se rapprocher de Walther. D'ailleurs, le médecin paraissait être ailleurs. David pressentait qu'il pensait son père immortel. Il était extrêmement proche de sa mère. Il était certainement aussi dévasté que David et Sarah, tout en s'efforçant de ne pas le montrer.

« Papa… si seulement tu pouvais mieux exprimer ce que tu ressens ! » songea David.

Une main se posa sur son bras. Malou lui tendit un mouchoir.

David fronça les sourcils.

— Je n'en ai pas besoin, lui dit-il froidement.

Il aurait préféré ne pas la voir à ce moment précis. C'était certainement peu charitable de sa part, mais la jeune fille n'avait pas sa place aux Gipières.

Elle connaissait à peine ses grands-parents ! Il savait qu'elle était venue pour lui, et cela l'irritait. Bon sang ! Ils avaient juste couché quelques fois ensemble.

Elle n'était pour lui qu'une fille avec qui il avait passé un peu de bon temps, rien d'autre.

Le visage de Malou se crispa. Elle se détourna et rejoignit son père d'un pas dansant. David prit la main de Sarah.

— Tu ne vas pas rester seule aux Gipières, déclara-t-il.

Elle secoua la tête.

— Je ne pourrai pas ces jours-ci. Après… il faudra bien que je revienne. C'est notre maison.

Philis entoura les épaules de Sarah d'un bras protecteur.

— Je lui ai proposé de venir à Nyons, mais c'est un peu loin pour son travail à Sainte-Jalle.

— De plus, il vaut mieux rester à la campagne, glissa David, qui n'avait pas oublié les arrestations de janvier.

Il ne supportait pas sa propre impuissance. Il lui était impossible, en effet, d'emmener sa jeune sœur au maquis. Il en allait de même pour leur père, qui menait une vie itinérante, dormant dans des granges ou des fenières au gré de ses déplacements.

Malou, après avoir échangé quelques mots avec son père, fit un pas en avant.

— Nous t'hébergerons avec plaisir, Sarah, déclara-t-elle. Le temps que tu sois prête à revenir à la ferme.

Sarah accepta distraitement. Elle se sentait si triste et si lasse qu'elle aurait voulu se laisser tomber sur le sol et fermer les yeux, pour oublier. Elle se raccrocha au bras de David. « Ne m'abandonne pas », pensa-t-elle.

Naturellement, elle ne pouvait formuler sa prière à haute voix.

Elle prit une longue inspiration, se redressa. Elle croyait entendre Renate lui recommander : « Chez nous, on se tient ! » Elle devait être digne de ses grands-parents. A la hauteur.

« Si Philippa avait été là… », se dit-elle.

Un appel fit sursauter les participants.

— Toubib !

Walther se retourna, et s'avança vers un « maquis » essoufflé dont le visage exprimait une joie profonde.

— Ça y est ! lança-t-il à la cantonade.

Il récita avec ferveur :

— « Les quadrilles sont démodés. Les jumelles se portent en bandoulière. La pistache est verte. Les arquebuses ne servent plus. »

Les résistants se regardèrent. Tous connaissaient le « message d'exécution » annonçant le débarquement en Normandie. Il succédait au message d'alerte qui avait été diffusé par radio le 1er juin :

« Tangos et rumbas viennent du Brésil.

Castor et Pollux sont jumeaux.

Le rouge saute aux yeux.

Archer, que deviens-tu ? »

Le premier, Maurice se ressaisit.

— Les gars, vous savez ce que vous avez à faire, déclara-t-il.

Tout le monde prit très vite congé. En l'espace de quelques instants, Sarah se retrouva seule en compagnie de Malou et de Gianni Santafiore. Philis et Alice avaient dû repartir pour Nyons car Philis attendait une livraison importante et ne désirait pas laisser sa mère la réceptionner seule.

— Tu fermes la maison ? demanda Malou.

Sarah haussa les épaules.

— A quoi bon ? Les gens du pays ne voleront rien, et les autres… Ma foi, qu'ils agissent comme bon leur semble !

— Prends quelques affaires, petite, lui recommanda Gianni. Je rentre chez moi avec la charrette. Vous me rejoindrez à vélo.

Une fois à l'intérieur, devant le piano de sa grand-mère, Sarah ne put retenir ses larmes.

Malou l'attira contre elle sans mot dire. Elle pressentait confusément que la jeune fille avait besoin d'exprimer son chagrin. Elle-même s'était forgé une carapace et avait appris à ne compter que sur elle-même. Sarah était différente, elle avait grandi entourée de l'amour de toute sa famille.

Tout en s'efforçant de la réconforter, Malou s'imprégnait de l'atmosphère de la demeure des Steiner. C'était une maison « habitée », pensa-t-elle.

Les tableaux accrochés aux murs, la grande table, le piano, les fauteuils agrémentés de coussins, les livres suggéraient un raffinement souvent inconnu dans les fermes de la région.

A cet instant, elle mesura mieux ce qui la séparait de David et se raidit.

Il l'aimerait.

Il le fallait.

Amour vous ne savez ce que c'est que l'absence
Et vous ne savez pas que l'on s'en sent mourir.

Guillaume APOLLINAIRE

42

Berlin, juillet 1944

Les Berlinois souffraient de plus en plus de la faim et des restrictions. Pendant qu'Hannah se rendait chaque matin à l'hôpital, mademoiselle Jutta faisait la queue devant l'unique boulangerie encore ouverte dans le quartier. Elle en profitait pour lire le journal, tout en se demandant quel crédit elle pouvait accorder aux informations forcément optimistes qui reflétaient un peu trop à son goût les consignes de la propagande.

Le statut clandestin de Ruth les obligeait à partager en trois des rations pour deux déjà restreintes. Elles avaient bien essayé de transformer en potager une partie du jardin mais il était si difficile de dénicher des graines qu'elles y avaient renoncé.

« Nous survivons », pensait Hannah, en s'efforçant de ne pas se laisser envahir par l'amertume. Les livres l'aidaient à tenir, ainsi que son action auprès des amis de Saül. Même s'il était devenu de plus en plus difficile pour les juifs de rester à

Berlin, plusieurs milliers y étaient encore cachés, dans des conditions extrêmement précaires.

Parfois, en tirant des bouffées de sa cigarette, Hannah se demandait si David connaissait la même évolution qu'elle. Leurs rêves partagés lui paraissaient si loin ! De quelle manière les années écoulées avaient-elles marqué David ? Dans sa tête, il y avait comme un arbre déraciné, leur tilleul. Elle avait peur, horriblement peur, de s'être perdue en chemin.

« Comment pourrons-nous affronter les regards des survivants ? » demandait-elle souvent à Saül. Grâce à ses amis juifs, elle savait ce que signifiait l'expression « déporté vers l'Est », et ne pouvait l'admettre. Que s'était-il passé pour qu'on ait laissé faire une telle barbarie ? Ses parents l'avaient refusée, elle aussi, mais... était-ce suffisant ?

Il lui semblait que la culpabilité d'être une Allemande ne la quitterait jamais, qu'elle ne parviendrait pas à la surmonter.

Elle haussa les épaules, soucieuse de ne pas trop se livrer à une introspection forcément douloureuse, se pencha au-dessus du patient qui réclamait à boire.

— Il vous faut attendre encore un peu, le médecin va passer bientôt, lui dit-elle avec douceur.

Les blessés civils étaient de plus en plus nombreux. Les bombardements provoquaient une véritable terreur, même s'il était recommandé de ne pas le laisser voir. Le Reich, en effet, ne supportait pas les défaitistes !

Une infirmière, la coiffe de travers, fit irruption dans la salle.

— On a tué notre Führer ! hurla-t-elle.

Hannah se figea. Etait-ce possible ? Elle ne voulait pas s'illusionner. Autour d'elle, on courait, on gémissait, l'hôpital paraissait soudain être devenu un caravansérail pris de folie. On était le 20 juillet.

— Ce monstre a une chance insensée, commenta sombrement Saül.

Il avait fixé rendez-vous à Hannah à l'endroit habituel, au Tiergarten.

Elle l'observa à la dérobée. Il avait vieilli, son visage était de plus en plus émacié, sa démarche moins affirmée. Il s'était voûté. « Le poids de l'angoisse », se dit-elle.

Elle-même détournait les yeux face à son reflet. Elle avait beaucoup maigri, mademoiselle Jutta avait repris ses vêtements ; son teint était pâle et elle souffrait d'étourdissements. Parfois, elle se demandait si David la reconnaîtrait.

Les dernières vingt-quatre heures avaient été éprouvantes. Pendant quelques heures, le bruit avait couru qu'Hitler avait été tué à la Wolfsschanze, la « Tanière du loup », son refuge situé à Forst Görlitz, en Prusse-Orientale, et la jeune fille avait dû se contenir pour ne pas manifester sa joie.

Saül reprit :

— En mars 1943, à Smolensk, Tresckow a placé des explosifs dans l'avion utilisé par Hitler, mais la bombe n'a pas explosé. Le même mois, un officier, von Gersdorff, a tenté un attentat-suicide. Encore un échec ! La tentative de von Stauffenberg a échoué elle aussi.

— Qui est von Stauffenberg ?

— Qui était-il, rectifia Saül, puisqu'il a été exécuté avec trois complices. Il s'agit d'un officier de la Wehrmacht aux brillants états de service. Promu colonel en juillet, il a été blessé l'an passé en Afrique durant la retraite de l'armée de Rommel, a perdu un œil, la main droite et deux doigts de la main gauche. C'est certainement pour cette raison que sa tentative a échoué.

Il donna du poing contre un tronc d'arbre.

— A-t-on idée de charger d'une telle mission une personne handicapée ? A moins que les volontaires n'aient été trop peu nombreux... Toujours est-il que Stauffenberg a échoué parce que la sacoche jaune contenant la charge explosive avait été déplacée par un officier. Stauffenberg, ayant entendu l'explosion, a pris l'avion pour Berlin convaincu qu'Hitler était mort. Or, celui-ci n'a été que très légèrement blessé. Toujours cette chance insensée... Le temps que Stauffenberg parvienne au ministère de la Guerre et hésite à déclencher l'opération Walkyrie, les conjurés ont été arrêtés par le général Fromm. La répression va être terrible. Elle a déjà commencé, d'ailleurs... Hitler est fou de rage.

Hannah frissonna malgré la chaleur qui s'attardait.

— Pourquoi les opposants au régime ne sont-ils pas plus nombreux ? Cette… inertie me tue à petit feu.

— Pourquoi ? Parce qu'ils meurent de peur, précisément. Hitler va profiter de cette tentative d'assassinat pour reprendre la main. Lui qui n'accordait déjà pas sa confiance à l'armée…

— Combien de temps encore devrons-nous subir cette dictature ? soupira-t-elle.

Saül lui adressa un sourire empreint de mélancolie.

— Il faut tenir, mon petit. Parce qu'il nous reste un idéal. Moi, tu vois, ce que j'appréhende peut-être le plus, c'est l'après. Pourrons-nous le supporter ?

Sur le moment, elle ne comprit pas tout à fait ce qu'il voulait dire. Dans sa tête, en effet, la chute du IIIe Reich signifiait l'espoir de revoir David, la fin des souffrances. Elle se troubla sous le regard pénétrant de son ami.

— Imagines-tu ? Si nous ne les arrêtons pas, les nazis iront jusqu'au bout de leur logique d'extermination et de mort. Ils n'ont plus rien à perdre. N'ont-ils pas déjà vendu leur âme au diable ?

De nouveau, Hannah frissonna. Les phrases prononcées par Saül suscitaient chez elle un profond sentiment de malaise.

« Je ne vois que la face apparente de l'iceberg, songea-t-elle. Saül, lui, réfléchit sans cesse et a compris beaucoup de choses. »

Le suicide de son amie Helga, le traitement inhumain infligé aux juifs, la disparition de ses parents, l'Aktion T4, tout cela l'avait profondément révoltée. Mais il y avait d'autres faits, innommables, assez graves pour avoir provoqué une tentative de coup d'Etat de la part d'officiers valeureux et respectueux de la hiérarchie comme Claus von Stauffenberg…

Brusquement, elle eut peur de ce qu'elle pourrait découvrir… après, et elle appréhenda aussi la réaction de David. Pourrait-il jamais pardonner aux Allemands et, surtout, à elle, Hannah ?

Elle n'en était plus certaine.

43

Drôme, août 1944

Les dernières semaines avaient été marquées par une telle succession d'événements que Sarah éprouvait parfois une sorte de vertige.

Walther avait été blessé dans les bombardements du 28 août qui avaient frappé Nyons au milieu de l'après-midi. Sarah l'avait appris seulement deux jours plus tard par Philis, qui avait recueilli le médecin chez elle.

Elle s'était aussitôt rendue à Nyons, et n'avait pas été vraiment étonnée de constater que son père minimisait la gravité de sa blessure.

« C'est trois fois rien », lui avait-il dit avec un sourire crispé.

A quel moment s'étaient-ils éloignés ? se demandait Sarah. Lorsqu'il s'était épris de Clémence ? Ou bien auparavant, quand il avait acheté sa camionnette et entrepris ses tournées ?

Au fond d'elle-même, Sarah ne lui avait pas pardonné d'avoir abandonné la médecine, même si elle savait qu'il n'avait pas eu le choix. Elle ne lui en avait jamais fait le reproche, mais elle s'était sentie abandonnée elle aussi.

Heureusement, à l'époque, elle avait ses grands-parents. Elle n'avait toujours pas surmonté le choc de leur double meurtre. Chaque nuit, les cauchemars l'assaillaient.

Malou avait été d'une aide précieuse. Les deux jeunes filles partageaient la même chambre, sous le toit de la ferme des Santafiore, au confort rustique.

Le soir, elles bavardaient longuement, et Sarah avait appris à apprécier Malou.

Celle-ci s'était un peu confiée. Marquée par la mort prématurée de sa mère, elle avait grandi avec la quasi-certitude qu'elle-même n'atteindrait pas l'âge de vingt ans. Elle avait donc résolu de vivre vite, et intensément.

« Finalement, j'ai fêté mes vingt ans l'année dernière et je suis tombée amoureuse de ton frère, confia-t-elle en riant à sa nouvelle amie.

— Ça, je l'avais deviné ! » s'amusa Sarah.

Ses réticences vis-à-vis de Malou disparaissaient peu à peu, même si elle n'avait pas oublié Hannah. Mais Hannah était si loin et la disparition de ses grands-parents avait provoqué un tel traumatisme chez elle qu'elle rejetait en bloc tout ce qui venait d'Allemagne. Au bout de deux semaines, elle s'était sentie assez forte pour s'installer aux Gipières.

Malou l'avait accompagnée pour quelques nuits et, finalement, n'était pas repartie.

Les deux jeunes filles se répartissaient les tâches, tout en continuant de jouer les agents de liaison pour les partisans. Aux Gipières, Sarah avait renoué peu à peu avec les traditions familiales. Elle éprouvait une émotion teintée de mélancolie en tournant les pages du cahier de recettes de Renate. Elle s'était lancée dans la préparation de beignets à la cannelle, avait cuisiné trop largement, si bien que Malou et elle étaient ensuite allées en distribuer au maquis le plus proche.

« C'était drôlement bon, tu es bonne à marier ! lui avait lancé Donatien le lendemain, et Sarah s'était sentie rougir.

— Je ne crois pas au grand amour ! » avait-elle répliqué.

Un peu plus tard, Malou lui avait confié :

« Tu verras… tu sauras que c'est lui quand tu perdras tous tes moyens en sa présence. Tu auras l'impression d'avoir chaud, puis froid, tu te sentiras planer sur un petit nuage… »

Peu impressionnée, Sarah avait ironisé :

« *Je le vis, je rougis, je pâlis à sa vue ; Un trouble s'éleva dans mon âme éperdue ; Mes yeux ne voyaient plus, je ne pouvais parler ; Je sentis tout mon corps, et transir et brûler.* Racine l'a expliqué bien mieux que nous ne pourrions le faire. On appelle ça les ravages de la passion, ma vieille !

— Je sais, même si je ne suis pas aussi calée que toi », avait acquiescé Malou.

Elle souffrait d'un complexe d'infériorité parce qu'elle n'avait pas poursuivi ses études au-delà du certificat. Son père avait besoin d'elle à la ferme et elle ne s'imaginait pas l'abandonnant pour aller en ville et devenir une « femme savante ».

Elle lisait des revues que mademoiselle Augustine, la sœur du curé, lui prêtait, ainsi que des livres empruntés à la bibliothèque de Nyons. Ceux-ci constituaient son ouverture sur le monde, et lui avaient permis d'étendre ses connaissances.

Mais elle avait conscience de ses lacunes face à des personnes aussi cultivées que David et Sarah. Celle-ci l'avait alors entraînée vers la chèvrerie.

« Tu as d'autres talents, ma chère ! Sans toi, je ne m'en serais jamais sortie ! »

C'était vrai. Grâce à l'aide et aux conseils de son amie, Sarah avait augmenté la production des petits fromages de chèvre. Elle les vendait sur les marchés, ainsi que les fruits produits par les vergers des Gipières. Malou lui avait aussi permis d'être adoptée par les chèvres de Renate, qui avaient cherché en vain leur bergère.

L'abondance était de règle cet été-là, et les « maquis » en profitaient largement grâce à la générosité des fermiers. Mais le danger était omniprésent, on l'avait constaté encore la semaine précédente avec la bataille de Nyons. En effet, à compter du 17 août, la 19e Armée allemande avait reçu l'ordre de se replier au nord de Lyon. Ce qui signifiait sauvegarder le passage de plus de cent trente mille hommes et de leur matériel. Dans ces conditions, Nyons, terre de résistance, constituait un secteur clé de par sa proximité avec la vallée du Rhône et la route des Alpes. D'où les bombardements des 23, 24 et 25 août qui avaient causé sept morts et une douzaine de blessés.

Malou rejeta ses cheveux en arrière d'un coup d'épaules. Pourquoi avait-elle l'impression que David l'évitait ? Regrettait-il leur rapprochement ? Elle n'oserait jamais le lui demander !

— Tiens ! fit Sarah depuis le seuil des Gipières. Nous avons de la visite.

Malou comprit tout de suite qu'il s'agissait de David. Lui seul avait le pouvoir d'éclairer le visage de son amie.

« Donatien n'a aucune chance, pensa-t-elle. Sarah admire trop son frère pour s'intéresser à un autre homme. »

Elle, Malou, c'était différent. Elle n'était pas une oie blanche et ne s'en laissait pas conter. David le savait. C'était peut-être, d'ailleurs, ce qui le gênait.

Rêvait-il d'une fille innocente qui bêlerait devant lui ? Etait-ce le portrait de la mystérieuse Hannah ? Autant de questions qu'elle n'aurait jamais le cran de poser à Sarah.

Malou avait contre elle le fait d'avoir couché avec David. Elle aurait dû se faire désirer, jouer la jeune fille prude, mais c'eût été tricher.

Elle s'efforça de ne pas laisser voir son trouble.

En short et chemisette, il incarnait pour elle la beauté virile.

Le soleil avait éclairci ses cheveux blonds qui paraissaient presque blancs. Ses traits étaient marqués, exactement comme s'il s'était endurci et, d'une certaine manière, c'était tout à fait ça, se dit-elle.

Le drame qui avait frappé sa famille le lui rendait encore plus cher.

Il étreignit Sarah avant de se tourner vers elle et d'effleurer sa joue de la main.

— Ça va, vous deux ? s'enquit-il.

Aurait-il eu une attitude différente s'ils avaient été seuls ? Malou l'ignorait.

— Sarah, reprit-il, je vais partir. Nous avons la possibilité de remonter sur Paris, peut-être même l'Alsace.

— Tu me laisses, souffla Sarah, tandis que ses yeux s'embuaient.

Il la serra contre lui.

— N'essaie pas de me retenir, *Liebchen*. Tu sais que j'ai besoin de me battre, pas pour oublier mais pour essayer de dépasser ce qui nous est arrivé. Et puis… je ne supporte plus le fait de rester ici, les mains liées. Je veux retourner à Berlin, le plus vite possible.

Malou pâlit. Berlin, c'était Hannah, le grand amour de David.

Elle s'avança d'un pas.

— Ne nous oublie pas trop vite, osa-t-elle dire.

Il rit, avec une belle assurance.

— Ce ne sera pas une partie de plaisir ! Je n'aurai guère le temps de penser à vous deux !

Il avait hâte d'en découdre, pensa Malou. C'était bien un homme, impatient de combattre, d'avancer, alors que Sarah et elle étaient cantonnées à des actions mineures.

— Tu t'occupes de papa, reprit-il à l'intention de Sarah.

Elle acquiesça, avec une pointe d'ironie :

— Naturellement.

Elle n'était pas certaine de voir souvent Walther, mais elle préféra garder le silence à ce sujet. De toute manière, David connaissait la situation et pensait sûrement tout comme elle que leur père ne tarderait pas à épouser Clémence. C'était aussi cela, la libération : on pouvait de nouveau faire des projets, des choix de vie.

Mais la guerre n'était pas finie…

— Reviens-nous vite ! lança Malou d'un ton désinvolte.

Il leur adressa un signe de la main, l'air de dire : « Comment savoir ? »

— Il n'est déjà plus avec nous, résuma Sarah.

C'était tout à fait ça.

Et toi mon cœur pourquoi bats-tu

Comme un guetteur mélancolique
J'observe la nuit et la mort.

Guillaume APOLLINAIRE

44

Janvier 1945

La nuit, froide et piquetée d'étoiles, incitait à l'espérance. Sarah, invitée dans la maison de Clémence, avait trouvé son père rajeuni. Elle ne parvenait pas, cependant, à se mettre à l'unisson de la joie ambiante. Il y avait trop d'ombres, trop d'absents dans son cœur, à commencer par ses grands-parents. Elle gardait en mémoire les fêtes de Hanouka célébrées aux Gipières, et la dernière plus particulièrement, alors que ses grands-parents, Philippa, Thaddée et les jumeaux étaient parmi eux.

Le repas du premier de l'an était simple et bon. Des ravioles, un gratin de cardons, la pompe à l'huile traditionnelle… Sarah, cependant, avait dû se forcer pour avaler quelques bouchées.

Elle avait compris combien son père avait changé en le voyant détendu et heureux aux côtés de Clémence. Certes, elle se réjouissait pour lui mais… plus rien ne serait pareil, désormais, et elle se sentait oubliée, au bord du chemin.

A cet instant, elle sentit le regard de Walther fixé sur elle. Il la contemplait avec une intensité douloureuse, comme s'il avait désiré lui délivrer un message, et elle se rasséréna un peu. Après le café, qui était encore de l'orge grillée, le père et la fille se retrouvèrent dehors pour fumer une cigarette de tabac « maison ».

Assis sur un muret de pierres sèches, Walther sourit à Sarah.

— Que vas-tu faire de cette année neuve, ma chérie ?

Une année neuve… Le cœur de la jeune fille se serra. C'était une expression de Renate. Chaque 1er janvier, elle lui offrait un carnet de moleskine noire en lui rappelant qu'elle était seule maîtresse du sens donné à l'année nouvelle. Brusquement elle sut.

— Je vais reprendre mes études, déclara-t-elle d'une voix décidée. Je rêve encore de devenir sage-femme et je pense que c'est un signe d'espoir. Donner la vie… après tous les drames des dernières années.

Walther hocha la tête.

— Tu as raison, ma grande. J'ai bien réfléchi, moi aussi, et entamé les démarches pour obtenir la nationalité française, ainsi que pour faire reconnaître mes diplômes. Toubib je suis, toubib je reste. J'aimerais bien m'installer dans le secteur, les besoins en médecine rurale sont croissants.

— Et puis, tu n'as pas envie de t'éloigner de Clémence, glissa Sarah de son air le plus innocent.

Walther sourit.

— Clémence a accepté de m'épouser. Ça… ça te gênerait ?

La jeune fille réprima un soupir. « Je le savais », pensa-t-elle.

— Pas le moins du monde, répondit-elle, en se demandant si son père serait dupe de son mensonge.

Que penserait David ? Tel qu'elle le connaissait, il hausserait les épaules en marmonnant que cela ne le concernait pas, et il ne se confierait pas plus avant. Pour sa part, Sarah avait de la peine à accepter l'idée du remariage de leur père, même si elle ne se sentait pas le droit de le lui dire. Après tout, n'avait-il pas mérité d'être heureux ?

— Qui se chargera des Gipières ? reprit-elle. David est en route vers Berlin avec la 1re Armée, je vais m'installer à Avignon dès que possible… Nous n'avons toujours pas de nouvelles de Philippa…

— Nous n'en aurons pas.

La voix de Walther exprimait une tristesse infinie. Sarah tressaillit.

— Papa… tu as appris quelque chose ?

Il hocha lentement la tête.

— Philippa, Greta et Ralf ont quitté la prison de Montluc en février 1944. Un énième convoi vers l'Est… On commence à en savoir un peu plus à propos des déportations. Il existe en Allemagne comme en Pologne des camps de concentration et des camps d'extermination. Ces derniers sont réservés aux juifs.

— Non ! cria Sarah.

Elle aurait voulu que Walther se taise, tout en reconnaissant qu'il devait lui communiquer ces informations. D'ailleurs, au fond d'elle-même, elle savait. Philippa, si elle n'avait pas été déportée, aurait trouvé le moyen de les contacter, coûte que coûte.

— Je suis désolé, reprit Walther.

Sarah garda le silence. Que pouvait-elle répondre ? Que, malgré les efforts de Martin, leur famille avait été brisée par la folie des nazis ? Pouvait-elle encore croire en l'homme ? Curieusement, à cet instant, elle songea à David, en route vers Berlin.

Et à Hannah.

— Je n'ai jamais eu aussi froid ! grommela Donatien en relevant son col.

— Petite nature !

Les deux amis échangèrent une bourrade. Ils appréciaient le fait d'être restés ensemble, dans la même division, depuis qu'ils avaient rallié la 1re Armée du général de Lattre.

Même s'il était plus habitué que le Provençal aux rigueurs climatiques, David devait reconnaître que, cet hiver-là, le froid en Alsace était quasiment sibérien, descendant sous la barre des moins vingt degrés.

L'ambiance au sein de la 1re Armée était différente de celle qu'ils avaient connue au maquis. La progression vers son pays natal avait permis à David de surmonter la perte de ses grands-parents. Il avait le sentiment d'agir, enfin, même s'ils étaient désormais bloqués dans la « poche de Colmar ».

La configuration du terrain, beaucoup trop plate à leur goût, offrait peu de couverture aux assaillants français. De plus, la plaine alsacienne était jalonnée de villages aux solides maisons de pierre, à un ou deux étages, qui permettaient aux Allemands de sauvegarder leurs positions.

— Ils nous ont envoyé les plus fanatiques, commenta Vallée. Le groupe d'armées « Oberrhein[1] », placé sous le commandement direct d'Himmler.

Vallée, leur capitaine, âgé d'une quarantaine d'années, avait bataillé en Afrique du Nord avant de rejoindre de Gaulle à Londres. Il veillait à ce qu'une bonne entente règne entre ses hommes et venait souvent discuter avec les anciens FFI, qui n'avaient pas eu le même parcours que lui. Il vouait une admiration sans bornes au général de Lattre, et répétait souvent : « Avec le "Roi Jean", nous sommes sûrs d'arriver à Berlin. »

C'était le but de David, et il s'impatientait. Toutes ses pensées le ramenaient à Hannah. Comment

1. « Rhin supérieur. »

avait-elle traversé les dernières années ? N'avait-elle pas trop souffert ? Il brûlait du désir de la retrouver, de la serrer contre lui. Si seulement ils avaient pu progresser plus vite !

Il avait hésité avant de signer l'engagement imposé par l'état-major pour intégrer la 1re Armée de De Lattre. Chaque FFI devait signer un « engagement volontaire pour la durée de la guerre ».

Les militaires se défiaient des maquisards qui, selon eux, n'en faisaient qu'à leur tête. Ce qui n'était pas faux, d'ailleurs !

Beaucoup étaient retournés chez eux. David et Donatien avaient tenu bon. Dans leurs papiers figurait en bonne place la carte d'identité de la 1re Armée française qui faisait d'eux des soldats et non plus des francs-tireurs.

Cette distinction laissait rêveur David le poète.

« Quelle importance ? » se disait-il, alors qu'il avait perdu plusieurs proches. Il aimait assez, d'ailleurs, être un franc-tireur. Un homme libre.

— Les amandiers vont bientôt fleurir au pays, dit Donatien.

Une remarque qui semblait tout à fait incongrue, parmi des murs d'un mètre de neige, sous un ciel ouaté comme un gros édredon.

David, cependant, ne s'y trompa pas. Son ami avait le mal du pays.

Il toussota.

— Tu as des nouvelles de Maurice ?

Lui n'écrivait qu'à Sarah et elle lui répondait, de longues lettres détaillant ses études, sa vie à Avignon. Elle ne revenait pas souvent dans les Baronnies.

« Je ne me sens pas chez moi dans le logis de notre père, avait-elle précisé, et j'ai de la peine à retourner aux Gipières. »

Elle retrouvait Eliette à Orange, où son amie travaillait dans une librairie.

« Malou m'a demandé de tes nouvelles, avait-elle glissé dans sa dernière lettre. Je n'ai pas su que lui répondre. Comment vas-tu, mon frère ? N'est-ce pas trop dur de remonter vers l'Allemagne ? »

« Je n'en sais rien, pensa-t-il. Pour l'instant, je me bats. Et je vis d'attente. »

Il n'avait pas envie d'évoquer Malou.

Son pays s'appelait Hannah.

45

Berlin, avril 1945

Les bombardements avaient commencé tôt ce 20 avril.

« Quoi de plus normal ? commenta mademoiselle Jutta. C'est aujourd'hui l'anniversaire du monstre. »

Berlin – ou, plutôt, ce qu'il en restait – avait beau pavoiser en l'honneur d'Hitler, des panneaux avaient beau proclamer fièrement « Die Kriegsstadt Berlin grüsst den Führer ![1] », les cœurs étaient lourds et la peur omniprésente. On savait l'Armée rouge toute proche. Des réfugiés hagards venus de Prusse-Orientale avaient raconté l'horreur.

Les bombardements intensifs, la canonnade en provenance de l'Est accentuaient la sensation de marcher au bord de l'abîme. Hannah elle-même ne savait plus ce qu'il fallait espérer. Saül lui répétait que les Russes allaient les sauver mais elle ne pouvait se défendre d'éprouver une crainte diffuse.

1. « La forteresse Berlin salue le Führer. »

Les « Ivan » ne s'étaient-ils pas comportés pire que des loups avec les femmes et les jeunes filles de Prusse-Orientale ?

Saül ne voulait pas entendre ses arguments. Pour lui, le salut viendrait forcément de l'Armée rouge. Hannah, pour sa part, guettait la progression des Américains qui étaient entrés en Bavière, ainsi que celle de la 1re Armée française qui avançait dans le sud de l'Allemagne. Les Alliés lui inspiraient plus confiance que les Soviétiques mais ne s'agissait-il pas de préjugés d'un autre âge ?

Ruth s'exprimait peu sur ce sujet.

« Quels que soient les vainqueurs, ils nous feront payer le fait d'être allemandes », avait-elle déclaré un soir.

Hannah redoutait qu'elle ne dise vrai.

Les trois femmes avaient beaucoup maigri. Les rations étaient de plus en plus réduites, un peu de lard, du riz, des lentilles, « agrémentés » d'un soupçon de sucre et de margarine. De plus, les journées étaient ponctuées de coupures d'eau, d'électricité et de gaz, ce qui faisait de la préparation des repas un véritable exploit. Repas d'ailleurs limités à leur plus simple expression… « Estimons-nous heureuses d'avoir encore un toit au-dessus de la tête », déclarait mademoiselle Jutta, toujours pratique.

Lassée des nuits interminables passées dans les abris antiaériens, elle restait souvent avec Ruth sous l'escalier, où toutes les deux se racontaient des anecdotes de leur enfance.

Hannah avait l'impression d'évoluer dans une sorte de brouillard. Les réfugiés, blessés par les mitraillages mais aussi traumatisés par les scènes d'horreur vécues, se succédaient à l'hôpital. Des femmes au regard halluciné restaient mutiques. Une réfugiée de Prusse-Orientale était arrivée, son bébé mort dans les bras. Hannah avait dû parlementer avec elle durant une bonne heure avant qu'elle n'accepte de desserrer son étreinte. La gorge nouée, les mâchoires contractées pour ne pas laisser voir son émotion, la jeune fille avait ensuite fait asseoir la mère avant d'emmener le petit corps sans vie. Elle ne s'habituerait jamais à la souffrance, quelle qu'elle soit.

Il fallait agir, cependant, être partout à la fois en même temps, tandis que le canon tonnait.

— Ils sont partout autour de nous, souffla Helena en passant près d'Hannah.

Gynécologue, le docteur Basel était l'une des personnes les plus sympathiques de l'hôpital. Sans jamais évoquer la politique avec elle, Hannah avait deviné qu'elle était elle aussi opposée au IIIe Reich.

Il convenait, cependant, de rester prudente. Même si le régime était aux abois, on apercevait encore des corps pendus aux réverbères.

La plupart portaient une pancarte « Je suis un saboteur ».

Hannah se forçait à ne pas détourner les yeux pour leur rendre un dernier hommage.

— Combien de temps allons-nous tenir ? s'enquit-elle.

Elle ne savait même plus si elle avait hâte, ou peur, que tout cela se termine. Que resterait-il d'eux, de Berlin, après l'arrivée des « Ivan » ?

Elle aurait eu besoin de parler avec Saül, elle n'avait même plus le temps de se rendre à leurs rendez-vous du Tiergarten. Il régnait dans la capitale une atmosphère de fin du monde. Sans oser se l'avouer, chacun supputait combien de temps encore Berlin tiendrait. En fin de matinée, médecins et infirmières apprirent qu'ils devaient se replier vers le sud de la capitale. Il fallait préparer les blessés pour leur transfert, courir partout en s'efforçant de garder son calme. Hannah ne pouvait pas prévenir Ruth ou mademoiselle Jutta. Elle para au plus pressé, sans plus se poser de questions. De toute manière, elle n'avait pas le choix.

Helena la retint par le bras alors qu'elle allait monter dans un camion transformé en ambulance.

— Ne vous éloignez pas du poste, surtout, lui recommanda-t-elle. Je crains le pire pour les jours à venir.

Les deux femmes échangèrent un regard inquiet. Elles savaient l'une et l'autre que les Russes avaient commencé à exercer une terrible revanche sur les femmes allemandes. Des rumeurs horribles s'étaient répandues.

Le docteur Van Hoo héla Hannah :

— Venez vite, j'ai besoin de vous, Marty vous réclame.

Elle se hâta. Marty, onze ans, était l'une de ses protégées. Elle avait perdu un bras à la suite d'un mitraillage sur la route de l'Est. Le soir, Hannah allait bavarder avec elle et toutes deux refaisaient le monde.

Elle trouva la fillette blottie contre le mur.

— Je ne veux pas partir d'ici, pleurait-elle. Je ne veux pas quitter Berlin. Cette fois, je mourrai si je retourne sur la route.

Hannah savait que sa mère et son frère avaient été tués sur la route, victimes du même mitraillage.

Elle réconforta l'enfant, lui prodigua des paroles apaisantes et parvint à la convaincre de grimper dans le camion. Ce faisant, elle ne put s'empêcher de songer à la sinistre Aktion T4 et réprima un frisson. Ce régime barbare et fou ne méritait pas de pitié, mais eux, les Berlinois opposés au nazisme, qu'allaient-ils devenir ?

— Après tout, qu'est-ce que je risque ? fit Ruth en jetant un gilet sur ses épaules.

Mademoiselle Jutta avait attrapé froid et grelottait de fièvre dans son lit. Ruth devait la faire boire mais il n'y avait plus d'eau depuis que les canalisations avaient sauté.

Elle attrapa un seau dans la cuisine et partit faire la queue à la pompe.

Une odeur de cendre et de brûlé régnait dans la ville. Partout, des femmes se déplaçaient entre les ruines encore fumantes. On ne voyait pratiquement pas d'hommes.

« Sont-ils en train de se battre ou bien cachés au fond d'un abri ? » se demanda Ruth.

Elle aurait aimé rejoindre l'ouest de la capitale, vers les troupes américaines, mais attendait le retour d'Hannah. La jeune femme avait fait prévenir mademoiselle Jutta qu'elle avait dû partir pour un poste de secours. Etait-elle seulement encore en vie ? Ruth ne savait plus que penser. Elle jeta un coup d'œil en direction du ciel, de couleur grisâtre. A croire que tous les obus et toutes les bombes déversés par les Alliés comme par les Russes avaient chassé tout le bleu… Il faisait plutôt doux, pourtant.

La veille, elle avait aperçu un lilas presque fleuri. Elle en avait été si surprise qu'elle avait eu envie de pleurer. Comme si la vie se poursuivait, malgré tout.

Ruth était la trentième de la file d'attente. Devant elle, les autres femmes patientaient en silence. Elles paraissaient perdues dans un monde intérieur. Comme la plupart des Berlinoises, elles tremblaient pour la vie d'un époux, d'un fils, d'un père…

Ruth se dit que David ne craignait plus rien en France. Reconnaîtrait-elle ses enfants si elle les croisait ? Elle n'en était pas certaine. En l'espace de quelques mois, elle était devenue plus proche d'Hannah qu'elle ne le serait jamais de Sarah. Pourquoi s'était-elle aussi mal conduite douze ans auparavant ? Elle ne se trouvait plus d'excuses, tout en sachant qu'il était impossible de rattraper le temps perdu.

Derrière elle, une femme marmonnait des prières. Ruth ne savait plus si elle avait encore la foi. Comment, d'ailleurs, croire encore dans un tel chaos ? Où était Dieu ?

Les bombardiers survolèrent la place dans un bruit infernal. Les femmes se serrèrent les unes derrière les autres, sans s'enfuir pour autant. Elles avaient toutes besoin d'eau.

Ruth ferma les yeux. Elle avait l'impression que sa tête était vide.

Les bombes tombèrent à moins de cinq cents mètres. Ruth et les autres femmes perçurent le souffle, elles se mirent à trembler rétrospectivement.

— Ce n'est pas encore pour cette fois ! commenta celle qui précédait Ruth, et la mère de David soupira.

Elle ne savait même plus si elle avait eu vraiment peur.

Survivre à Berlin était devenu une sorte de jeu de cache-cache avec la mort.

Il fallait qu'elle aille voir Saül, se dit-elle brusquement.

Lui avait peut-être des nouvelles d'Hannah.

46

Berlin, 1er mai 1945

« Qu'on en finisse ! » pensa Hannah, épuisée. Depuis plusieurs jours, Berlin vivait sous un déluge d'obus.

La maison de ses parents avait été détruite fin avril, et Ruth avait été tuée.

Revenue de l'antenne de la Croix-Rouge où elle travaillait désormais, Hannah avait trouvé mademoiselle Jutta essayant de déterrer le corps de Ruth de sous les décombres.

Prise de nausées, elle s'était détournée et avait écrasé ses larmes. Elles s'étaient étreintes avant de se réfugier chez une amie de la vieille demoiselle.

Il ne leur restait pratiquement rien. Pour Hannah, seulement le contenu de sa besace. De son côté, mademoiselle Jutta ne se séparait pas de ce qu'elle appelait son « nécessaire de survie », un carton dans lequel elle avait entassé ses remèdes contre le diabète, une petite trousse de couture, deux mouchoirs en fil, des gâteaux secs et une flasque de cognac.

Les deux femmes s'étaient encore rapprochées depuis la mort brutale de Ruth. Hannah avait l'impression d'avoir encore une foule de choses à dire à la mère de David et Sarah. « C'est trop tard, maintenant », se répétait-elle, et elle avait de la peine à retenir ses larmes. Mais qu'était la mort d'une seule personne face au chaos vécu par les Berlinois ?

Mademoiselle Jutta et Hannah se terraient désormais dans un grenier dépourvu de point d'eau.

Mademoiselle Jutta se rendait régulièrement à la pompe où elle attendait patiemment son tour.

Hannah se demandait parfois pourquoi elle continuait d'aller chaque matin à l'antenne de la Croix-Rouge, où ils manquaient de tout.

Les récits des réfugiés étaient hallucinants. Hannah tenait grâce aux cigarettes et à l'espoir de revoir un jour David.

« Dans combien de temps ? », « Serai-je alors encore en vie ? » se répétait-elle.

Ils fondirent sur le quartier une fin d'après-midi.

La rumeur paniquée les avait précédés : « *Der Ivan kommt !*[1] » Elles avaient été mises en garde à plusieurs reprises mais rien n'aurait pu les préparer à ce déferlement de violence brute et de bestialité.

A ce moment-là, Hannah vérifiait les signes vitaux d'une jeune accouchée. Une religieuse fit irruption dans la salle commune.

1. « Les Russes arrivent ! »

— Les Russes ! jeta-t-elle, paniquée. Il faut cacher les femmes.

Hannah fronça les sourcils.

— Sœur Ursula… tout de même pas les accouchées ?

La religieuse se signa.

— Ce sont des diables, mon petit. Nous devons toutes descendre dans les caves.

« Diable pour diable… », pensa Hannah qui n'avait pas oublié les exactions commises par les nazis. Elle se dit aussi que les caves constitueraient un refuge sans issue. Après avoir évacué deux patientes, elle remonta à l'air libre.

Des claquements de bottes sur le carrelage la firent se précipiter vers le jardin.

Elle entendit des hurlements, des cris, des supplications. Blottie dans l'abri du jardinier, parmi les râteaux et les pioches, elle se boucha les oreilles.

Ne plus entendre… Lentement, le tapage décrut. « Comme une vague, pensa-t-elle ; ou comme une invasion de sauterelles ! »

Elle se redressa, tendit l'oreille. Des pleurs avaient succédé aux cris. Elle s'avança vers la porte de la cabane. A cet instant, celle-ci s'ouvrit sans douceur.

Une silhouette imposante apparut sur le seuil.

L'homme avait un visage de type mongol, aux yeux légèrement étirés vers les tempes, et paraissait immense. Il s'avança vers Hannah, en commençant à dégrafer son ceinturon.

« Non ! » hurla-t-elle, reculant vers les outils de jardin. Elle était perdue.

Drôme, mai 1945

Le ciel, d'un bleu pur, évoquait une toile neuve sur laquelle elle aurait pu esquisser sa vie à grands traits. Les oliviers en fleur laissaient présager une récolte abondante. La nature tout entière renaissait après le long hiver. La guerre était pratiquement finie ; cependant, Malou ne parvenait pas à partager la joie ambiante.

Elle n'avait aucune nouvelle de David. Sarah, interrogée par ses soins à chacun de ses retours aux Gipières, avouait son ignorance. Son frère ne lui écrivait plus depuis plusieurs mois. Quoi d'étonnant à cela ? Personne ne savait vraiment où se trouvait la 1re Armée mais les échos de la bataille de Berlin étaient plus qu'alarmants.

Les journalistes envoyés sur place racontaient l'horreur en une de *France Soir*, que Malou achetait régulièrement.

Elle avait vécu le jour de l'armistice dans un état second. Heureuse, bien sûr, elle l'était, comme son père qui avait pavoisé la ferme, mais comment ne pas songer à tous ceux qui avaient perdu la vie durant les six années de guerre ? De plus, les armées russes, américaines et britanniques avaient révélé l'indicible. Des camps de concentration et d'extermination dans lesquels avaient été découverts des morts-vivants. Ceux-ci continuaient d'ailleurs de mourir, du typhus ou d'épuisement. Malou avait tout de suite songé à la tante et aux cousins de David ainsi qu'aux autres familles juives arrêtées en janvier 1944 à Nyons. Elle s'était sentie si mal en découvrant des photos d'hommes en pyjama rayé, aux yeux creux, à la maigreur effrayante, qu'elle avait couru se soulager derrière la maison. Comment, se demandait-elle, des hommes avaient-ils pu infliger pareils supplices à d'autres hommes ?

Elle avait essayé d'évoquer ce sujet avec son père mais Gianni Santafiore avait préféré éluder. « La guerre est finie, il faut tourner la page », lui répétait-il. Mais Malou n'y parvenait pas. Etait-ce parce qu'elle avait côtoyé de nombreux juifs durant la guerre et avait contribué à les cacher ? Elle se sentait différente, une autre Malou, plus attentive à autrui, moins égocentrique. Son père l'avait remarqué, Sarah aussi.

« Tu t'adoucis », lui avait-elle dit en souriant.

Sarah s'épanouissait à Avignon. Elle aimait ses études, elle se sentait utile.

« Tu comprends, avait-elle expliqué à Malou en avril, il fallait que je m'éloigne des Gipières. Trop de souvenirs m'y rattachaient. »

Son regard avait filé vers l'endroit où ses grands-parents avaient été enterrés, sous le tilleul. Malou lui avait pressé le bras. Elle-même se rendait rarement sur la tombe de sa mère, au cimetière de Sahune. C'était trop difficile pour elle.

Sarah et elle s'étaient rapprochées depuis le drame de juin 1944. Rapprochement favorisé par le départ soudain d'Alice, qui s'était éprise d'un Américain. L'affaire avait fait grand bruit, d'autant que le soldat était afro-américain. Philis avait eu peur de perdre sa fille, elle avait prononcé des phrases malheureuses. Alice avait claqué la porte de la librairie et était partie sans plus donner de nouvelles. Philis s'était refermée sur son chagrin, et Sarah osait à peine aller la saluer.

L'attitude de Philis l'avait surprise autant que choquée. D'ordinaire, la libraire faisait preuve de tolérance. Excepté pour sa fille unique.

— Holà, ma belle ! Tu viens aérer la maison ?

Maurice s'avança à la rencontre de Sarah. Il lui fit la bise.

— Quelle pitié de voir ce domaine à l'abandon ! Martin serait au désespoir...

Son ami lui manquait toujours autant. D'un commun accord avec Walther, Maurice et Gianni s'étaient partagé les bêtes des Steiner en attendant le retour de David. Mais après..., se demandait Maurice, qu'adviendrait-il du domaine ?

— Tu reviens cet été, j'espère ? ne put-il s'empêcher de demander à Sarah.

La jeune fille sourit.

— Naturellement, et j'espère bien que David sera là lui aussi. Tu as des nouvelles de Donatien ?

— Penses-tu ! Ils sont bien trop occupés en Allemagne pour nous écrire. Ton père ?

— Il va bien, répondit-elle d'une voix brève.

Elle n'avait pas envie de se montrer plus prolixe. Walther avait été maladroit en épousant Clémence à la mairie de La Motte-Chalancon sans même prévenir sa fille. Il le lui avait appris par lettre quelques jours plus tard, et elle en avait été blessée, même s'il avait tenté de lui expliquer avoir cherché à la protéger.

Elle avait de plus en plus l'impression que leur famille avait éclaté et attendait avec impatience le retour de David. Leur père, malgré ses qualités propres, ne possédait pas le charisme de Martin Steiner. C'était un constat troublant pour Sarah car elle s'interdisait de juger autrui. Avec le recul, elle mesurait mieux à quel point ses grands-parents avaient constitué pour elle un point d'ancrage.

Elle sourit à Maurice.

— J'espère que nous serons enfin tous réunis cet été.

Elle s'empourpra.

— Tous…, c'est vite dit, ajouta-t-elle.

Il lui semblait qu'elle ne s'habituerait jamais au vide laissé par Martin, Renate, Philippa, les jumeaux et Thaddée. Maurice, ému, lui donna l'accolade.

— Nous allons nous en sortir, petite. Tu penses que David voudra reprendre les Gipières ?

Sarah secoua la tête.

— Franchement, je l'ignore. Il y a encore tant d'inconnues...

Disant cela, elle songeait à Hannah. Ces derniers temps, la pensée de leur amie et ancienne voisine ne la quittait pas. Pourvu, se disait-elle, que David et elle puissent se retrouver ! Et, pourtant, en même temps, elle ne pouvait s'empêcher de s'interroger. David avait changé au cours des dernières années, c'était indéniable. En était-il de même pour Hannah ?

Sarah était persuadée que la jeune fille ne s'était pas laissé embrigader par les nazis, mais espérait qu'on ne le lui avait pas fait payer au prix fort.

Autant d'interrogations qu'elle ne pouvait partager...

Elle se troubla sous le regard attentif de Maurice.

— Garde confiance, lui recommanda-t-il. La guerre est finie.

A quel prix !

47

Berlin, mai 1945

— Mon père, mon père, et tu n'entends pas,
Ce que le roi des Aulnes doucement me promet ?
— Sois tranquille, reste tranquille, mon enfant :
C'est le vent qui murmure dans les feuilles sèches[1].

Durant la journée, elle parvenait à tenir. C'était à la tombée de la nuit que l'angoisse montait en elle, la submergeait, au point qu'elle comprimait sa bouche de la main pour ne pas hurler. Elle avait fui vers le refuge de Saül et de ses amis après une nuit de cauchemar, en priant – elle qui était athée – pour ne pas croiser à nouveau le chemin des Russes. Ils avaient laissé l'antenne de la Croix-Rouge dans un état pitoyable. Hannah n'avait pu soutenir les regards des autres femmes. Elle n'avait qu'une hâte, se terrer dans un refuge sûr.

Elle avait couru entre les immeubles éventrés, se demandant si elle ressemblait aux femmes hagardes

1. *Le roi des Aulnes.*

qu'elle apercevait, redoutant d'entendre l'appel des soldats soviétiques : « *Komm, Frau, Komm !*[1] »

Comment pouvaient-ils traiter ainsi les femmes, quel que soit leur âge ? Pire que du gibier. Elle se souvenait des mises en garde des réfugiées arrivées de Prusse-Orientale.

« Méfiez-vous, femmes de Berlin. Ce sont des monstres. »

Personne ne pouvait les protéger. Elles faisaient partie du peuple vaincu, haï, et ce même si elles s'étaient battues contre le nazisme.

Le ciel était gris foncé, couleur de suie, et la pluie fine ne parvenait pas à éteindre les incendies. Odeur de fumée, odeur de mort, dans les décombres fumants de ce qui avait été la ville d'Hannah.

Le feu chasserait-il les souvenirs de la tragédie ? Elle en doutait fort.

Les quartiers étaient « nettoyés » les uns après les autres à la grenade, au pistolet-mitrailleur, et au lance-flammes. Les Russes traquaient les soldats allemands. Ceux qui avaient déserté avaient vite troqué leur uniforme contre des vêtements civils. Les blessés étaient eux aussi dévêtus, puis rhabillés en civil, afin d'être protégés. Personne ne se préoccupait des morts, les vivants constituaient la priorité.

Comment, dans ces conditions, Hannah aurait-elle pu se lamenter sur son sort ?

---

1. « Viens, femme, viens ! »

Berlin était devenue une sorte d'enfer à ciel ouvert où les femmes allemandes étaient prises par un Moloch avide de vengeance.

Personne, semblait-il, pas même leurs officiers, ne pouvait refréner la fureur sexuelle de la soldatesque russe. Tout au long de leur avance, on leur avait promis qu'ils pourraient se payer sur le pays vaincu. Ils avaient à cœur de prendre leur revanche sur un peuple qui avait provoqué des millions de morts durant les dernières années. Mais ils refusaient d'entendre les consignes de l'état-major.

« Une femme est une femme ! » proclamaient-ils, émerveillés de constater que, malgré les privations subies, les Berlinoises étaient restées raffinées et séduisantes.

Il leur fallait un exutoire. Tant pis s'ils traumatisaient des milliers de femmes, de jeunes filles, de femmes mûres. Ils étaient les maîtres et appliquaient les vieux principes du Moyen Age. Les maîtres imposaient leur loi en s'appropriant les femmes de l'ennemi. Hannah l'avait compris. Mais la peur restait fichée dans son ventre.

Elle en avait discuté avec son ami Saül. Lui qui aurait dû rayonner de joie ne parvenait pas à cacher sa lassitude.

— C'est un moment que nous avons si longtemps attendu… Et, tout à coup, je m'interroge, face, précisément, à ces comportements barbares. Où se situe la frontière entre le bien et le mal ? L'homme est un loup pour l'homme, nous le savons depuis longtemps, même si le fait d'être confrontés à l'horreur a quelque chose de désespérant. Comment faire face ?

La violence aveugle laissait Saül totalement désarmé.

— Il faut que je passe du côté américain, reprit Hannah. Je ne supporterai pas…

Elle s'interrompit, tandis que ses joues s'empourpraient. Saül lui entoura les épaules d'un bras protecteur.

— Hannah… toi qui t'es tant dévouée depuis le début de la guerre… Je vais faire le maximum, mais les Américains refusent les civils.

— Trouve-moi un uniforme !

— Oh ! Hannah, mon petit, tu te doutes bien que les « Amies[1] » ne sont pas nés de la dernière pluie ! Ils contrôlent et filtrent les ponts sur l'Elbe et refoulent tous les civils.

— Je dois traverser l'Elbe, s'obstina-t-elle. Pour retrouver David.

Elle se raccrochait à l'espoir de revoir bientôt celui qu'elle aimait. Elle avait éprouvé la tentation de mettre fin à ses jours, après la nuit terrible ; y avait finalement renoncé.

Elle ne devait pas se sentir coupable. C'étaient la guerre, les nazis et les Russes qui étaient responsables.

Ce raisonnement la réconfortait dans la journée. Pas quand l'obscurité envahissait son refuge et qu'elle guettait le moindre bruit suspect.

1. Nom donné aux Américains par les Berlinois.

— Je vais voir ce que je peux faire, promit enfin Saül.

Elle avait foi en lui.

Pour parfaire son déguisement, Hannah avait coupé ses cheveux. Avec le casque et la capote « empruntés » par Saül à un cadavre, elle se sentait parée pour franchir les postes de contrôle américains, mais l'un des MP l'observa attentivement et lui fit signe de s'éloigner.

— *No woman !*[1] déclara-t-il d'un ton définitif.

Elle en aurait pleuré. Bousculée, elle rejoignit Saül.

— Tu avais raison. Il ne me reste plus qu'à traverser l'Elbe à la nage.

— Tu es bonne nageuse ?

— Je l'étais… quand j'étais un peu mieux nourrie ! Il y a longtemps que je ne me suis pas entraînée. Et toi ? Tu ne veux pas tenter ta chance ?

Il secoua la tête.

— Je dois rester pour faire le lien avec les familles des déportés. Les nouvelles en provenance de l'Est sont effroyables, et difficiles à croire. Il faudra leur dire… à tous ceux qui savaient ou bien qui ont détourné la tête.

Le cœur serré, elle songea à son père, ainsi qu'aux hommes et aux femmes qui avaient été condamnés à une mort atroce, dans les camps de travail et

1. « Pas de femme ! »

d'extermination. Le monde pourrait-il leur pardonner leur nationalité allemande ?

— Saül... Je ne te l'ai jamais dit, reprit-elle d'une voix pressante, motivée par l'urgence de se confier. La famille de ma mère était juive, je l'ai appris après sa mort. Elle m'a transmis une mezouzah.

Il la considéra avec gravité.

— Cela a changé quelque chose dans ta vie ?

Elle marqua une hésitation.

— Honnêtement, je ne le crois pas. De toute manière, mes parents et moi avons toujours lutté contre les idées nationales-socialistes. J'ai surtout eu de la peine qu'elle ne se soit pas confiée à moi. A deux, nous aurions été plus fortes.

Elle haussa les épaules.

— Je ne sais pas pourquoi je te raconte ça, Saül.

— Il fallait que ce soit dit, conclut-il un peu tristement.

La chute de Berlin, l'annonce de la mort d'Hitler avaient provoqué chez lui un soulagement intense, doublé d'un relâchement nerveux, comme s'il avait baissé sa garde. Mais on ne pouvait oublier des années à vivre en permanence sur le qui-vive, dans la clandestinité.

Il se détourna de la longue file des militaires allemands.

— Je vais trouver une solution pour te faire passer du côté américain, promit-il.

D'excellents nageurs avaient traversé le fleuve en tenant l'extrémité d'un câble d'acier qu'ils amarraient ensuite à un tronc d'arbre. Femmes et enfants se lançaient alors en s'y accrochant.

Hannah vérifia que sa besace était solidement maintenue en travers de son torse et adressa un sourire empreint de défi à Saül.

— Prête ?

Elle hocha la tête. Elle ressemblait à un garçon aux traits fins avec ses cheveux coupés trop court et ses vêtements masculins.

— La chance soit avec toi !

Elle s'élança, en fermant les yeux. Elle ne voulait pas penser aux risques encourus.

« C'est pour David », se dit-elle.

Sur l'autre rive, les Américains tentaient de repousser d'autres téméraires.

Un élancement parcourut la main droite d'Hannah, qui cramponnait le câble. Elle assura un peu mieux sa prise en serrant les mâchoires. Pourquoi l'Elbe était-elle si large ? Elle était pourtant une bonne nageuse, autrefois. Avant la guerre.

La main en feu, elle lâcha prise ; sombra dans l'eau noire et glacée.

48

Vaucluse, juin 1945

Le ciel offrait un dégradé de tons pastel à l'issue d'une radieuse journée d'été. L'air était encore lourd, même si la proximité du fleuve apportait un soupçon de fraîcheur.

Depuis le jardin des Doms, où elle aimait à se promener, Sarah contemplait le Rhône, le pont Saint-Bénézet et, au-delà, les remparts de Villeneuve-lès-Avignon.

Elle avait soif d'un ailleurs, d'une autre vie, même si elle aimait ses études. Aider à donner la vie constituait pour elle une véritable vocation, mais elle avait envie de partir, loin. Seuls ses souvenirs la ramenaient dans le Nyonsais. David lui manquait toujours autant, tout comme ses grands-parents. Elle voyait son père de loin en loin, sans parvenir à renouer avec lui les liens de jadis.

Il avait une autre famille, désormais, se disait-elle avec tristesse.

Lors de son dernier séjour aux Gipières, Malou, gênée, lui avait raconté que Clémence était « dans une situation intéressante ».

« Je m'y attendais », avait répondu sobrement Sarah, avant de passer vite à autre chose. Pourquoi Walther ne lui avait-il encore rien dit ? Espérait-il retarder cette déclaration jusqu'à la naissance de l'enfant ? Il avait… – elle se livra à un rapide calcul – plus de cinquante ans. Il aurait dû se rendre compte de lui-même qu'il était trop âgé pour avoir un troisième enfant.

Sarah se sentait devenir cruelle, et amère. Elle admettait que son père avait le droit de mener sa vie à sa guise, tout en regrettant son éloignement. « Je n'évite pas le schéma classique de la rivalité entre la marâtre et la belle-fille », se dit-elle, lucide.

Pourtant, Clémence ne ressemblait en rien à la belle-mère des contes de fées ! Elle se montrait aimable et souriante avec Sarah, et l'invitait régulièrement.

De son côté, Sarah ne parvenait pas à entretenir avec elle des relations cordiales. Sur la réserve, elle demeurait froide. Son père en souffrait certainement, même s'il ne disait rien. Il devait toujours espérer que la situation finirait par s'arranger ! Pauvre papa…

Elle sortit une cigarette, l'alluma, aspira une longue bouffée pour se détendre. Fumer était devenu pour elle une douce habitude, le moyen de calmer ses inquiétudes. Si seulement David revenait ! Elle redoutait pour lui le choc de la confrontation avec leurs souvenirs d'enfance. Les actualités vues au cinéma avaient fait défiler des images de Berlin qui l'obsédaient. Une ville détruite, éventrée, une population hagarde, terrée dans les caves, l'omniprésence soviétique…

Comment David pouvait-il retrouver Hannah dans un tel champ de ruines ? Pour sa part, Sarah ne voulait pas retourner à Berlin. Jamais plus.

Elle s'essuya les yeux d'un geste machinal. Elle refusait de s'attendrir sur son sort. N'avait-elle pas été privilégiée ? Elle n'oublierait jamais l'arrestation de Philippa et des jumeaux. Elle avait entrepris des démarches avec l'aide de Tiburce dès la signature de l'armistice et avait reçu la confirmation de ce qu'elle redoutait. Après être passés par la prison de Montluc, Philippa, Greta et Ralf avaient été déportés vers Auschwitz, où ils étaient morts le jour même de leur arrivée dans le camp d'extermination. Thaddée ayant été tué au cours d'une action dans le Vercors en juillet 1944, la famille Levine avait disparu.

Cette idée révoltait Sarah. Leur famille était innocente, tout comme les centaines de milliers de personnes qui avaient disparu, à Treblinka, Buchenwald, Ravensbrück ou Dachau.

Une nouvelle fois, les images terribles des actualités l'avaient bouleversée. C'étaient des Allemands qui avaient été les artisans de ce monstrueux génocide, ou qui avaient obéi sans poser de questions. Elle se reprenait aussitôt. C'étaient des nazis.

Cependant, elle souffrait d'apprendre ce qui s'était passé dans son pays natal, elle en avait la nausée, l'idée même des massacres organisés la révoltait. Avec, toujours, en filigrane, la même question, obsédante : « Pourquoi ? »

Elle entendait encore les mises en garde de son grand-père.

« Le monde est cruel, ma petite-fille. Nous avons trop longtemps pensé que la guerre de 14-18, celle qui devait rester la der des ders, nous avait servi de leçon. Comme si l'on pouvait lutter à armes égales contre le mal absolu… »

La guerre était finie, mais à quel prix !

Sarah avait l'impression d'évoluer dans un monde qui aurait perdu ses repères. Seul son travail lui permettait de reprendre pied avec la réalité, de faire œuvre utile. Lorsqu'elle accompagnait une parturiente, elle participait au don de la vie et trouvait une raison d'espérer. Malgré tout.

Sarah se détourna du Rhône et redescendit vers la rue de la Carreterie, où elle partageait deux pièces sous les toits avec Elodie, une étudiante en médecine. L'une et l'autre s'entendaient plutôt bien, tout en respectant leur jardin secret.

Sarah n'avait pas envie de nouer de nouvelles amitiés.

Elle avait besoin de temps.

Allemagne, juin 1945

Il paraît que la mort n'a pas voulu de moi. C'est ce qu'ils m'ont dit, après m'avoir tirée du fleuve, et soignée. Apparemment, j'ai déliré plusieurs jours et plusieurs nuits. La fièvre, le choc, le froid…

Je voulais mourir, m'a dit Ben, mais la mort n'a pas voulu de moi. Je ne sais même pas si je dois m'en réjouir ou le déplorer. Je me laisse porter.

Les Américains sont aux petits soins pour moi. Je parle et lis l'anglais, cela leur suffit comme gage de mon incapacité à nuire.

Ma maigreur, aussi, ainsi que la mezouzah retrouvée dans ma besace témoignent de mon innocence. Je ne suis pas une nazie !

Cela m'est égal. Tout m'est égal, en fait. Je désire seulement retrouver David.

Ils ont eu l'air apitoyés quand je leur ai expliqué chercher un ami, mon ami, qui avait quitté Berlin en 1938 et avait dû revenir avec les Français. Ben a soupiré. « Sept ans ont passé ! Tant de changements… Pensez-vous vraiment qu'il soit revenu en Allemagne ? »

J'ai secoué la tête. « Vous ne connaissez pas David. »

Ben est gentil. Il s'est présenté à moi sous ce simple prénom, Ben.

Il est très grand, comme la plupart des Américains, a un visage ouvert, et des cheveux très bruns. C'est lui qui m'a tirée de l'Elbe.

« Vous ressembliez à une pauvre chose dégoulinante », m'a-t-il raconté, pour me faire rire, et je lui ai souri.

Un sourire poli, même si au fond de moi je ne savais plus si je désirais vraiment continuer à vivre. J'ai maintenant trois semaines de retard.

49

Juillet 1945

— C'est ça, Berlin ? lança un Parisien, goguenard.

Malgré tout ce qui s'était passé, David avait mal pour sa ville natale.

Il revoyait Unter den Linden, jadis, ainsi que le Ku'damm, et son cœur se serrait. Berlin était exsangue, en ruine. Des quartiers entiers avaient été détruits, l'hôtel Adlon lui-même, symbole d'un certain art de vivre, n'existait plus.

Tandis qu'il parcourait la capitale, une seule pensée l'obsédait. Hannah… qu'était-elle devenue ? Où s'était-elle réfugiée ?

A la fin d'une journée éprouvante, il obtint l'autorisation de se rendre dans son ancien quartier.

— Je t'accompagne, décida Donatien.

Des femmes pâles, un châle leur couvrant la tête, comme pour mieux se confondre avec la grisaille ambiante, s'activaient à ôter les gravats.

— J'ai parfois l'impression qu'il n'y a plus d'hommes à Berlin, murmura David.

— Beaucoup sont prisonniers, à l'Est comme à l'Ouest.

Il ne répondit pas. Il avançait, impatient de revoir son ancienne maison.

Au tournant de Schlossstrasse, il fut frappé par une impression bizarre, comme si ses souvenirs l'avaient trahi. Il n'y avait plus de maisons, plus rien que des décombres, un pan de mur noirci, encore debout…

— Oh non ! gémit-il.

Leur arbre, leur tilleul, avait lui aussi disparu. David, mû par le besoin irrépressible de retrouver quelque vestige du passé, se heurtait à des ruines.

Il sentait derrière lui la présence amicale de Donatien, mais n'avait pas la force de se retourner. Il aurait voulu être seul.

— Hannah…, souffla-t-il.

La demeure des Ritter avait disparu. Il n'en restait que les fondations, recouvertes de gravats.

David, anéanti, leva les yeux vers le ciel, comme s'il avait pu chercher du secours de ce côté. C'était peine perdue, il le savait.

— Hannah, répéta-t-il, le cœur déchiré.

Il émanait du quartier dévasté une sourde désespérance. Il ne reconnaissait plus vraiment les lieux. La petite maison de mademoiselle Jutta avait été détruite elle aussi, tout comme la boulangerie des Weiss.

— Il ne reste pratiquement plus rien…

Il se détourna. A qui pouvait-il demander des nouvelles d'Hannah ? Il ne connaissait plus grand monde à Berlin. Deux mois après la chute de la capitale, des habitudes s'étaient instaurées, ainsi que des réflexes de survie.

Il chercha en vain un chef d'îlot, tenta de glaner quelques informations auprès des personnes qu'il croisa.

Le nom d'Hannah était familier à une vieille dame, dont le visage s'altéra.

— Oh ! Les Ritter... ils ont eu bien des malheurs. Peter a été arrêté, et son épouse s'est suicidée. Hannah, la pauvre petite, s'est dévouée à l'hôpital mais elle a disparu à l'arrivée des « Ivan ». Ce fut terrible, ils ont pourchassé les femmes pire que du gibier. J'espère qu'Hannah leur a échappé... Pauvre, pauvre petite, elle était si dévouée.

David la remercia brièvement. Il ne supportait pas de l'entendre parler d'Hannah au passé.

— On dirait que les femmes ont dégusté, commenta Donatien, après que David lui eut résumé les propos de la vieille dame.

Ils avaient entendu parler de l'attitude inexcusable des Soviétiques, sans pour autant imaginer l'ampleur du drame. A cet instant, David songea à son grand-père.

« N'oublie jamais, mon petit, lui avait-il dit. L'homme est un loup pour l'homme. »

Tout comme son propre père, il ignorait ce que Martin Steiner avait vécu durant l'enfance. Il savait seulement que sa prescience, au début des années 1930, les avait sauvés. Mais Hannah… qu'était-il advenu d'Hannah ? Et de Ruth, sa propre mère ?

Suivant l'exemple de nombreux réfugiés, il rédigea plusieurs affichettes qu'il déposa dans les seuls magasins ouverts, une boulangerie et une horlogerie. « Les "Ivan" ont volé toutes les montres », lui expliqua-t-on.

Sa tenue de militaire français, sa pratique de l'allemand jouaient en sa faveur. On lui accordait confiance.

« Les Russes, eux, sont ingérables, lui raconta-t-on. De grands enfants, brutaux et violents. Quand ils ont bu, il n'y a qu'à attendre qu'ils s'effondrent dans le caniveau. Et encore… ils ont une incroyable résistance à l'alcool. »

Il apprit ainsi que plusieurs soldats soviétiques étaient morts dans d'atroces souffrances après avoir bu un tonnelet de solvant.

« Une autre ville, une autre façon de vivre », écrivit-il à Sarah au terme de cette journée. Il se sentait perdu. Et désespéré.

Juillet 1945

La doctoresse américaine est âgée d'une quarantaine d'années et porte des lunettes à monture d'écaille. Elle a aussi cette caractéristique des Américains, le teint rose des personnes bien nourries. A côté d'elle, je me sens... grisâtre.

Plus encore depuis que les nausées matinales ne me permettent pas de garder grand-chose du petit déjeuner.

Elle m'examine, avec douceur, et retourne à son bureau pendant que je me rhabille.

« Vous êtes enceinte d'environ huit semaines », déclare-t-elle, sans détourner les yeux.

Est-ce qu'elle sait ? Combien de Berlinoises a-t-elle déjà auscultées ? Nous avons toutes vécu le même traumatisme.

Je la regarde, en réprimant une furieuse envie de pleurer. J'ai tenu face aux Russes et je m'effondre parce que je suis enceinte ? Comme si, quelque part, je me retrouvais confrontée à la réalité du viol...

Enceinte ! Donner naissance à un enfant, dans ce monde devenu fou ? Je m'assieds sur la chaise en face de la doctoresse et je joins les mains.

« Je dois trouver un moyen... Je ne peux pas avoir cet enfant. Les Russes...

— Je sais », me dit-elle, très doucement.

Parce que je la sens dans l'empathie, j'ose demander :

« Vous ne connaissez pas quelqu'un ? »

Elle se raidit.

« Je suis croyante, et opposée à l'avortement. Vous êtes jeune, en bonne santé. Vous pourrez toujours confier le bébé à une œuvre d'adoption.

Ne croyez-vous pas qu'il y a déjà eu suffisamment de morts ? »

Qui est-elle pour me faire ainsi la leçon ? Que sait-elle de ma vie ? Comment ose-t-elle me proposer ça ? Le porter pour l'abandonner ensuite ? Je ne m'en sens pas capable. Je préférerais trancher dans le vif. A cet instant, j'aurais besoin du solide bon sens de Ruth.

Elle se lève, va chercher dans une armoire vitrée un paquet de biscuits vitaminés.

« Il faut vous remettre sur pied, vous êtes beaucoup trop mince. Mais tout se passera bien, croyez-moi. »

Je n'ai pas envie de la croire. Je n'ai envie de rien, en fait. Seulement dormir, ne plus penser. Oublier. Mais le bébé pousse dans mon ventre. L'enfant du Russe.

« Tout peut s'arranger, reprend la doctoresse. Ne commettez pas l'irréparable, je vous en conjure. »

Cette fois, je ne cherche même plus à retenir mon rire. Mais, de toute manière, ce n'est pas un vrai rire. Seulement des larmes qui éclatent.

« Trop tard, docteur. L'irréparable a déjà été commis. Je ne pourrai jamais l'oublier. »

50

Drôme, 1948

Le printemps constituait sa saison préférée, se dit Malou, marchant avec précaution dans son potager. Enceinte de huit mois et demi, elle était partagée entre des sentiments contradictoires. Elle avait hâte d'accoucher pour retrouver sa liberté de mouvement et, en même temps, elle désirait privilégier encore la période de sa grossesse. Son enfant était là, en sécurité. Ce serait un fils, elle en était certaine, même si son père lui répétait qu'elle donnerait naissance à une fille.

Gianni n'y connaissait rien !

Une main placée dans son dos pour soutenir ses reins douloureux, elle effectua le tour de son potager. Les fraises seraient abondantes, elle pourrait en régaler Sarah, arrivée depuis deux jours. Courgettes, aubergines, pois gourmands « venaient » bien.

De toute manière, comme David l'affirmait avec une mauvaise foi confondante, tout poussait aux Gipières !

Malou aimait la ferme bâtie à flanc de coteau, qui bénéficiait d'une vue imprenable sur la vallée. Cerisiers, abricotiers et cognassiers avaient fleuri, faisant chatoyer leurs couleurs. Plus pragmatique qu'artiste, Malou avait cependant admiré les toiles peintes par David. Il avait éprouvé le désir irrésistible de peindre à son retour.

« J'ai besoin de m'évader », avait-il déclaré, et elle l'avait soutenu, allant jusqu'à l'inscrire à un concours artistique à Montélimar. Mais David assimilait ces concours à une compétition, et s'y refusait. Malou n'était pas certaine de le comprendre, ce qui ne l'empêchait pas de l'encourager. Elle l'aimait.

Il était revenu brisé d'Allemagne. Donatien n'avait pas eu besoin de le lui dire, elle avait tout de suite remarqué son regard vide, la lenteur de ses gestes. Ce n'était plus le même David.

Lentement, avec détermination, elle avait entrepris de lui redonner goût à la vie.

Sarah, Maurice et Donatien l'y avaient aidée. Il fallait redresser la ferme. David acquiesçait lorsqu'elle le lui conseillait, sans parvenir pour autant à prendre de décisions.

Aussi Malou et Maurice avaient-ils ramené aux Gipières quelques chèvres, des moutons, entrepris de constituer un potager. Sachant que David n'aimait pas cuisiner, elle lui confectionnait de bons petits plats, qu'elle partageait avec lui sur la terrasse aménagée par Martin, à l'ombre de la treille.

Elle repartait ensuite sur son vélo, le laissant seul à contempler les étoiles.

Elle savait, pour Hannah. Et, ce qu'elle ne savait pas, elle l'avait deviné.

Hannah, son amie d'enfance, la femme qu'il aimait restée à Berlin, qu'il n'avait pas retrouvée. On supposait qu'elle avait été tuée par l'un des bombardements intensifs des jours ayant précédé la chute de la ville. Malgré ses recherches, David n'avait pu glaner aucune information à son sujet. Quoi d'étonnant ? répondait-on à ses questions de plus en plus angoissées. Il s'était passé tant de choses à Berlin au cours des dernières années ! Des dizaines de milliers de personnes avaient perdu la vie, notamment au cours du premier semestre 1945. L'Allemagne était devenue un immense territoire regroupant des personnes déplacées en provenance de Pologne, de Tchécoslovaquie, des Balkans ou des pays Baltes.

La plupart refusaient de s'appesantir sur le passé. Seul comptait l'avenir.

Malou partageait ce sentiment. D'ailleurs, pour dire le vrai, elle n'était pas mécontente qu'Hannah soit demeurée introuvable.

Elle aimait David et savait qu'il était l'homme de sa vie. Difficile, cependant, de le lui faire comprendre, alors qu'il s'abîmait dans la mélancolie... Aussi Malou avait-elle fait en sorte de se rendre indispensable. Elle avait manœuvré pour s'attirer les bonnes grâces de Walther, inquiet au sujet de son fils.

Malou tissait sa toile.

Elle avait invité David et Sarah pour Noël. Seule Sarah était venue à la ferme des Santafiore.

« David joue à l'ermite », avait-elle expliqué avec un petit sourire d'excuse.

Les beaux jours avaient permis aux jeunes gens de se rapprocher. Malou était venue aux Gipières afin de montrer à David comment confectionner des picodons.

C'était Renate qui s'en chargeait, avant… Ce simple mot – avant – recelait un abîme de désespoir. Or, Malou refusait de se laisser entraîner par le marasme ambiant. L'époque était déjà assez difficile ! La belle unité affichée à la Libération avait vite volé en éclats.

David, comme le père de Malou, avait serré les poings en entendant le discours de Bayeux prononcé par le général de Gaulle.

« C'est donc si difficile de tirer les leçons du passé ? » avait-il commenté.

Personne, pas même son père, n'osait lui demander ce qu'il comptait faire de sa vie. Il avait pris tout naturellement la suite de son grand-père aux Gipières comme si cette place lui revenait de droit. C'était tout à fait ça, d'ailleurs. David était le seul en mesure de gérer la ferme et le domaine.

Il n'avait rien changé au mobilier des Steiner. Meubles, tableaux, piano… tout était resté en l'état. Sous l'impulsion de Malou, il avait tout de même acheté une machine à laver, qu'on appelait

« savonneuse ». De son propre aveu, la jeune femme détestait se rendre au lavoir. Or, c'était elle qui se chargeait de l'entretien du linge de David, elle avait donc insisté pour qu'il effectue cet investissement.

Tous deux menaient une existence hors normes, se côtoyant au quotidien, sans pour autant vivre ensemble. Malou se gardait bien de se montrer trop possessive avec David. Elle œuvrait avec prudence.

La situation bascula à l'automne 1946. Un violent orage surprit la jeune femme alors qu'elle était partie cueillir des champignons. Trempée, ruisselante, elle s'était réfugiée aux Gipières où elle s'était dévêtue devant la cheminée afin de se sécher.

Rentré à l'improviste pour la même raison, David n'avait pas cherché à dissimuler son trouble. Tout naturellement, il avait rejoint la jeune femme, l'avait embrassée.

Un baiser possessif, qu'elle avait voulu recevoir comme une preuve d'amour.

Leurs corps s'étaient cherchés avec une impatience presque douloureuse. Leur étreinte, rapide, leur avait laissé un arrière-goût d'inachevé.

« Viens, lui avait dit David, en l'entraînant vers sa chambre, située à l'arrière de la ferme. Recommençons. »

Cette deuxième étreinte avait été pour Malou une forme d'engagement. Elle aimait tant David ! D'un amour passionné, exclusif.

Elle avait redouté, cependant, qu'après ces retrouvailles il ne redevienne distant, comme deux ans auparavant. Mais David ne caressait plus le rêve de retrouver Hannah. Il avait bien fait les choses, demandé officiellement la main de sa fille à un Gianni ravi.

David et Malou s'étaient mariés en décembre 1946, alors que la neige recouvrait les Baronnies. En geste d'amour, bien qu'il ne lui ait rien demandé, la jeune femme s'était convertie au judaïsme. Elle l'avait fait en mémoire des grands-parents de David et aussi parce qu'elle désirait tout partager avec l'homme qu'elle aimait.

Sarah avait été son témoin. Malou avait vécu leur mariage dans un état second, et s'était sentie vraiment mariée quand David lui avait passé l'alliance à l'index droit, après avoir récité la formule consacrée :

« Par cet anneau, te voici accordée à moi, selon la loi de Moïse et d'Israël. »

Elle avait toussoté pour ne pas pleurer.

Ce jour-là, elle avait cru en un Dieu miséricordieux. Ensuite, elle s'était adaptée. Aux exigences de David, qui recherchait l'excellence en tout. A ses accès de mélancolie qui, elle le savait, le ramenaient vers Hannah. A son désir de faire des Gipières un domaine prospère.

Elle l'aimait. Et acceptait l'idée d'être celle qui aimait le plus dans leur couple.

La naissance de leur fils scellerait l'unité de leur famille, elle en était persuadée.

Elle remonta à pas lents vers la maison. Elle avait posé des pots de géraniums rouges sur les marches du perron, planté des boutures de rosiers sous les fenêtres des chambres, bouturé des arbres de Judée, qui poussaient à foison dans les collines.

La silhouette de Sarah parut sur le seuil.

— Je te trouve pâlotte, fit-elle remarquer à Malou. Viens donc t'asseoir un peu.

La jeune femme sourit.

— Je ne sais pas rester inactive.

— Tu as le trousseau de l'héritier à terminer.

Malou rougit.

— Je suis un peu superstitieuse, j'attends sa naissance.

— Pfft ! Je te croyais plus moderne.

Sarah avait beaucoup changé, pensa Malou, observant discrètement la jupe new look et le corsage à basques de son amie. Sans même en avoir conscience, elle donnait l'impression d'avoir déjà quitté la région et d'être devenue une citadine. Elle en avait fait la réflexion à David qui avait haussé les épaules.

« Sarah est plus élégante, et alors ? Ça me fait plutôt plaisir, nous allons peut-être la marier bientôt. »

Décidément, les hommes ne comprenaient rien à rien ! se dit Malou. Elle ne pensait pas que Sarah avait l'intention de se marier. Plutôt de partir, loin.

La douleur la prit alors qu'elle montait les marches du perron. Elle sut tout de suite que l'enfant allait naître.

Leur enfant, à David et à elle.

Au moins, Sarah était là. Avec elle, elle n'avait pas peur.

51

Etats-Unis, 1950

Elle aimait tout particulièrement l'été indien. Les érables rougeoyants, les hêtres au feuillage d'or offraient une palette de couleurs différentes chaque jour selon l'heure et la luminosité.

Pendant les heures d'école, elle partait faire de longues marches en compagnie de Willow, son golden retriever. Elle choisissait les chemins les moins fréquentés, pour ne pas être dérangée.

Malgré les tentatives de ses voisines, elle ne s'était pas intégrée à leur petite ville du Connecticut.

Ben lui en faisait parfois la remarque, en lui rappelant qu'elle devait s'adapter au mode de vie américain, et elle répondait : « Je ne me sens pas vraiment américaine. »

Qui était-elle en vérité ? Une étrangère dans le pays de son mari, même si celui-ci mettait tout en œuvre pour l'aider à s'intégrer. Ses beaux-parents l'avaient accueillie sans chaleur excessive. Comment aurait-elle pu leur en tenir rigueur ? Elle venait d'Allemagne, un pays ennemi. Heureusement, elle parlait l'anglais pratiquement sans accent et avait repris contact avec la maison d'édition britannique pour laquelle travaillait sa mère il y avait, lui semblait-il, une éternité. Elle traduisait en allemand des ouvrages de Daphné Du Maurier et d'Agatha Christie. Elle était heureuse d'avoir cette source de revenus qui contribuait à son indépendance, même si Ben s'était toujours montré généreux avec elle.

C'était difficile à expliquer, elle avait en permanence l'impression d'être coupable. Coupable parce que allemande et berlinoise. Même si Hannah Marlowe vivait depuis cinq ans dans le Connecticut.

Elle détestait se rappeler l'été 1945, durant lequel elle avait éprouvé à plusieurs reprises la tentation de mettre fin à ses jours.

L'idée de porter l'enfant conçu durant un viol lui donnait la nausée. Elle avait voulu se faire avorter, pour finalement y renoncer au dernier moment. Pendant six ans, elle s'était battue pour préserver la vie, malgré tout. Il lui était impossible de tuer l'enfant qu'elle portait. Ce conflit intérieur la minait. Déjà sous-alimentée, Hannah mangeait de moins en moins et s'affaiblissait. Elle s'était effondrée un soir de septembre alors que, d'après ses calculs, elle était enceinte de quatre mois. Souffrant de vertiges, elle s'était évanouie en se levant pour aller chercher un ruban pour sa machine à écrire dans une armoire.

Lorsqu'elle avait repris conscience, elle était étendue dans le cabinet de la doctoresse qui avait diagnostiqué sa grossesse.

Celle-ci la considérait avec bienveillance.

« Vous êtes épuisée, lui avait-elle dit, il faut vous reposer si vous voulez mener votre grossesse à terme. »

Hannah n'avait pu réprimer ses larmes. « Je ne sais pas ce que je désire... », avait-elle soufflé.

Si, elle savait. Revoir David, devenir sa femme. C'était impossible, désormais.

Elle se sentait souillée et se refusait à faire de lui un père de substitution.

Elle l'expliqua au médecin, qui hocha la tête. « Il ne faut pas vous sentir coupable. Vous êtes une victime, Hannah, et n'avez commis aucun crime. »

Cependant, rien n'y faisait, la culpabilité était toujours présente.

« Votre vie n'est pas finie, avait ajouté le docteur. Des centaines d'Allemandes ont subi le même traumatisme que vous. Ce n'est pas une consolation, mais une raison supplémentaire de vivre. Sinon, tous ceux qui se sont comportés en soudards auront gagné. »

C'était le genre de discours auquel Hannah était réceptive. Se battre, encore une fois. Lorsqu'elle était retournée dans le bureau où elle travaillait, elle avait eu la surprise d'y trouver Ben Marlowe.

Il s'était inquiété de sa santé et, brusquement, Hannah s'était confiée à lui parce qu'il était le seul, avec le docteur, à lui inspirer confiance.

Il l'avait écoutée, gravement, lui avait tendu un mouchoir alors qu'elle s'essuyait les yeux, avant de proposer : « Epousez-moi. »

Et, tandis qu'elle protestait, en lui disant qu'elle était allemande, enceinte, et qu'elle ne l'aimait pas, il avait répondu avec une simplicité confondante :

« Moi, je vous aime. Et, vous verrez, vous finirez par m'aimer. »

Il avait dit vrai. Depuis cinq ans, il était là, tendre et attentif. Il l'avait emmenée aux Etats-Unis après l'avoir épousée à Berlin, une cérémonie simple et rapide, durant laquelle elle n'avait cessé de penser à ses parents, s'interdisant d'évoquer David. Il avait été là le jour de la naissance de Benjamin, et ses premiers mots avaient été :

« Bienvenue, mon fils. »

Hannah se souvenait de son émotion ce jour-là et des larmes de bonheur qui avaient coulé sur ses joues. Oui, elle avait réapprivoisé le bonheur en compagnie de son mari et de leur fils. Même si, au fond d'elle-même, elle devait toujours s'interdire de songer à David, pour ne pas craquer.

Israël, 1950

Sarah repoussa ses cheveux en arrière.

« Il faudrait vraiment que je me les fasse couper », se dit-elle.

Ruben s'y opposait. Sarah n'était pas une femme soumise, mais Ruben était si heureux d'enfoncer les doigts dans ses longs cheveux qu'elle ne se sentait pas le courage de lui ôter ce plaisir.

Ruben et elle s'étaient installés en Israël l'année précédente, et n'avaient pas encore eu l'occasion de regretter leur choix.

— Allons, déclara-t-elle à la jeune femme qu'elle venait d'examiner, tout se présente le mieux du monde. Il faut juste veiller à ne pas manger trop salé.

Sage-femme dans le kibboutz Sde Eliyahu, dans la vallée du Jourdain où Ruben et elle avaient choisi de s'installer, Sarah avait le sentiment de vivre intensément, enfin !

Elle avait rencontré Ruben au cours d'une conférence donnée à Marseille sur le destin du peuple juif. Professeur d'histoire et de géographie, plus âgé qu'elle d'une bonne dizaine d'années, il l'avait tout de suite séduite mais elle se défiait tant de l'amour qu'il avait dû la courtiser durant de longs mois avant qu'elle n'accepte de l'épouser.

David et Malou avaient proposé une fête familiale aux Gipières afin de faciliter les présentations. Sarah, en effet, n'avait pas envie que la famille soit réunie à La Motte, là où Clémence et Walther avaient acheté une maison de village.

Les relations entre les deux femmes ne s'étaient pas vraiment améliorées. Walther était devenu père sur le tard d'une petite Léa qu'il gâtait outrageusement.

« Cela fait tellement… cliché ! se désolait Sarah. Ma belle-mère et moi qui ne nous entendons pas, ma demi-sœur qui m'énerve… » Elle aurait voulu échapper à cette caricature de famille recomposée. David, lui, y parvenait mais on ne savait jamais, avec David. Il cadenassait avec soin le fond de sa pensée. Etait-il heureux avec Malou et leur petite Valérie ? Il en donnait l'impression, même s'il avait prudemment évité d'évoquer avec sa sœur la réalité de son retour à Berlin. Certains sujets étaient trop douloureux, il convenait de ne pas les aborder.

Avant la guerre, Sarah n'aurait pas réagi ainsi. La vie lui avait appris à composer, à se défier de ses emportements. L'après-guerre n'avait pas réservé que du bonheur.

Les rescapés des camps s'étaient très vite fondus dans la masse des Français, afin de ne pas assombrir la liesse collective. A croire qu'ils gênaient, avec leur maigreur cadavérique, et leur regard qui avait côtoyé l'indicible… Sarah l'avait compris, et s'était sentie blessée pour eux. Elle avait soif d'authenticité, de chaleur humaine, besoin de constituer une nouvelle famille.

Les démarches entreprises par Walther et David leur avaient permis d'apprendre que Ruth avait été tuée au cours d'un bombardement, en avril 1945.

Si Sarah avait pleuré dans le secret de sa chambre, elle n'en avait rien laissé voir. Elle se voulait forte, face aux fêlures et aux failles qu'elle décelait chez son aîné. Elle ne savait même pas où avait été enterré ce qui restait du corps de sa mère. Elle n'avait pas de lieu où se recueillir, à Berlin. Il était encore trop tôt. Ou bien déjà trop tard.

Elle sourit à sa patiente. La vie, c'était ce qui comptait.

Elle posa la main sur son ventre d'un geste discret.

L'enfant de Ruben y grandissait. Fille ou garçon, peu lui importait.

Ce serait l'arrière-petite-fille ou l'arrière-petit-fils de Martin et Renate Steiner.

La vie, qui continuait.

52

Drôme, août 1969

David avait toujours pensé que le mois d'août annonçait la fuite de l'été. Cela tenait à peu de chose, le raccourcissement des jours, un léger parfum d'humus dans le sous-bois, la stridulation des cigales qui se faisait un peu moins forte, les buis qui exhalaient un arôme de café... Il connaissait et aimait suffisamment les Gipières pour s'y sentir chez lui. De plus, il était profondément attaché au souvenir de ses grands-parents. Par fidélité à leur choix de vie, il n'aurait jamais accepté de voir le domaine vendu.

Finalement, il l'avait repris et avait apprécié de le développer.

A quarante-huit ans, il s'estimait un homme fait. Heureux ? Peut-être, s'il faisait abstraction de ses rêves. Il aimait à travailler pour la coopérative, se rendre sur les marchés, et était fier d'avoir obtenu un label d'excellence pour les picodons de Malou.

Sa femme travaillait sans répit, ayant en charge la chèvrerie et la bergerie. Elle avait aussi créé une activité de tissage autour de la laine de ses chèvres angora et vendait sa production sur les marchés artisanaux de l'été. Ses créations avaient du succès, ce qui remplissait David de fierté. Malou et lui formaient un couple estimé dans la région, impliqué dans plusieurs associations locales. Une vie pleine qu'il voulait sans regrets. Même si, de temps à autre, de préférence la nuit, alors qu'il entendait craquer les poutres, il évoquait Hannah, leur amour, le tilleul... Dans ces moments-là, la nostalgie l'envahissait. Il songeait alors aux poèmes de Goethe qu'Hannah et lui aimaient, se remémorait *Le roi des Aulnes* :

— Mon fils, pourquoi cette peur, pourquoi te cacher ainsi le visage ?
— Père, ne vois-tu pas le roi des Aulnes, avec sa couronne et ses longs cheveux ?
— Mon fils, c'est un brouillard qui traîne. »

Tout était déjà écrit, au début des années 30. Hannah et lui ne l'avaient pas pressenti. Ils n'avaient pas deviné la montée de la peur, ni la peste brune, qui commençait à gangrener leur pays.

Il était un homme mûr, à présent. Bien installé dans sa vie. On le consultait à propos de traitements biologiques contre la mouche de l'olivier parce qu'il y avait consacré plusieurs articles. Il aurait dû être heureux. Pourtant, le manque d'Hannah le faisait encore souffrir. Bien sûr, la douleur s'était atténuée au cours du temps, elle n'était plus obsédante. Plutôt lancinante. Quelque part au fond de lui, il savait qu'il ne l'oublierait jamais. Avec Hannah à ses côtés, la vie se serait parée d'autres couleurs.

Malou se donnait beaucoup de peine pour le rendre heureux. Il en était conscient, et presque gêné, comme s'il ne l'avait pas mérité.

« Pourquoi ai-je été épargné ? » se demandait-il souvent. Il n'avait pas accompli de fait marquant, avait effectué ce qu'il considérait être son devoir durant les années passées au maquis. Il était resté un homme simple, farouchement attaché à la paix.

Lorsqu'il avait accompagné, quatre ans auparavant, deux classes de la Cité scolaire en voyage d'études à Berlin, il avait eu peur de craquer. Le regard de Valérie posé sur lui l'en avait empêché. De plus, il ne s'agissait plus vraiment de sa ville natale puisqu'elle était désormais coupée en deux zones bien distinctes.

Valérie, leur fille unique, était tout pour son père. Grande, blonde, aux yeux gris-vert, elle ressemblait à Ruth et à Renate. Malou disait parfois en riant qu'elle ne se reconnaissait pas dans sa fille. « C'est une vraie Steiner, elle n'a rien des Santafiore ! »

Ce qui n'empêchait pas Gianni, son grand-père, de la gâter. Walther, son autre aïeul, était moins présent pour elle, peut-être à cause de sa propre fille, qui avait pratiquement l'âge de sa petite-fille. En éprouvait-il quelque embarras ? C'était difficile de savoir avec Walther. Il travaillait beaucoup, n'hésitant pas à se relever au milieu de la nuit si l'on faisait appel à lui, ce qui faisait pester Clémence.

« Tu as droit à une vie de famille, toi aussi », lui répétait-elle, bien qu'il n'en ait cure. Walther ne prenait pas les siens de front, ce qui ne l'empêchait pas de mener sa vie comme il l'entendait. Il n'avait pas le caractère fort de son propre père, et le vivait parfois mal. David avait souvent l'impression d'être plus proche de Maurice et de Donatien que de son père. C'était ainsi. L'âge venant, il avait appris à se contenter de ce qu'il avait, même si cette sorte de résignation ne lui ressemblait pas.

La montée du nazisme et la guerre avaient brisé ses rêves. Il s'efforçait de cultiver le domaine transmis par ses grands-parents sans trop se poser de questions. Sinon, il aurait sombré dans une mélancolie proche du désespoir.

La main devant les yeux, il suivit les évolutions dans le ciel d'un vautour fauve. Malou le héla depuis le seuil.

— Nous avons une carte ! lui annonça-t-elle.

Il se hâta vers la maison. La carte postale ne pouvait que provenir de Valérie, partie travailler aux Etats-Unis comme jeune fille au pair. Leur fille parlait le français, l'allemand et l'anglais.

— Nous garderons le timbre pour mon père, suggéra Malou.

Gianni, contraint au repos forcé à cause d'une méchante sciatique, s'intéressait à la philatélie.

Malou allait le voir matin et soir et lui apportait ses repas. L'âge venant, elle mesurait de plus en plus son attachement à son père. Elle souffrait aussi de l'absence de Valérie, même si celle-ci était plus proche de David que d'elle-même. N'était-ce pas logique ? Malou, plus femme que mère, avait toujours donné la priorité à son mari.

— Tout va bien, fit David, lui tendant la carte postale après l'avoir lue.

Valérie avait écrit quelques phrases de son écriture ronde, à l'encre bleu turquoise qu'elle affectionnait. Il n'y avait pas si longtemps, elle rédigeait des poèmes à l'atmosphère gothique qui émouvaient David.

La vie à New York est exaltante. Le week-end prochain, je vais à Bethel pour le Festival de Woodstock. Ce sera great *!*

Elle avait signé « *Love* », et ajouté cinq petites croix en témoignage de son affection.

David toussota.

— Elle a l'air heureuse. Ça te dit quelque chose, ce Woodstock ?

Malou haussa légèrement les épaules.

— Ce n'est pas moi l'intellectuelle de la famille ! Mais je peux chercher dans le dictionnaire…

Le dictionnaire était l'ouvrage de référence pour Malou. Parfois, elle se plongeait dans sa lecture avec une soif d'apprendre touchante. Cependant, malgré ses efforts, elle ne parvenait pas à s'ouvrir à la poésie, qui restait hermétique pour elle.

David ne savait pas s'il le regrettait vraiment. De cette manière, les poètes aimés continuaient à faire partie de son jardin secret. De leur jardin secret, à Hannah et à lui.

— Voilà ! s'écria Malou.

Elle lut à haute voix : « Woodstock, localité de l'Etat de New York. » Un endroit calme, on dirait, conclut-elle.

Etats-Unis

Oh say, can you see
By the dawn's early light
What so proudly we hailed
At the twilight's last gleaming ?[1]

Valérie secouait la tête en rythme avec des milliers de jeunes venus comme elle participer au Festival de Woodstock.

Elle avait l'impression que la guitare de Jimi Hendrix lui résonnait dans le cœur. Autour d'elle, trois cent mille personnes, peut-être plus, qui chantaient, dansaient, faisant cause commune contre la guerre du Vietnam.

Depuis son arrivée aux Etats-Unis, elle se sentait vivre, enfin ! Elle appréciait la vie trépidante de New York mais aussi cette civilisation si différente

1. Extrait de l'hymne américain *The Star-Spangled Banner.*

de la sienne, où la consommation constituait une sorte de règle d'or.

« Ne te laisse pas trop griser par le mythe américain », lui avait recommandé son père peu avant son départ. Dans les rues de Manhattan, Valérie était en effet parfois tentée d'oublier les principes selon lesquels elle avait été élevée. Elle était bien loin des Gipières ! Tout, ou presque, lui faisait envie.

Elle aimait la ferme, pourtant, s'y était toujours sentie protégée. Mais, à vingt et un ans, elle éprouvait le besoin de se frotter au monde, de découvrir d'autres horizons.

Après avoir obtenu son baccalauréat à Nyons, elle avait poursuivi des études d'anglais à Aix. Elle pensait travailler dans le tourisme ou bien devenir interprète. Elle avait encore une idée assez vague de l'avenir. Rien ne pressait, lui répétait son père, qu'elle profite de sa jeunesse ! A son âge, sa mère et son père combattaient dans la Résistance.

Ils souhaitaient pour elle d'autres souvenirs.

A sa gauche, un jeune homme aux cheveux mi-longs, portant une chemise à fleurs, chantait horriblement faux. Valérie lui décocha un coup d'œil amusé. Il lui répondit par une grimace.

— Je ferais mieux de me taire, n'est-ce pas ?

Elle haussa légèrement les épaules.

— Il y a tant de bruit que cela n'a guère d'importance ! Vous aimez Joan Baez ?

— Plus que tout au monde !

— Elle va chanter bientôt. C'est pour elle et Jimi Hendrix que je suis venue.

Il hocha la tête.

— Je comprends. Vous avez une pointe d'accent. Vous êtes française ?

— Moi qui croyais mon anglais parfait !

— Personne n'est parfait !

— La réplique culte d'un de mes films préférés.

Ils s'écrièrent en chœur : « *Some Like It Hot* »[1] et éclatèrent de rire.

L'Américain saisit la main de Valérie.

— Ecoute… Joan est merveilleuse !

We are not afraid
We are not afraid, TODAY[2]

Il y eut un silence à la fin de la chanson. Suivi d'un tonnerre d'applaudissements.

A cet instant, Valérie se sentit en profonde harmonie avec les autres spectateurs. Tous unis contre la guerre.

— Tu es allé au Vietnam ? demanda-t-elle à son voisin.

Il secoua la tête.

— Je suis sursitaire. Et réfractaire. Prêt à passer au Canada pour ne pas participer à cette maudite guerre.

1. *Certains l'aiment chaud*, de Billy Wilder.

2. « Nous n'avons pas peur / Nous n'avons pas peur, AUJOURD'HUI. » Extrait de « We shall overcome », *protest song* tirée d'un gospel de Charles Albert Tindley.

Elle opina. Depuis son arrivée aux Etats-Unis, elle avait compris à quel point la guerre du Vietnam divisait la société américaine. Comme nombre de jeunes étudiants, elle s'était penchée sur le problème et avait décidé de soutenir celles et ceux qui s'opposaient à ce conflit qu'ils qualifiaient de « guerre sale ». Comme s'il avait existé une guerre propre !

Autour d'eux, des milliers de voix reprenaient le célébrissime *The Times They Are a-Changin'* de Bob Dylan.

Oui, les temps étaient en train de changer, et plus rien ne serait comme avant.

Valérie songea brusquement à ses parents. Pour eux, elle était encore une enfant qu'il fallait protéger. Valérie réprima un sourire. A vingt et un ans, elle se sentait invincible. Invulnérable.

Elle fredonna *The Times They Are a-Changin'*, et se tourna en souriant vers l'inconnu qui lui paraissait être étonnamment proche.

« Tu restes avec moi ? » lança-t-elle.

Elle avait peur, tout à coup, de le voir disparaître dans la foule.

53

Etats-Unis, 1969

Elle contempla son reflet dans le miroir, elle qui, d'ordinaire, le fuyait plutôt. Elle ne s'aimait pas. Elle aurait voulu passer le reste de sa vie en spectatrice, sans s'impliquer. C'était assez difficile à New York, alors que Ben la sollicitait pour l'accompagner à des œuvres caritatives.

« J'ai épousé une véritable sauvage », disait-il parfois en riant, et elle percevait le reproche sous-jacent. Ben avait besoin d'une épouse s'impliquant à ses côtés et possédant ses propres réseaux. Pourtant, Hannah était restée l'étrangère, se tenant toujours en retrait ou bien ayant l'esprit ailleurs.

Elle estimait perdre son temps parmi l'élite new-yorkaise qui se donnait bonne conscience.

« Tout le monde se sourit, s'embrasse, pour mieux se déchirer l'instant d'après. Très peu pour moi !

— Sauvage et… anarchiste ! » ironisait Ben.

Il avait très vite gravi les échelons dans le cabinet d'avocats où il avait fait carrière. Devenu associé principal, il était un pilier du cabinet où il faisait la pluie et le beau temps. Lorsqu'elle avait dû le suivre à New York, Hannah avait pressenti qu'elle aliénait une partie de sa liberté. Heureusement, ils habitaient non loin de Central Park, si bien qu'elle allait courir chaque matin, après avoir préparé le petit déjeuner. Elle n'avait plus Willow depuis plusieurs années, et Ben lui avait offert une chatte à la beauté énigmatique. En véritable diva, Astarté s'installait sur le dossier des fauteuils et ne se commettait pas à réclamer caresses ou croquettes.

Elle trônait, souveraine, et attendait que ses maîtres lui présentent leurs respects. Hannah lui préférerait toujours son bon vieux Willow, rustique et pataud, mais un gros chien n'aurait pas été heureux dans l'appartement entièrement redécoré par une styliste en vogue. Seul le bureau d'Hannah avait échappé à ce qu'elle avait nommé « l'opération appartement de snob ». Elle avait gardé le vieux canapé en velours chocolat, son bureau et les photos de ses deux hommes, Ben et Benjamin.

Elle se souvenait avec émotion de leur mariage, célébré à Berlin, alors qu'elle était enceinte de cinq mois. Elle n'avait plus de famille, plus d'amis, que Ben, qui l'aimait.

Elle s'était laissé aimer, en se disant qu'au moins avec Ben elle était en sécurité. Il connaissait la vérité, ne la jugeait pas. Elle voulait fuir Berlin, comme son pays natal. Elle désirait oublier ses souvenirs et, surtout, ceux liés à David. Pour ne pas mourir, de désespoir et de honte.

Elle avait fait comme si David n'avait pas existé, comme si les Russes n'avaient pas terrorisé les Berlinoises… Fuir avec Ben était pour elle une question de survie.

La naissance de Benjamin avait constitué pour elle une forme de renaissance. Après un travail de vingt-deux heures, Hannah avait découvert, émerveillée, un bébé qui lui ressemblait trait pour trait. Le Russe n'existait plus, elle ne voulait plus y penser. Elle n'avait pas eu le temps d'appréhender quelque recul de la part de Ben. Calot sur la tête, revêtu d'une blouse stérile bleu clair, il était resté à ses côtés le temps de l'accouchement et c'était lui qui lui avait fait découvrir leur fils. Bouleversée, elle n'avait pu retenir ses larmes.

« Il a tes yeux, ton petit nez, et il fait la moue comme toi », lui avait dit Ben.

Vingt-trois ans après, elle éprouvait la même émotion. Benjamin avait grandi sans problème majeur. Il avait fréquenté l'école, puis le collège, joué au basket, pratiqué le tennis et la natation. Il était beau et avait un sourire craquant. Il avait suivi des études de droit en donnant l'impression de ne pas y accorder vraiment d'importance, même s'il travaillait dur.

Depuis une bonne année, il s'était engagé dans le mouvement protestataire. Hannah le comprenait, elle détestait les guerres quelles qu'elles soient tout en redoutant les conséquences de son engagement.

Elle alluma le téléviseur. Un reportage était tourné à Woodstock et montrait une foule compacte de jeunes. Cheveux longs, robes à fleurs, jeans « pattes d'eph » et colliers multicolores, ils chantaient tous, accompagnant Joan Baez et Jimi Hendrix. Ils communiaient dans la même ferveur. Ils parurent soudain si jeunes, et si naïfs, à Hannah que son cœur se serra. Ils ne savaient rien de la guerre, même s'ils suivaient aux actualités les reportages en provenance de Saigon ou de Huê.

A leur âge, Hannah avait déjà perdu ses parents, subi les bombardements et été agressée par un Russe. Elle aurait tant voulu les protéger de la violence et de la haine ! Mais elle ne se faisait plus guère d'illusions quant à la nature humaine.

Presque machinalement, son regard chercha la mezouzah de la famille de sa mère. Elle l'avait gardée, étonnée qu'elle ait résisté à son plongeon dans l'Elbe.

C'était la première question que Ben lui avait posée. « Etes-vous juive ? » et elle avait répondu : « Je ne sais pas. »

Vingt-quatre ans plus tard, elle n'était pas plus avancée. Elle ne se rendait pas à la synagogue, ne célébrait pas les fêtes traditionnelles. Benjamin avait été circoncis mais Ben ne pratiquait pas. La famille Marlowe, émigrée d'Angleterre à la fin du XIXe siècle, s'était tout de suite intégrée à la société américaine. Elle s'efforçait d'y songer le moins possible. C'était pour elle un sujet tabou, comme Berlin, ou la guerre 39-45. A bien y réfléchir, elle avait cadenassé ses souvenirs pour tenter de survivre.

Elle prit une longue inspiration, pour tenter de juguler la crise d'asthme qui montait. Cette pathologie l'avait frappée à son arrivée aux Etats-Unis. Elle avait cessé de fumer, sans résultat. Elle pratiquait le yoga et le jogging, sans parvenir à se détendre pour autant. Elle s'accommodait de ses crises, comme du reste, en se disant que cela n'avait pas grande importance.

Sa veste sur l'épaule, Ben Marlowe s'arrêta devant la boutique de la fleuriste et lui acheta son dernier bouquet. Des roses de jardin, roses et parfumées, comme Hannah les aimait. Vingt-quatre ans après leur première rencontre, il aimait toujours éperdument son épouse. Elle ne ressemblait à personne. Elle n'était pas apprêtée comme les femmes de ses collègues au brushing et à la manucure impeccables.

Hannah avait toujours accordé plus d'importance à ses livres qu'à son apparence. Elle était belle, pourtant, avec ses yeux clairs et ses cheveux blonds, qu'elle nouait à la va-vite. Elle était belle sans en avoir conscience, tout comme elle ignorait le pouvoir de sa démarche dansante. Hannah vivait dans sa bulle, protégeant son fils, mais se liant peu avec les étrangers.

Ben savait pourquoi. Hannah restait défiante vis-à-vis des inconnus. Elle aurait préféré continuer à habiter à la campagne et était heureuse lorsqu'ils partaient au début de juillet pour leur propriété du Cape Cod. Là-bas, en short et tee-shirt, elle vivait en sauvageonne, confectionnait des crumbles et des tartes, et nageait longuement.

Elle lui avait parlé, une fois, des étés passés au bord de la Baltique en compagnie de ses parents. Et puis, son visage s'était fermé. Elle n'avait rien dit, mais il savait à qui elle songeait. A David.

Elle avait mis un certain temps avant de lui parler de David. C'était venu tout naturellement, un soir de juin, alors qu'elle cherchait presque instinctivement le parfum des tilleuls en fleur. Elle avait alors évoqué le grand tilleul du jardin des Steiner, avec une acuité douloureuse. Cela lui paraissait à la fois si proche par les sensations, et si lointain, et dans le temps, et dans l'espace. Les larmes avaient ruisselé le long de ses joues, sans qu'elle cherchât à les essuyer.

« David était mon meilleur ami, mon presque frère, mon premier amour », avait-elle confié à Ben. Elle lui avait raconté leur passion commune pour la poésie, pour la littérature et l'œuvre de Goethe, la montée du national-socialisme, l'éclatement de la famille Steiner et le départ définitif de David pour la Provence.

« Nous nous étions promis de nous revoir, avait-elle conclu avec un petit sourire triste. Mais je n'ai jamais reçu de ses nouvelles. Sa mère a été tuée durant les bombardements. Curieusement, nous étions devenues proches, elle et moi... »

Elle avait haussé les épaules.

« Je suppose que ce devait être ainsi. »

Ben avait perçu la déchirure sous le fatalisme. Il avait compris que David avait été particulièrement important pour Hannah.

Elle avait détourné la tête, et il s'était senti exclu.

Ce David... assurément, elle l'avait aimé. Passionnément.

Pour se faire mal, il avait insisté : « Tu n'as pas cherché à retrouver sa trace, après la guerre ? » Elle avait soutenu son regard intrigué. « Tu es venu à Berlin en 1945. Tu as constaté par toi-même l'état de la ville. David se trouvait en France depuis 1938. Il a certainement fait sa vie là-bas. Pourquoi serait-il revenu en Allemagne, après tout ce qui s'était passé ? Même si nous ne nous sommes pas compromis avec les nazis, mes parents et moi, le pays n'avait rien pour attirer un jeune juif épris d'humanisme. »

« Il aura toujours le beau rôle », avait pensé Ben.

Elle ne possédait rien de David Steiner, pas même une photographie mais, d'une certaine manière, c'était encore pire. Car il était toujours présent dans son cœur.

Pourtant, lui, Ben, n'avait-il pas la meilleure part ? C'était lui qui avait épousé Hannah, et élevé leur fils.

Malgré tout, il savait au fond de lui-même que, jusqu'à la fin de ses jours, il redouterait de voir réapparaître David Steiner.

Comme une menace sur leur bonheur.

54

New York, 1969

Benjamin se souleva sur un coude et contempla la jeune fille étendue à ses côtés. Tout était allé si vite entre eux qu'il éprouvait une sensation de vertige. Cependant, il avait une certitude : Valérie était la femme qu'il attendait. A la fin de trois jours de folie pure, sous le soleil et dans la boue, ils avaient marché longtemps, main dans la main.

Ils n'avaient pas faim, à peine soif. Ils avaient échangé leurs joints, en avaient tiré quelques bouffées, adossés à un mur de pierre. Ils étaient bien. La tête vide, le cœur battant à l'unisson.

Tout naturellement, Benjamin avait proposé à Valérie de l'héberger dans son studio.

« Ma tanière, lui avait-il dit en riant. Ça pue le fauve et le ménage n'est jamais fait, mais je m'y sens chez moi. »

Il avait ajouté : « J'ai conquis mon indépendance de haute lutte. Ma mère imaginait que j'allais me faire agresser dès que je me hasarderais du côté de Harlem. »

Il riait, insouciant et heureux. Valérie le trouvait charmant avec sa haute taille et ses yeux clairs. Il portait l'uniforme des jeunes Américains, jean, tee-shirt et baskets Superstar.

« Tu connais *Un tramway nommé Désir* ? » lui avait-elle demandé tout à trac parce qu'en sa présence elle éprouvait une attirance irraisonnée pour lui.

Comme s'ils avaient été destinés l'un à l'autre de toute éternité.

Elle l'avait suivi. Il lui avait proposé un Coca, tandis qu'elle jetait un discret coup d'œil à son refuge. L'univers des Américains était si différent de celui des Français !

Elle avait l'impression qu'ils avaient accès à tout. Pour sa part, elle avait l'intention de rapporter des jeans et des disques, beaucoup de disques introuvables en France.

Ils avaient bu leur Coca assis sur les marches de l'escalier de secours puis étaient rentrés dans le studio où le lit prenait presque toute la place. Benjamin avait embrassé Valérie, lentement, avant de l'attirer vers lui.

« Tu veux ? » avait-il soufflé à son oreille.

Elle avait acquiescé d'un battement de cils. C'était sa première fois et elle n'aurait jamais imaginé que cela se passerait ainsi mais elle n'avait pas hésité une seconde.

« Ça me fera un beau souvenir », avait-elle pensé. Avant de sombrer dans le sommeil, elle avait tendu la main, comme pour vérifier qu'il était bien là, à ses côtés, qu'il ne s'agissait pas d'un mirage.

Dans ses bras, sous ses caresses, elle avait éprouvé une sensation de plénitude qui l'avait laissée émerveillée et presque… effrayée. C'était donc ça, le grand amour, dont son père lui avait parlé un jour avec émotion ? « Tu verras, Val, ma chérie, le jour où ça t'arrivera, tu le sauras tout de suite. » Il avait cité Shakespeare : « L'amour ne voit pas avec les yeux, mais avec l'âme », et elle, qui aimait les beaux textes, s'était sentie à cet instant étonnamment proche de lui.

Elle se rappelait aussi leur réaction face à sa mère qui, rentrant de la chèvrerie, leur avait lancé :

« Que faites-vous tous les deux à chuchoter dans le noir ? On dirait deux conspirateurs.

— On parle, c'est tout », avaient-ils répondu d'une même voix.

Comme si Malou n'avait rien compris à la poésie…

C'était tout à fait ça, d'ailleurs. Sa mère était pragmatique et cartésienne.

Par la suite, Valérie s'était souvent demandé si son père avait songé à sa mère lorsqu'il avait évoqué le grand amour avec un enthousiasme contagieux. S'ils formaient un couple uni, David et Malou étaient pudiques et manifestaient peu leur tendresse. Son grand-père et Clémence étaient plus tactiles, ce qui gênait son père.

Valérie s'était endormie sur cette pensée. Dans les bras de Benjamin.

Il aimait tout chez elle, se dit-il. Ses longs cheveux d'un blond chaud, sa peau dorée, son ravissant visage aux traits fins, sa silhouette gracile. Elle ne possédait pas l'assurance des Américaines et avait un petit côté fragile qui l'émouvait.

Il se pencha au-dessus d'elle, déposa un baiser léger au creux de ses reins. Elle frémit sous la caresse, se retourna et ouvrit les yeux.

— Bonjour, lui dit-elle en français.

Avant d'ajouter, cette fois en anglais :

— Tu peux me faire un café ? Le matin, je suis incapable de raisonner logiquement tant que je n'ai pas bu un bol de café.

— J'ai mieux à te proposer. Tu sautes dans ton jean et je t'emmène au « deli » du coin. Leur café est divin.

— Entendu.

Il avait dit juste. Le café du propriétaire du « deli » était encore meilleur que celui de sa mère. Elle le complimenta et il lui offrit une nouvelle tournée de beignets.

Elle y fit honneur, tandis qu'il la contemplait.

— Quoi que tu fasses, je te trouve belle, lui dit-il.

Elle sentit ses joues s'empourprer tandis que sa main allait chercher la sienne et la serrait, fort.

— Que connais-tu de New York ?

— Pas grand-chose. L'Empire State Building, bien sûr, surtout à cause de *King Kong*, et puis le pont de Brooklyn. C'est assez limité.

— Je vais t'emmener à la découverte de « mon » New York.

Il n'était pas l'homme des circuits convenus. Il l'entraîna cependant vers le Met « parce que c'était incontournable ». Valérie s'immobilisa devant les œuvres d'Albrecht Dürer. Elle aimait l'art, sous toutes ses formes.

— Aux Gipières, la ferme de ma famille, nous avons de petits tableaux qui évoquent la même atmosphère, déclara-t-elle.

Elle aurait voulu raconter à son père qu'elle avait rencontré un homme qui lui plaisait.

— C'est un joli nom, fit Benjamin. Qu'est-ce qu'il veut dire ?

— Je n'ai jamais cherché à en savoir plus. Pour moi, c'est la maison familiale, c'est tout. J'aimerais bien t'y inviter.

— Ça peut se faire.

Ils échangèrent un regard à la fois prudent et étonné, comme s'ils prenaient soudain conscience de ce qui leur arrivait. Et ils éclatèrent de rire en même temps.

Hannah coupa l'émission de télévision avec un haussement d'épaules. La guerre, toujours la guerre ! Pourquoi diable les hommes étaient-ils incapables de vivre en paix ? Elle alla boire un verre d'eau fraîche dans la cuisine, jeta un coup d'œil exaspéré à la pendule. Ben était encore en retard ! Et Benjamin n'avait pas donné de ses nouvelles depuis au moins une semaine. Elle avait beau savoir que leur fils, à vingt-trois ans, tenait à son indépendance, elle s'inquiétait toujours à son sujet.

La peur ne l'avait jamais quittée, en fait. Parce qu'elle savait trop bien comme le destin pouvait basculer.

Elle frissonna, malgré la chaleur, et se rapprocha de la fenêtre. Les lumières de la ville lui inspiraient une certaine crainte, comme si elles avaient recelé nombre de dangers.

Elle n'avait jamais oublié...

— Hello, chérie !

La voix de Ben, chaude et tendre. Ses bras autour d'elle, son baiser, possessif, et cette façon bien à lui de lui lever légèrement le menton, comme pour lui dire : « Nous n'avons rien à cacher, toi et moi. » Elle se troubla.

Si Ben connaissait l'histoire d'amour qu'elle avait partagée avec David, il ne pensait certainement pas qu'elle l'obsédait toujours. A moins qu'il ne l'ait deviné...

Ben lui donnait souvent l'impression de tout savoir d'elle. Mieux qu'elle, parfois.

— Benjamin m'a appelé au bureau, reprit Ben. Il vient dîner à la maison demain, avec une amie qu'il a rencontrée au festival de Woodstock.

— Vraiment ? fit Hannah, s'efforçant de ne pas laisser voir sa contrariété.

Pourquoi Benjamin ne lui avait-il pas téléphoné à elle ? D'habitude, cela se passait toujours ainsi. Son fils l'appelait pour lui donner de ses nouvelles, il se confiait plus volontiers à elle qu'à son père. Enfin… plutôt, il s'ouvrait à elle de ses projets et de ses rêves, tout en réservant à Ben ses réflexions politiques ou sa conception de l'avenir.

Si Benjamin avait téléphoné à Ben, il y avait un problème.

55

Drôme, 1969

David jeta un bref regard au ciel qui se couvrait de gros nuages gris fer avant de se retourner vers Malou :

— Valérie devrait déjà être revenue, non ?

Sa femme haussa les épaules.

— Laisse-la donc profiter un peu de ses vacances. Elle les a bien méritées, au terme de deux mois de travail après ses études.

— Elle pourrait tout de même nous envoyer une nouvelle carte postale !

David ne parvenait pas à dissimuler son agacement.

— Tu vas voir qu'elle va nous ramener un Américain aux cheveux longs, aux pieds nus. Un hippy…

Malou se mit à rire.

— David, est-ce que tu t'entends ? Ma parole, tu deviens horriblement jaloux ! Valérie vient d'avoir vingt et un ans, elle ne va pas rester éternellement près de nous.

— Oui, bien sûr, grommela-t-il.

Il n'avait pas envie que Valérie se marie. Pas encore.

Il n'eut pas besoin d'exprimer sa pensée. Malou, qui le connaissait bien, remarqua d'un ton suave :

— Les jeunes ne se marient plus, de nos jours, d'ailleurs.

Elle réprima une furieuse envie de rire devant l'expression offusquée de son époux.

— David, mon chéri, ne prends pas cet air choqué ! Nous sommes en 1969, les temps changent.

— Pas pour ma fille, répondit-il, buté.

Elle haussa une nouvelle fois les épaules.

— Je te laisse à tes illusions. C'est l'heure de la traite des chèvres.

Valérie vivant avec un hippy... Lentement, cette idée faisait son chemin dans le cerveau de David. Après tout, qu'avaient-ils fait, Malou et lui ? Sa femme avait raison, il se comportait en vieux rétrograde. Mais cette certitude ne lui était d'aucun réconfort, au contraire. Même si, physiquement, il se sentait dans la force de l'âge, il savait qu'il avait perdu une partie de son âme le jour où il avait découvert la maison d'Hannah détruite. Cette seule pensée provoquait en lui un profond sentiment de malaise. Il avait mal et l'impression qu'il ne serait plus jamais le même.

Soucieux de ne rien laisser paraître, même si Malou l'avait quitté pour se rendre à la chèvrerie, il se plongea de nouveau dans la contemplation du ciel.

Sa fille lui manquait.

New York, 1969

— Tu crois vraiment que je vais plaire à tes parents ?

Debout dans le minuscule studio, Valérie regardait Benjamin d'un air inquiet. Elle portait une jupe fleurie, un corsage en dentelles anciennes chiné à Chelsea et des sandales en daim beige. Son expression émut Benjamin. Il la serra contre lui avec fougue et s'écria :

— Ils ne pourront que t'aimer ! Comme moi.

Au fond d'elle-même, la jeune femme mourait de peur. Même si elle était certaine d'aimer Benjamin, elle avait l'impression que tout était allé trop vite entre eux. Et, fatalement, ses parents penseraient la même chose !

Malgré ses craintes, Benjamin n'avait pas cédé. Il tenait à la présenter aux siens avant que Valérie ne retourne en France. Comme un engagement supplémentaire entre eux deux. Ben et Hannah tomberaient sous le charme de Valérie, il en était persuadé.

Son cœur se déchirait à la perspective de la laisser repartir pour son pays. Tous deux étaient convenus de se retrouver à Avignon pour les fêtes de fin d'année.

Il tendit la main vers les cheveux blonds de Valérie.

— Je t'aime, Val. Et c'est merveilleux.

La gorge nouée, elle fit oui de la tête. C'était plus fort qu'elle, elle avait la quasi-certitude que sa première rencontre avec monsieur et madame Marlowe ne se passerait pas le mieux du monde.

Elle prit une longue inspiration afin de tenter de se détendre. Benjamin lui saisit la main.

— Allons ! Courage, chérie.

Un soleil éblouissant illuminait les façades de brique rouge. Valérie songea qu'elle aimait cette ville, même si elle était bruyante et semblait ne jamais s'arrêter.

Benjamin l'entraîna vers Central Park West. Ils marchaient du même pas, souple et rapide. Valérie ne se lassait pas d'admirer les édifices Art déco et les row-houses, les maisons aux bow-windows à l'allure britannique.

Cette ville était décidément incroyable !

— Parle-moi un peu de tes parents, suggéra-t-elle.

— Eh bien… ce sont mes parents, sympas et toujours inquiets, ma mère surtout.

— Moi, c'est plutôt mon père. Il a paniqué quand je lui ai annoncé que j'avais trouvé un job d'été à New York.

— J'imagine ! Mon père, donc, est avocat, bourreau de travail. Il aime ma mère et le jazz. Ma mère est une intellectuelle qui a traduit des livres en allemand. Elle est un peu solitaire, pas du tout mondaine, et parfois mélancolique. Et… un peu trop soucieuse de mon avenir ! Elle a toujours peur qu'il ne m'arrive quelque catastrophe.

— C'est fréquent chez les parents.

Le bref portrait que Benjamin venait de lui brosser l'intriguait. Elle percevait, cependant, l'amour qui l'unissait à ses parents, et se sentait de ce fait encore plus proche de lui.

— Voilà, c'est ici, lui dit-il, s'immobilisant devant un bel immeuble Art déco au style épuré.

Le cœur de Valérie battait à grands coups. Elle serra plus fort la main de Benjamin.

— Il est encore temps de remettre ça à un autre jour, souffla-t-elle.

— Pas question ! De toute façon, ils t'attendent. Allez, suis-moi.

L'ascenseur était immense et silencieux. Oppressée, Valérie regarda défiler les étages jusqu'au septième. Lorsque Benjamin se tourna vers elle, il la trouva très pâle et lui adressa un large sourire.

— Je te promets qu'ils ne te mangeront pas !

Elle se dit alors qu'elle aurait dû acheter un bouquet de fleurs. Elle n'y avait même pas pensé ! Son père serait scandalisé s'il le savait. Le fait de l'évoquer lui rendit un peu de courage. Allons ! Ce ne devait pas être si terrible…

Ils sortirent de l'ascenseur, se dirigèrent vers une porte massive sur laquelle figurait une plaque en laiton portant simplement le nom de « Marlowe ».

Une femme vint leur ouvrir. Elle était belle, élancée, avec des cheveux blonds roulés en chignon haut et de sublimes yeux bleu turquoise. Face à elle, Valérie se sentit insignifiante.

— Bonjour, madame, balbutia-t-elle, sans parvenir à corriger son accent français.

Benjamin la poussa légèrement dans le dos et procéda aux présentations dans le hall.

— Maman, voici Valérie Steiner, que j'ai rencontrée il y a peu. Elle vient de France, de Provence exactement…

Hannah Marlowe recula d'un pas. Elle avait pâli.

— Steiner, dites-vous ? Avez-vous un lien de parenté avec Sarah ou David Steiner, qui étaient de Berlin ?

Valérie se sentit tout de suite plus à l'aise.

— Sarah Steiner est ma tante, et David Steiner, mon père, répondit-elle.

— Votre… père ?

Les yeux écarquillés, Hannah semblait être sur le point de s'évanouir. Elle se raccrocha à une console qui supportait une pile de livres.

— Excusez-moi, reprit-elle, je ne me sens pas bien. Je suis désolée, mademoiselle Steiner, je ne puis vous recevoir. Benjamin, tu veux bien…

Elle était livide. Benjamin se précipita vers elle.

— Maman, tu veux que j'appelle un médecin ? Ou bien papa ?

Elle le repoussa presque. Ses yeux brillaient de larmes.

— Je veux rester seule, déclara-t-elle d'une voix affermie. Qu'on ne me dérange pas. Adieu, mademoiselle.

Valérie, interdite, se retourna vers Benjamin alors qu'Hannah, tournant les talons, quittait le hall.

— Ai-je dit ou fait quelque chose ? bredouilla-t-elle.

Benjamin l'attira contre lui d'un geste protecteur.

— Non, bien sûr que non, tu n'as rien fait. Je n'ai jamais vu ma mère dans cet état mais il va falloir qu'elle m'explique ce qui se passe ! En attendant, viens, je t'emmène.

— Je n'aurais pas dû venir, souffla-t-elle d'une toute petite voix.

Elle avait eu le sentiment d'inspirer comme de l'horreur à la mère de Benjamin.

Et ne comprenait pas ce qui se passait.

56

New York, 1969

Pelotonnée sur son vieux canapé de velours, Hannah ne parvenait pas à raisonner logiquement. « Ce n'est pas possible », se répéta-t-elle.

Elle avait l'impression d'avoir ressenti un choc majeur et de ne pouvoir s'en remettre.

Déjà, la jeune femme que Benjamin lui avait présentée lui avait paru vaguement familière mais elle avait manqué s'évanouir en apprenant son identité.

« Valérie Steiner, fille de David Steiner. »

Ce ne pouvait être une coïncidence, elle avait bien précisé que Sarah Steiner était sa tante, et que Sarah et David venaient de Berlin.

David... David était en vie et avait eu une fille. Comment concevoir que celle-ci ait croisé le chemin de son propre fils ? C'était tout bonnement invraisemblable !

Elle se mit à trembler sans parvenir à se maîtriser. Cette résurgence du passé était pour elle un coup du sort, une mauvaise farce du destin.

Pourquoi David ne l'avait-il pas recherchée, en 1945 ?

Elle se reprocha cette pensée aussitôt après. S'il était venu à Berlin, il n'avait pu entrer dans la capitale que début juillet, alors qu'elle-même se trouvait déjà en secteur américain. Elle n'avait jamais cherché à lui écrire, ni même à retrouver sa trace, parce qu'elle avait trop honte de ce qui lui était arrivé.

N'avait-elle pas brouillé les pistes afin de ne pas revoir David ? Elle se mordit les lèvres. Elle avait fui pour ne pas mourir.

— David..., gémit-elle.

Elle se souvenait de tout ce qu'elle avait tenté d'oublier durant les dernières années. De leurs rendez-vous sous leur tilleul, des journées passées à se sentir en osmose, passionnés par la poésie et la littérature, de ces vacances idylliques au bord de la Baltique, de leur première et unique nuit...

— David, répéta-t-elle.

Il était vivant. Et avait eu une fille.

Lui aussi avait refait sa vie, même si elle avait cette expression en horreur.

Lorsque Ben Marlowe pénétra dans leur appartement avec vue sur Central Park, il fut étonné de trouver Hannah seule dans son bureau, recroquevillée sur le canapé.

— Désolé, ma chérie, je suis encore en retard, lui dit-il. Benjamin et son amie sont déjà repartis ?

Elle secoua la tête. Les larmes ruisselèrent sur ses joues.

— Je ne les ai pas laissés entrer. J'ai été… infecte mais je ne pouvais agir autrement. Ben, Valérie est la fille de David. Comprends-tu ? David Steiner.

Elle lui avait parlé de lui seulement à deux reprises mais il l'aimait tant qu'il aurait pu énumérer les fois où elle avait pensé à lui.

David faisait partie intégrante d'Hannah, tout comme Hannah devait faire partie intégrante de David.

Ben avait compris depuis longtemps qu'il était inutile d'être jaloux de David. Il était devenu un rêve, une chimère. Il tendit les bras, attira sa femme vers lui.

— Raconte-moi…

D'une voix entrecoupée de sanglots, elle lui fit ses confidences.

Et, au fur et à mesure qu'elle parlait, le visage de Ben se figeait. Parce que, au-delà de la souffrance d'Hannah, il y avait celle de Benjamin.

Son fils.

Trois jours. Benjamin avait décidé en son for intérieur qu'il attendrait trois jours avant de revenir chez ses parents et d'exiger des explications.

Sa mère était une femme droite. Comment, dans ces conditions, admettre qu'elle se soit comportée de façon aussi déroutante et impolie ?

Cependant, au bout de trente-six heures, voyant que Valérie ne se remettait pas de cet accueil plus qu'étrange, il laissa son amoureuse au pied de la statue de Christophe Colomb, et reprit le chemin de l'appartement des Marlowe.

Il aimait bien ce mot – « amoureuse » –, se dit-il en saluant le portier.

Il aimait Valérie. Il ne parvenait pas à comprendre ce qui s'était passé. Il avait toujours été proche de sa mère et elle ne l'avait jamais déçu.

Pourquoi l'avait-elle fait ce jour-là, en présence de Valérie ?

« C'est mon nom qui a tout provoqué, lui avait répété Valérie. Steiner. Ta mère serait-elle antisémite ? »

Valérie avait déjà été confrontée au rejet, à l'ostracisme. Elle s'était endurcie. Mais elle ne supporterait pas cette attitude de la part de la mère de Benjamin. Ce serait trop douloureux pour elle.

Il avait secoué la tête.

« C'est impossible ! La famille de mon père est juive. Nous ne pratiquons pas mais je connais les grands fondements du judaïsme. Et ma mère est beaucoup trop humaniste et tolérante pour s'abaisser à ce genre de sentiment. »

Une surprise l'attendait dans l'appartement des Marlowe. Son père lui ouvrit la porte.

Il paraissait fatigué.

— Ta mère te prie de l'excuser, déclara-t-il d'une voix lasse. Elle est partie prendre un peu de repos à Nantucket.

— Nantucket ? répéta Benjamin, éberlué. Pourquoi donc ? Maman n'en a jamais parlé.

— Pour son travail, coupa court Ben. Elle veut se rendre compte sur place. Tu connais ta mère...

Il faut toujours qu'elle visualise le cadre du roman qu'elle traduit.

Ses explications ne satisfaisaient pas son fils. Ben réprima un soupir. Il aurait aimé parler d'homme à homme avec Benjamin, mais s'interdisait de lui révéler les secrets d'Hannah. Or, s'il commençait à évoquer David Steiner, il ouvrirait la boîte de Pandore…

— Ça ne lui ressemble pas, reprit Benjamin. Partir comme ça… sans même me prévenir.

— Ta mère est une grande fille et aime son indépendance, glissa Ben.

Quelque chose clochait, il en avait bien conscience, et le regard perplexe de son fils lui prouvait si besoin en était qu'il n'était pas convaincu.

Hannah n'avait rien voulu entendre.

« Laisse-moi un peu de temps, je t'en prie, Ben. Pour le moment, je suis incapable de discuter avec Benjamin. J'ai la tête vide… »

Elle était partie pour l'île de Nantucket comme si elle avait souhaité fuir le diable en personne. Ou, plutôt, ses souvenirs.

Ben attira son fils contre lui, lui donna l'accolade.

— Ta mère est une femme de caractère, elle surmontera cette crise. Il faut juste lui laisser le temps de se ressaisir.

Lui-même reprenait les arguments d'Hannah.

Sans être certain de ce qu'il avançait.

Quelle place David Steiner tenait-il encore dans sa vie ?

57

Etats-Unis, 1969

Une île, avait pensé Hannah. Elle avait besoin de se retrouver sur une île. Comme pour mettre de la distance avec les siens.

L'idée que David avait eu une enfant la déchirait. Pourtant, comment aurait-elle pu lui en tenir rigueur ?

Elle avait beau tenter de se raisonner, rien n'y faisait, elle souffrait. Exactement comme s'il l'avait trahie. Alors que c'était elle qui avait fui.

Elle avait emprunté le traversier menant à l'île, contemplé le ciel couleur d'opaline qui plongeait dans l'océan, laissé ses pensées dériver vers le passé.

« Le passé n'est plus mon amour… »

Elle revit les visages consternés, presque effrayés, de Benjamin et de la jeune fille.

Comment avait-elle pu se comporter ainsi, de façon si… discourtoise et brutale ?

Ben lui avait souvent parlé de Nantucket, lui expliquant que l'île avait été un haut lieu de la pêche à la baleine. Hannah se rappelait avoir lu *Moby Dick* longtemps auparavant, alors qu'elle avait une douzaine d'années. C'était si loin ! Elle se promena le long de Main Street, admira les maisons paraissant tout droit sorties du XIXe siècle et retint une chambre dans un Bed and Breakfast situé sur le chemin du phare.

Les couleurs du ciel et des façades l'enchantaient, elle aurait aimé peindre le cadre en usant seulement d'une boîte d'aquarelles.

Ben l'encourageait souvent à s'exprimer, par la peinture ou l'écriture, mais Hannah doutait tant d'elle-même qu'elle y renonçait systématiquement. Cinq ans auparavant, elle s'était cependant laissé tenter par la confection de quilts en patchwork. Pendant qu'elle cherchait à assembler ses chutes de tissu, à harmoniser matières et coloris, elle se détendait peu à peu. Elle avait même participé à quelques expositions, toujours étonnée que de parfaits inconnus désirent acquérir ses réalisations.

« Tu as du talent », lui répétait Ben, et elle secouait la tête, incrédule.

Oublierait-elle un jour les années de guerre et de souffrance ? Cela lui paraissait impossible.

Pourtant, elle avait reconstruit sa vie, grâce à Ben, précisément. Elle pouvait se dire heureuse.

Jusqu'à ce qu'elle apprenne que David avait eu une fille…

Elle retourna à sa chambre d'hôtes alors que le soleil déclinait lentement. La paix qui baignait l'île s'insinuait peu à peu en elle. Elle était déjà venue une fois à Nantucket, en compagnie de Ben. Sous le charme, elle lui avait dit en souriant qu'elle rêverait d'une petite maison de pêcheurs. Par la suite, ils n'en avaient plus reparlé. Le travail de Ben était si prenant... De plus, il rechignait à quitter Manhattan alors qu'Hannah aurait souhaité mener une vie plus paisible.

En retrait de l'agitation new-yorkaise.

Son mari lui avait raconté que la prospérité de Nantucket avait pour origine la pêche à la baleine. Au XIXe siècle, les intrépides pêcheurs partaient pour de longues expéditions.

« Je devrais relire *Moby Dick*, se dit Hannah. Me trouver des occupations pour songer à autre chose, et surtout pas à David. »

De retour au Bed and Breakfast, elle savoura un thé au coin de la cheminée, dans un salon-bibliothèque au charme délicieusement désuet. Elle feuilleta une revue de décoration, décida de se rendre le lendemain au bord de l'océan et alla se changer pour le dîner. Elle se sentait frileuse en ce premier jour de septembre. Chandail marine, jean et tennis... Elle chercha sur son visage le reflet de son désarroi. Elle avait les traits un peu tirés, le regard angoissé. Il fallait qu'elle appelle Ben, se dit-elle.

Son mari se montra compréhensif, comme toujours. Il lui proposa de venir la rejoindre sur l'île et elle lui fit la même réponse que quelques jours auparavant :

« Laisse-moi un peu de temps, je t'en prie, Ben... »

Il ne se livra pas au moindre commentaire, mais elle perçut son désarroi.

Elle se disait parfois qu'il finirait par se lasser, que leur couple éclaterait. Cela lui faisait un peu peur, sans pour autant l'inciter à modifier son attitude.

Elle ne serait plus jamais la même.

Elle ne lui réclama pas de nouvelles de Benjamin. Elle avait honte, et ne se sentait pas capable d'entamer le dialogue avec son fils.

Si elle ne le faisait pas, qui s'en chargerait ?

La chambre était cosy, avec un côté « brocante chic », qui avait tout de suite séduit Hannah.

Elle se blottit sous la couette en regrettant de ne pas avoir emporté son recueil de poèmes, qu'elle avait réussi à garder depuis le jour où David le lui avait offert, plus de trente ans auparavant. Les vers qu'elle connaissait sur le bout du cœur lui montèrent aux lèvres :

— Mon père, mon père, et ne vois-tu pas là-bas
Les filles du roi des Aulnes à cette place sombre ?
— Mon fils, mon fils, je le vois bien :
Ce sont les vieux saules qui paraissaient grisâtres.

— Mon père, mon père, voilà qu'il me saisit !
Le roi des Aulnes m'a fait mal !
Le père frémit, il presse son cheval,
Il tient dans ses bras l'enfant qui gémit ;

Il arrive à sa maison avec peine, avec angoisse :
L'enfant dans ses bras était mort.

A cet instant, elle eut l'impression de humer le parfum du tilleul. Impression si prégnante qu'elle se leva, poussa les volets de bois. Non, il n'y avait pas de tilleul sous la fenêtre, seulement un orme.

Elle ne se trouvait pas à Berlin, mais dans le Massachusetts, et entendait le bruit du ressac.

Sa vie était là, désormais, de ce côté-ci de l'Atlantique. Une vie qu'elle avait recommencée grâce à l'amour sans faille de Ben.

Même si le nom de Valérie, la petite amie de son fils, avait fait resurgir le passé, cela ne devait rien changer.

Le lendemain matin, elle se précipita sur le téléphone pour appeler Ben.

— Tu peux venir me rejoindre au White Sand ? Tu me manques, lui dit-elle.

C'était mieux ainsi. Beaucoup mieux.

58

New York, 1969

Il pleuvait ce jour-là. Une pluie tiède de septembre qui incitait à la mélancolie et au bilan de la fin des vacances. Le cœur lourd, Valérie contempla le visage grave de Benjamin.

— J'ai l'impression de partir pour le bout du monde, souffla-t-elle en se blottissant contre son amant.

Il la serra, fort, dans ses bras.

— Je te promets que je viens te retrouver le plus vite possible, ma chérie.

La séparation constituait un arrachement pour les deux jeunes gens.

Au cours des derniers jours, ils avaient déambulé dans New York, participé à une manifestation contre la guerre au Vietnam, assisté à une projection à Broadway, et marché, longtemps, dans Central Park, en bâtissant des projets d'avenir.

Leur dernière nuit avait été à la fois passionnée et teintée de mélancolie. Quand se reverraient-ils ? Valérie devait chercher du travail, Benjamin n'avait pas envie de poursuivre ses études de droit. Sa priorité, son besoin vital étaient de vivre auprès de Valérie. L'amour, dont ils ne s'étaient pas vraiment préoccupés jusqu'à présent, les avait foudroyés.

— J'espère que ta mère va vite se remettre, glissa Valérie.

L'explication officielle avait été un malaise vertigineux lié au surmenage intellectuel.

Benjamin n'avait pas revu sa mère, rentrée de Nantucket depuis peu. Parce qu'il la connaissait bien, il attendait qu'elle reprenne contact avec lui. Et cela ne pourrait se faire qu'après le départ de Valérie.

Il accompagna la jeune fille jusqu'à la porte d'embarquement, multiplia les recommandations.

— Tu sais, j'ai déjà pris plusieurs fois l'avion, lui dit-elle en souriant.

— Ça ne fait rien.

De la main, il caressa ses cheveux.

— Ne les coupe jamais, surtout !

Elle secoua la tête.

— Tu n'as aucun droit sur moi !

Il l'attira contre lui d'un geste possessif.

— Si. J'ai tous les droits puisque je t'aime.

Ils se noyèrent dans un dernier baiser.

« Je ne veux pas partir », pensa Valérie avec force. Pourtant, il le fallait, ses parents l'attendaient, elle n'avait plus un seul dollar devant elle, n'avait même pas de quoi rapporter de petits cadeaux aux siens. Elle n'y avait pas songé depuis qu'elle avait rencontré Benjamin.

Ils s'étreignirent une dernière fois. Valérie s'éloigna en se retournant sans cesse. Benjamin courut vers elle alors qu'elle allait franchir le portillon et lui vola un dernier baiser.

— Je te rejoins très vite, lui promit-il.

Elle voulait le croire.

Drôme, 1969

Valérie, si elle était heureuse de revoir ses parents, ne chercha pas à leur dissimuler qu'elle avait changé. Tout lui paraissait différent, aux Gipières.

Plus petit, comme... rétréci. Fidèle à elle-même, sa mère entreprit aussitôt de lui raconter ce qui s'était passé dans la région durant l'été. Son père gardait le silence.

— Je te regarde, ma fille, et je te trouve encore plus jolie qu'avant ton départ, lui répondit-il quand elle en eut fait la remarque.

Elle haussa légèrement les épaules.

— Papa ! Arrête ! Je n'ai plus deux ans.

Elle regarda ses parents tour à tour.

— J'ai rencontré quelqu'un au Festival de Woodstock. Il s'appelle Benjamin et il est merveilleux.

— Naturellement, fit Malou.

Elle prenait cette confidence à la légère, estimant que Valérie était encore trop jeune pour être réellement amoureuse. Raisonnant ainsi, elle oubliait un peu facilement comment elle-même était éprise de David au même âge.

David, lui, ne s'y trompa pas.

— Je me disais bien qu'il existait une bonne raison pour que tu aies retardé ton retour, déclara-t-il, posant sa large main sur celle de sa fille.

Elle lui sourit.

— J'espère vous le présenter bientôt.

Elle rayonnait.

Bouleversé, David la serra contre lui.

— Nous souhaitons ton bonheur avant toute chose, ma chérie. Comment s'appelle ce garçon, déjà ?

— Benjamin. Benjamin Marlowe. Et… tiens ! J'allais oublier… il s'est passé une chose curieuse le jour où j'ai rencontré sa mère. Quand Benjamin m'a présentée, elle m'a posé des questions au sujet de notre nom de famille. Apparemment, elle te connaît, ainsi que tante Sarah. Elle m'a demandé si vous veniez de Berlin.

Le visage de David se figea.

« Exactement comme celui de la mère de Benjamin », pensa Valérie.

Brusquement, elle éprouva une sourde angoisse. Que se passait-il ? Qu'allait-elle découvrir ?

— Cette personne… la mère de Benjamin, s'appelle Marlowe, tu m'as dit. Quel est son prénom ? D'où vient-elle ?

Valérie soutint le regard scrutateur de son père.

— Elle vient de Berlin, comme toi et Sarah. Je ne connais pas son nom de jeune fille, seulement son prénom – Hannah. C'est une belle femme aux cheveux blonds et aux yeux bleu turquoise. Benjamin lui ressemble.

Elle s'interrompit.

— Tu la connais, papa, c'est ça ? Comment est-ce possible ?

David était blême. Il passa la main écartée dans ses cheveux.

— C'est une longue histoire, déclara-t-il d'une voix lointaine, et je me demande comment Benjamin et toi avez pu vous rencontrer.

Malou se rapprocha de lui.

— David… dis-moi que ce n'est pas vrai ! Il ne s'agit pas d'Hannah ? Ton Hannah ?

Perdue, Valérie les considéra tour à tour.

— De qui voulez-vous parler tous les deux ? Vous connaissez la mère de Benjamin ? Pourquoi ne l'avez-vous jamais évoquée ?

Elle se sentait perdre pied, et les visages graves de ses parents n'étaient pas faits pour la rassurer.

— Racontez-moi ! cria-t-elle, plus fort qu'elle ne l'aurait voulu.

Son père tendit la main vers elle. Elle prit peur soudain en remarquant son teint livide et la sueur qui perlait à son front.

— Papa ! lança-t-elle. Tu es sûr que ça va ?

Il porta la main au côté. Il était de plus en plus pâle. Valérie se précipita vers lui, l'aida à marcher à petits pas jusqu'à son fauteuil club en cuir.

— Appelle grand-pa ! jeta-t-elle à sa mère qui, le visage fermé, le regard durci, demeurait debout, les bras croisés, sans esquisser un geste.

— Le docteur Jobert est plus près. J'appelle son cabinet.

Valérie acquiesça d'un signe de tête avant de se retourner vers son père.

— Ne bouge pas, surtout, lui recommanda-t-elle. Je vais te chercher un verre d'eau.

Elle avait peur. David, son père, était pour elle un roc, un modèle. Hormis une méchante grippe, cinq ans auparavant, qui l'avait contraint à rester alité trois jours, David n'avait jamais été malade. Il était doté d'une santé insolente.

Il sourit à sa fille.

— Ne t'inquiète pas, ma chérie, ça va passer. J'ai déjà eu ce genre de douleur, un peu moins forte.

— Reste tranquille, papa.

Malou revint dans la salle.

— Le docteur Jobert arrive, déclara-t-elle d'une voix unie.

Son visage demeurait impassible. Valérie lui décocha un coup d'œil perplexe. Sa mère ne réagissait pas comme elle l'aurait fait d'ordinaire. Malou lui tapota la main.

— Ça va aller, affirma-t-elle.

Si seulement elle avait paru plus convaincue !

Le teint de David était cireux. Valérie déglutit avec peine.

— Papa, souffla-t-elle, j'espère que ce n'est pas à cause de moi.

Elle avait de plus en plus peur. Pas seulement pour son père.

Pour Benjamin et pour elle également.

Parce que le malaise de David était lié à Hannah, elle en était persuadée.

59

1969

— Si tu pars, tu ne reviendras pas. Et je ne le supporterai pas.

Armée de son sécateur, Malou traquait les fleurs fanées de ses rosiers avec une détermination implacable.

Elle avait passé des heures difficiles tant que David était resté hospitalisé à Carpentras.

Les médecins avaient eu beau affirmer qu'à son âge, et vu sa forme physique, il se remettrait assez rapidement de son malaise cardiaque, elle savait que plus rien ne serait pareil.

Hannah. Hannah avait réapparu dans leurs existences, et David avait failli mourir en l'apprenant. Le cœur, ce muscle si fragile, peut-être plus encore chez les hommes que chez les femmes. Elle n'avait pas eu de malaise. Seulement la certitude que ce qu'elle redoutait depuis tant d'années les avait rattrapés. Hannah avait réapparu.

Et, même si le cœur de Malou tenait bon, elle avait le sentiment qu'il s'était brisé.

David tendit la main vers son épouse. Malou se tenait bien droite devant lui, une lueur belliqueuse dans le regard.

Elle l'aimait. Il éprouvait infiniment de tendresse pour elle. Il l'avait désirée, et la désirait encore. Elle était toujours séduisante avec sa silhouette svelte, ses cheveux fauves coupés au carré, ses longues jambes dorées mises en valeur par ses jupes fleuries. Il était attaché à Malou, mais elle n'était pas Hannah.

Et ce constat douloureux était terriblement amer.

— Il faut me laisser libre, ne pas chercher à peser sur ma décision, lui dit-il.

Les dernières semaines avaient été difficiles. Hospitalisation, traitement, examens divers, convalescence avec ordre de ne point trop se fatiguer... Walther était venu le voir à plusieurs reprises. Il avait lu l'inquiétude dans le regard de son père.

« Ce n'est pas dans l'ordre des choses, lui avait-il dit. Je devrais me trouver à ta place. »

A soixante-dix-sept ans passés, Walther ne se décidait pas à lever le pied.

David croyait avoir deviné pourquoi. Privé de l'exercice de son métier durant de longues années, Walther Steiner s'efforçait de rattraper ce qu'il considérait comme du temps perdu.

« Pas d'émotions fortes », avait-il recommandé à son fils. David n'avait rien dit. Son père se souvenait-il seulement d'Hannah ? Le fossé s'était creusé entre les deux hommes, et Sarah le mesurait, elle aussi, à chacun de ses retours en France. Sarah pouvait le comprendre, se dit David. Mais elle se trouvait à des milliers de kilomètres, et il ne se sentait pas le courage de lui expliquer la situation au téléphone.

Malou jeta un regard blessé à son mari.

— Tu veux la revoir, n'est-ce pas ? C'est plus fort que toi. Pourtant, elle ne t'a pas attendu. Son fils est né en 1946.

Savait-elle qu'elle appuyait là où cela faisait le plus mal ? Depuis qu'il connaissait l'année de naissance de Benjamin Marlowe, David en avait lui aussi tiré les conclusions.

Horriblement mal à l'aise, David n'évita pas le regard de sa femme.

— Je dois la revoir, Malou. Pour que nous ayons une explication, Hannah et moi.

— Et tu reviendras ?

La voix brève, cassante, les traits durcis, Malou ne cherchait plus à dissimuler sa colère. David esquissa un geste d'apaisement. Elle se détourna.

— Je t'ai posé une question, reprit-elle d'un ton froid.

Il la saisit aux épaules, la fit pivoter et plongea le regard dans le sien.

— Je te promets de revenir, Malou. Tu me connais suffisamment pour savoir que je tiendrai parole.

Cette fois, c'était lui qui la défiait. La gorge nouée, elle hocha la tête.

— Oh ! Que le diable t'emporte, David Steiner ! s'écria-t-elle. Agis donc comme tu l'entends !

— C'est bien mon intention. Il ne faut pas le prendre comme une offense personnelle, Malou. J'ai juste besoin de comprendre ce qui s'est passé. Rien de plus.

— Rien de moins non plus, apparemment, laissa-t-elle tomber, glaciale. Ne dis rien à Valérie pour l'instant, reprit-elle. Elle est déjà assez perturbée pour le moment...

Leur fille avait trouvé un poste d'enseignante à Valence.

Elle habitait durant la semaine un studio proche de la maison des Têtes et revenait chaque vendredi soir aux Gipières.

— Je ne lui dirai rien, assura David.

Il était tout à fait d'accord pour protéger Valérie. Bouleversée par les révélations de son père, elle en était venue à se demander si Benjamin n'était pas son demi-frère. David n'était pas parvenu à la convaincre du contraire.

« Papa, je ne sais plus où j'en suis », lui avait-elle avoué en pleurant.

New York lui paraissait déjà si loin ! Tout comme Benjamin, avec qui elle échangeait des lettres passionnées et teintées de mélancolie. Qu'allait-il advenir de leur amour ?

David se redressa de façon perceptible.

— Officiellement, je me rends à un congrès de producteurs.

Il avait écrit à Hannah deux jours auparavant. Une lettre assez brève, dans laquelle il disait souhaiter la rencontrer. Envoyée par avion, la missive ne tarderait pas à lui parvenir. Il attendait déjà sa réponse.

— Prends garde à toi, David, reprit Malou. Il n'est jamais bon de chercher à recréer le passé.

Il ne tenta pas de se disculper, il savait que c'était inutile.

Il lui caressa la joue d'un geste familier qui lui fit monter les larmes aux yeux. Vite, elle se détourna, se pencha vers Junon, la chienne de la maison, un épagneul qui avait peur des coups de fusil. Heureusement, personne ne chassait aux Gipières !

Junon lécha la main de sa maîtresse.

— Je te tiendrai au courant, conclut David.

L'aimait-il encore ? se demanda-t-elle avec angoisse. Elle avait l'impression d'être devenue sa secrétaire, ainsi que la gestionnaire du domaine. Rien de très romantique… mais leur union n'était pas basée sur le romantisme.

De nouveau, elle se rappela les longs mois d'attente, le désespoir éprouvé quand il s'était joint à la 1re Armée. Au fond d'elle-même, elle avait toujours su qu'elle n'en avait pas fini avec Hannah.

« Me voici au pied du mur », pensa-t-elle. Elle allait se battre. Même si elle savait que rien ni personne ne pourrait détourner David de son but.

Revoir Hannah.

— Il faudrait peut-être m'expliquer ce qui se passe ! lança Benjamin à la cantonade.

Ses parents échangèrent un regard incertain.

— C'est compliqué, commença Ben.

— Je n'ai pas envie d'en parler, poursuivit Hannah.

Elle avait l'impression de vivre un cauchemar depuis qu'elle avait reçu la lettre de David, trois jours auparavant. Ce coup au cœur lorsqu'elle avait reconnu son écriture sur l'enveloppe « Par Avion » ! C'était sa fille qui lui avait communiqué son adresse.

Naturellement. Cela valait peut-être mieux ainsi. Il fallait crever l'abcès.

Mais Ben… Elle n'avait pas envie de lui mentir, ni de lui donner l'impression d'être prête à le trahir. Ce n'était pas le cas. Elle voulait juste revoir David.

Elle prit brusquement sa décision et se tourna vers Ben.

— Peux-tu expliquer la situation à notre fils ?

Face au regard blessé de son époux, elle fit marche arrière.

— Laisse, Ben… Je m'en charge.

Comment raconter ce qui s'était passé près de quarante ans auparavant ? Berlin, leurs maisons voisines, le grand tilleul… et David, toujours David…

Hannah prit une longue inspiration et se jeta à l'eau.

Il était temps d'affronter la réalité. Grand temps.

60

1969

Rendez-vous au Met, lui avait-elle écrit. *Mercredi, à quatorze heures, au département Asie.*

C'était toujours l'écriture d'Hannah, très personnelle, n'ayant rien à voir avec la cursive des Américains. Elle n'avait pas ajouté de formule de politesse.

C'eût été tout à fait inutile. Il fallait qu'ils se voient.

Depuis son arrivée à l'aéroport six heures auparavant, David avait l'impression de ne plus régir sa propre vie. Il avait pris un taxi, indiqué le nom de l'hôtel que Valérie lui avait réservé et tenté de faire le vide dans sa tête. Il avait à peine jeté un coup d'œil au décor impersonnel de sa chambre, avait pris une douche, s'était rasé, avant de se regarder dans le miroir. Il avait changé, c'était indéniable !

Ses cheveux clairs étaient parsemés de mèches grises, le soleil avait creusé son visage de rides. Sa silhouette, cependant, était restée élancée.

« Un homme mûr, voilà ce que je suis devenu », se dit-il.

Il haussa les épaules, se détourna du miroir. Il ne cherchait pas à plaire !

Malou ne l'avait pas accompagné à Orly. Elle observait à son égard une réserve prudente, qui le déroutait. Il savait qu'il l'avait blessée, et peinée, sans mesurer à quel point. Egoïstement, il ne voulait penser qu'à Hannah.

Il avait laissé Valérie en dehors de leurs problèmes. Il se rendait compte, en effet, que sa relation avec Benjamin risquait de pâtir de leurs retrouvailles, à Hannah et à lui. En même temps, la rencontre des deux jeunes gens le laissait perplexe. Fallait-il croire au destin ? Il se souvenait d'Euripide : « Ce qui est arrêté par le destin, nul n'a le pouvoir de le changer[1]. »

Il demanda quelques renseignements au portier de l'hôtel sur la direction à prendre pour se rendre au Met et se lança à pied dans la ville grouillante. Valérie lui avait raconté qu'on circulait fort bien dans New York et qu'on s'y repérait aisément. En effet, il lui fallut moins de quinze minutes pour se trouver devant la façade néoclassique du musée.

Son cœur battait à grands coups précipités. Il prit une longue inspiration avant de pénétrer dans le bâtiment.

Son anglais étant assez médiocre, il se concentra pour demander où se trouvait le département Asie.

---

1. Dans *Hercule furieux*.

Il ne parvenait plus à réfléchir de façon cohérente, ses oreilles sifflaient.

« Je ne vais tout de même pas m'effondrer au beau milieu du Met ! » se dit-il.

Il consulta sa montre. Il était pile à l'heure.

Hannah venait souvent au Met depuis leur installation à New York. Comme elle avait tenté de l'expliquer un jour à Ben, elle avait l'impression d'y retrouver un pan de l'histoire de l'Europe.

Pourtant, ce mercredi-là, elle se trouvait dans un état second.

Depuis la veille, elle était sur des charbons ardents.

A plusieurs reprises, elle avait éprouvé la tentation de renoncer à ce rendez-vous. Allaient-ils au moins se reconnaître ?

C'était Ben qui l'avait décidée. Il lui avait apporté une tasse de café accompagnée de ses donuts préférés, et lui avait dit :

« Pas question de te défiler, ma chérie. »

Il la connaissait suffisamment bien pour deviner qu'elle irait jusqu'au bout quoi qu'il lui en coûtât.

« Et maintenant ? » se dit-elle.

Où était passée Hannah Ritter qui, en 1938, espérait encore que David et elle se retrouveraient bientôt ? Qu'aurait-elle fait, si elle avait pu pressentir l'avenir ? L'aurait-elle rejoint en France, ainsi qu'il le lui avait suggéré à plusieurs reprises ? Elle ne le pensait pas, à cause de ses parents. Mais comment savoir ?

— Hannah…

Elle fit brutalement volte-face ; le reconnut immédiatement.

Tous deux restèrent figés, comme s'ils n'osaient pas faire un pas l'un vers l'autre.

Le premier, David amorça un geste, elle s'élança. Il la reçut contre lui, et elle ne reconnut pas son parfum. Naguère, il fleurait bon le tilleul.

Et elle… combien de fois avait-elle changé de fragrance ? Cinq, six fois, peut-être plus, au gré de ses coups de cœur. Le nez contre sa veste, elle cherchait à retrouver ses souvenirs.

— J'ai tant attendu ce moment, souffla-t-il.

Ils échangèrent un regard perdu. Elle se sentit défaillir et, vite, tenta de se ressaisir.

— Viens, dit-elle, reculant de deux pas et lui saisissant la main. Je veux te montrer quelque chose.

Elle l'entraîna à sa suite dans le département Asie, lui expliquant au passage que sa riche collection remontait à la fondation du musée. Elle s'arrêta devant une estampe japonaise d'environ trente-huit centimètres de hauteur sur trente-huit centimètres de largeur.

— *La Grande Vague de Kanagawa*, reprit-elle. C'est une œuvre de Hokusai, qui a réalisé une série, « Trente-Six Vues du mont Fuji », dans la première moitié du XIXe siècle. J'ignorais jusqu'à son existence, avant la guerre. Et puis, un jour où j'étais particulièrement déprimée, je suis entrée dans le Met, et j'ai découvert ce tableau. Brusquement, je me suis sentie mieux parce qu'il me semblait voir, matérialisée au mur, ce que fut ma destinée. Une sorte de grande vague m'a submergée, comme des milliers d'autres Berlinois et...

— Comme des millions de personnes de par le monde, glissa David.

Elle eut l'impression qu'il s'était raidi. Elle avait certainement commis une maladresse, mais elle ne pouvait que se montrer à lui telle qu'elle était, sans fard.

Il la scruta.

— Ce fut une véritable surprise d'apprendre que tu avais eu un fils.

— Pareil pour moi, répondit-elle d'une voix mate.

Ne pas laisser voir son trouble. Ne rien raconter au sujet de Benjamin. Il avait toujours pensé être le fils de Ben Marlowe.

De nouveau, ils échangèrent un regard indéfinissable.

« C'est trop dur, pensa Hannah, je ne pourrai pas le supporter. »

Elle aurait tant désiré lui raconter la vérité ! Mais c'était impossible, elle se devait de protéger Benjamin.

— Je suis venu à Berlin, enchaîna David. Avec la 1re Armée de De Lattre. Une drôle d'époque... je n'ai pratiquement rien reconnu du Berlin de mon enfance. J'ai vu la maison de tes parents. Ou, plutôt, ce qu'il en restait.

Un silence pesa sur eux. Résolument, Hannah déclara :

— Ta mère est morte dans le bombardement qui a détruit notre demeure. Je l'ai enterrée avec l'aide de Saül, un ami juif qui est resté caché à Berlin tout le temps de la guerre.

De nouveau, le silence. Et le visage ravagé de David. Il ne posa pas d'autres questions. Il paraissait sous le choc.

— Tu ignores beaucoup de choses sur ce que fut notre vie à Berlin, reprit Hannah. Mon père a été déporté pour avoir osé critiquer la politique du Reich, et il est mort au camp de Dachau. Ma mère s'est suicidée. Elle ne s'était jamais remise de la Nuit de cristal et l'arrestation de mon père a été pour elle le coup de grâce. Nous avons résisté dans la mesure de nos moyens, mais c'était...

Elle haussa les épaules, comme pour lui signifier qu'il était inutile de raconter.

Il la prit par le bras.

— Viens, allons boire quelque chose. Ton estampe me démoralise.

« Parce que tu refuses de voir la réalité en face », pensa Hannah. Elle ne dit rien, cependant, elle avait déjà compris qu'elle ne pourrait rien dire. Après la chute de Berlin, elle avait côtoyé d'autres femmes, jeunes ou moins jeunes, qui avaient été elles aussi victimes des Russes. Leurs maris, leurs compagnons avaient refusé de les entendre en disant que c'était insupportable. Elles avaient dû garder pour elles leurs blessures physiques et morales.

Elle l'entraîna vers le Plaza parce qu'elle avait besoin de marcher, de sentir le vent sur sa peau, dans ses cheveux. L'air de New York lui faisait du bien. Il avançait d'un pas rapide, et elle allongeait sa foulée pour rester à sa hauteur, mais cela n'avait pas d'importance.

Il ne prêta pas attention au cadre mythique du Plaza. Il ne regardait, ne voyait qu'Hannah, cherchant sur son visage à deviner quelle femme elle était devenue. Il commanda, comme elle, un gin and tonic. Il lui fallait bien ça !

— Ainsi, tu as fait ta vie à New York, et tu as un fils, déclara-t-il.

Elle hocha la tête.

— Mon mari, Ben, est avocat. Notre fils cherche sa voie, comme on dit. Pour l'instant il s'investit beaucoup dans l'opposition à la guerre du Vietnam. Quel coup du destin qu'il ait rencontré ta fille !

— Ils s'aiment, glissa David d'un ton indéfinissable.

De nouveau, Hannah acquiesça d'un signe de tête.

— C'est bien. J'espère qu'ils auront plus de chance que nous.

L'espace d'un instant, l'un et l'autre eurent l'impression que le salon du Plaza fleurait bon le tilleul. Un parfum à la fois prégnant et discret.

— Berlin, notre jeunesse, c'est si loin..., reprit Hannah. Finalement, toi et moi sommes des survivants.

Il n'avait pas parlé de Malou, et il n'avait pas l'intention de le faire. Malou était sa compagne depuis plus de vingt-deux ans, celle qui l'avait aidé à relever les Gipières. Il en prit brutalement conscience à cet instant, alors qu'il se trouvait face à celle qu'il n'avait jamais oubliée.

— La vie est passée, dit-il d'une drôle de voix. Nous avons fait ce que nous avons pu, toi et moi.

Ce n'était pas un constat amer, seulement une évidence. Le nazisme, la guerre avaient brisé leurs rêves mais ils avaient survécu.

— Philippa et les jumeaux ont été arrêtés à Nyons et déportés. Thaddée a été tué au maquis. Mes grands-parents ont été abattus deux jours avant le débarquement. Le nazisme nous a rattrapés en France.

— Et Sarah ?

Le visage de David s'éclaira.

— Sarah est sage-femme dans un kibboutz. Son mari et leur fils constituent son univers. Elle est heureuse, je crois. Nous n'avons jamais cessé de parler de toi.

— Chère, chère Sarah ! J'aurais tant aimé la revoir.

Hannah se raidit.

— Tu vois, c'est aussi pour cette raison que je me sens bien aux Etats-Unis. En sécurité. Je ne supporterais pas de revivre ce que j'ai vécu.

— Le temps est passé.

— Mais de nombreux nazis ont échappé à la justice. La peur ne me quittera jamais, David.

Elle ne lui parla pas de la mezouzah de Lisa, ni de Benjamin. C'étaient ses secrets et le David qui se tenait assis en face d'elle n'était plus le David de sa jeunesse.

Tous deux avaient traversé nombre d'épreuves.

A cet instant, elle sut qu'ils ne devaient pas se revoir.

Les tilleuls avaient défleuri depuis longtemps.

« Aux branches claires des tilleuls. »

Arthur Rimbaud

61

1970

« Emmène-moi dans notre petite maison », avait prié Hannah.

Le week-end du 4 Juillet permettrait à Ben de s'absenter. Elle-même n'avait pas de soins ces jours-là.

« Un peu de répit vous sera salutaire, Hannah », lui avait dit le docteur Grameson, qui la suivait depuis le mois d'octobre, depuis le jour où elle avait découvert une boule suspecte à son sein gauche.

Elle n'avait pas vraiment eu peur. Elle avait simplement pensé que c'était mieux ainsi, parce que Benjamin était élevé et n'avait plus besoin d'elle.

Ben, en revanche, toujours si calme et maître de lui, avait paniqué avant de se ressaisir. Ils feraient front tous les deux, comme ils le faisaient depuis vingt-cinq ans.

Il avait bien fallu expliquer à Benjamin qu'elle était souffrante et allait suivre un traitement lourd. Lui, qui vivait jusqu'à présent en dilettante, apprenait le français avec zèle. Il se rendrait en France à Noël.

Hannah l'avait prévenu : pas de mine sombre ni de modification de ses projets. Elle n'était pas la première femme à être atteinte d'un cancer du sein ! Elle se battait, et tout finirait par rentrer dans l'ordre.

Benjamin ne l'avait pas vue en pleurs ni souffrant de ces horribles nausées qui l'affaiblissaient. Lorsqu'elle avait commencé à perdre ses cheveux, elle avait acheté deux perruques et agi comme si de rien n'était. Ben était à ses côtés et lui communiquait sa force.

Cependant, elle avait manqué perdre pied quand, à son retour de France, Benjamin lui avait annoncé son intention de s'établir dans le sud de la Drôme.

Il lui avait vanté une qualité de vie exceptionnelle, une sorte de pays de cocagne où fleurs, légumes et fruits poussaient en abondance.

Valérie et lui se marieraient.

« De quoi vivrez-vous ? avait demandé Ben, et leur fils avait balayé sa question d'un revers de la main.

— Nous bâtirons notre ferme. Le père de Valérie a des terres. Nous élèverons des chèvres et des moutons. »

« Après tout, pourquoi pas ? avait pensé Hannah. David et moi avions tant de rêves, nous désirions poursuivre de longues études et… la vie ne nous a pas laissé le choix. Alors, si Benjamin et Valérie souhaitent vivre pleinement selon leurs aspirations, de quel droit les en empêcherions-nous ? »

Le retour à la terre avait le vent en poupe en Europe, et Benjamin remettait trop le système américain en cause pour s'intégrer vraiment dans un cabinet d'avocats. Hippy dans l'âme, contestataire, il serait mieux à sa place dans la France de l'après-mai 1968.

Elle avait réfléchi à cela très vite, tout en écoutant son fils énumérer leurs projets.

« Il faut que vous veniez en France, Pa et toi », lui avait-il dit, et elle avait éludé.

Plus tard, quand elle serait en meilleure santé...

Finalement, son état s'était aggravé, et le voyage en France avait été reporté *sine die*. D'une certaine manière, cela arrangeait Hannah. Elle éprouvait une peur panique à l'idée de retourner en Europe.

Ce n'était pas par hasard si elle avait accepté d'épouser Ben. Non seulement il la rassurait mais aussi il lui offrait une nouvelle vie. Loin des souvenirs et des regrets, sur un autre continent.

Appuyée contre l'épaule de Ben, elle contemplait l'océan depuis le jardin de leur petite maison de pêcheurs. Elle s'y sentait bien, en sécurité.

— Nous irons voir les baleines à bosse dès demain, proposa-t-il.

— Si tu veux.

Si seulement elle avait été moins épuisée ! Mais elle n'avait pas envie de se plaindre. Le temps était superbe, l'air d'une douceur estivale, et ils étaient ensemble, Ben et elle. Benjamin se trouvait en France. Valérie et lui allaient se marier. Hannah était heureuse que le passé n'ait pas altéré la relation entre Benjamin et Valérie. Mais elle ne pouvait pas se rendre au mariage, c'était au-dessus de ses forces.

Ben l'attira vers lui et l'embrassa longuement.

— Je t'aime, Hannah. Je n'ai jamais cessé de t'aimer depuis le premier jour.

Elle se revoyait se débattant dans les eaux sombres de l'Elbe. Elle ne put réprimer un frisson. Elle avait occulté tout le reste, et c'était mieux ainsi.

Elle serra sa main, fort.

— Je t'aime, Ben.

C'était la vérité.

La nuit fleurait bon le tilleul. Un parfum devenu entêtant au fil des jours mais qui émouvait toujours David.

Durant ces nuits de début juillet, il avait le sentiment que les Gipières faisaient vraiment partie de lui.

Il était chez lui, sur sa terre. Il en avait pris conscience à son retour de New York. Il était rentré le lendemain de ses retrouvailles avec Hannah. Le rêve américain n'était pas fait pour lui, il n'y avait pas sa place. Il avait eu le temps de prévenir Malou. Elle l'attendait à Orly, elle qui avait horreur des grandes villes. Il l'avait étreinte, en ayant l'impression d'être revenu au port.

Il n'avait pas eu besoin de lui raconter quoi que ce soit. Elle s'était blottie contre lui en murmurant : « Il fallait que tu la revoies », et il avait pressé sa main.

Ils n'en avaient plus parlé, Hannah appartenait au passé.

Ce qui comptait, c'était l'avenir de Valérie et de Benjamin.

Malou gémit dans son sommeil et se retourna sur le ventre. David lui caressa le dos, lentement. Elle était sa compagne, celle avec qui il désirait vieillir. Il lui avait fallu se rendre à New York, revoir Hannah, pour le comprendre.

Il se leva sans bruit et s'accouda à la fenêtre grande ouverte. Le parfum miellé et entêtant du tilleul s'insinua en lui. Il aimait par-dessus tout cette période de l'été, qui précédait de peu les plus fortes chaleurs. Il n'aurait pu vivre ailleurs, se dit-il.

Dans deux jours, Valérie se mariait. Curieusement, il n'éprouvait pas d'inquiétude à cette perspective. Il appréciait Benjamin, même si Malou le soupçonnait de fumer autre chose que du tabac. Malou, elle, accusait le choc : Valérie se mariait déjà !

Ce serait une union très simple, à la mairie de Sainte-Jalle. Ils attendaient le jour même Sarah et les siens. Walther avait tenu à battre le rappel des cousins dispersés en Europe et dans le monde.

Les amis seraient là pour se réjouir avec eux. Malou et Valérie avaient fini par admettre qu'Hannah ne pouvait effectuer un aussi long voyage dans son état. David avait éprouvé un sentiment de révolte intense en apprenant qu'elle souffrait d'un cancer du sein. Benjamin l'avait réconforté. Sa mère était une battante, elle s'en sortirait.

Malou et ses amies s'activaient à préparer terrines de poisson, quiches, volailles en gelée, agneaux confits, salades composées, haricots verts, fromages de chèvre aux herbes ou aux baies roses, tartes aux abricots et sorbets maison. On dresserait les tables, recouvertes de nappes immaculées, à l'ombre des tilleuls, face à la vallée. Valérie évoluait comme dans un rêve. Elle rayonnait dans sa longue robe fleurie. Benjamin et elle flottaient sur un petit nuage.

« Soyez heureux, mes enfants », pensa David avec force.

Il émanait de toute la personne de Sarah une impression de sérénité, accentuée par sa longue tresse dorée et ses gestes, amples et doux.

David imaginait que ses patientes se sentaient tout de suite en confiance avec elle. Contrairement aux autres membres de la famille, elle avait une silhouette aux courbes généreuses. « La mère nourricière », pensa-t-il.

Après la joie des retrouvailles et les présentations, le frère et la sœur s'étaient éloignés. Leurs pas les avaient menés vers l'endroit où, vingt-six ans auparavant, Martin et Renate avaient été enterrés. Sarah se pencha, posa la main sur la pierre chaude.

— Je ne les ai jamais oubliés, murmura-t-elle.

David lui pressa l'épaule. Revoir Sarah lui procurait beaucoup de bonheur et il était heureux que Ruben, Aaron et elle aient pu revenir d'Israël pour le mariage de Valérie.

Sa sœur avait tout de suite sympathisé avec Benjamin.

« Un jeune homme très agréable », avait-elle commenté.

Sarah était ainsi faite, bienveillante et sereine. Elle avait choisi de partir, de s'investir dans un projet de vie avec son époux. Elle sourit à son aîné.

— Et toi, mon David, es-tu heureux ?

Il répondit par une pirouette.

— René Barjavel est né à Nyons, en 1911, et il a écrit quelque chose qui me correspond assez bien : « Tout le monde n'est pas capable d'être heureux[1]. »

Le frère et la sœur échangèrent un regard lourd de non-dits. La première, Sarah rompit le silence qui devenait pesant.

— Je peux te répondre par une autre citation, de Jacques Prévert celle-ci : « On reconnaît le bonheur au bruit qu'il fait quand il s'en va. » Je te regarde vivre au domaine et, ma foi, je trouve que tu ne t'en tires pas trop mal. Toi et moi avons survécu.

1. In *La Nuit des temps*, 1968.

Philippa et ses enfants étaient là, brusquement, entre eux deux. Des ombres chères qu'ils ne parviendraient jamais à oublier. Tout comme celle de Ruth, leur mère, qui demeurait pour eux une énigme. Ils n'essayaient plus de l'évoquer avec leur père car celui-ci se fermait aussitôt.

Malou surgit devant eux. Elle portait une robe rouge qui mettait sa silhouette en valeur et des sandales à semelles compensées.

— Tu es sublime, Malou ! s'écria Sarah, sincère. Et ces chaussures te font des jambes interminables. Je me sens une vraie paysanne à côté de toi.

— Penses-tu ! A mon avis, j'aurai vite troqué mes fameuses sandales contre des espadrilles. C'était juste pour rappeler à ton frère que je suis encore séduisante.

David coula un regard contrit vers sa femme.

— Je t'admire chaque jour, même si je ne sais pas te faire des compliments.

— Le défaut numéro un des hommes ! commenta Sarah en riant. Tu sais ce que Ruben a eu le culot de me répondre l'autre jour, alors que je me plaignais de ce qu'il ne complimentait pas ma cuisine : « Puisque je la mange ! »

— Ton frère est tout à fait capable de me faire ce genre de réponse.

L'espace d'un instant, les deux belles-sœurs retrouvèrent leur complicité d'antan, lorsqu'elles sillonnaient les chemins de la région pour ravitailler les maquis et transmettre des documents compromettants.

— Tu te plais toujours, là-bas ? questionna Malou.

Catholique par tradition familiale, elle s'était convertie au judaïsme par amour pour David, bien qu'il ne lui ait rien demandé. Elle l'avait fait pour conférer plus d'unité à leur cellule familiale. Valérie s'était intéressée très jeune à la religion. Ils avaient alors fréquenté la synagogue de Carpentras, puis s'étaient liés d'amitié avec le rabbin Bernheim. Celui-ci était attendu aux Gipières pour célébrer le mariage religieux. David et Malou avaient tout préparé, aidés des futurs mariés.

Au retour de la mairie, Malou s'éclipsa quelques instants tandis que le rabbin invitait Benjamin à se rendre sous la houppa, le dais nuptial, installée devant la maison.

Benjamin vint ensuite chercher Valérie et souleva délicatement son voile.

Sarah venait d'expliquer à Malou que ce geste était destiné à vérifier qu'il s'agissait bien de la future mariée.

— Jadis, Laban a trompé Jacob en lui donnant Léa à la place de Rachel, précisa-t-elle.

Malou ne répondit pas. Bouleversée, elle songeait à leur propre mariage, célébré plus de deux décennies auparavant, qui n'avait été que civil.

Elle coula un regard empreint d'amour vers David, qui se tenait bien droit à ses côtés. Pensait-il lui aussi à leur engagement ? Le regrettait-il ? Clémence et Walther paraissaient émus, tout comme Gianni, son père. Le mariage de Valérie et Benjamin illustrait bien l'esprit de tolérance qui caractérisait leur famille, se dit-elle.

On se respectait chez les Steiner comme chez les Santafiore. Et chez les Marlowe ?

Son gendre était sympathique, même s'il était le fils d'Hannah.

Elle devait dépasser cette ultime réticence, se dire que Benjamin n'était pas responsable... D'ailleurs, n'était-ce pas elle, Malou, qui avait eu la meilleure part ?

Le bris du verre, les cris de « Mazel Tov ! » la tirèrent de ses pensées.

On riait, on applaudissait, en souhaitant tout le bonheur du monde aux jeunes époux.

Valérie courut embrasser ses parents et ses grands-parents. David donna l'accolade à Benjamin.

« J'aurais tant aimé que mes parents aient pu venir », souffla le jeune homme.

Quelque chose chiffonnait David. Un point de détail, qu'il avait enregistré de façon machinale, durant le mariage civil.

Il retint Benjamin alors que celui-ci s'apprêtait à rejoindre Valérie.

— Je n'ai pas bien compris ta date de naissance, tantôt, à la mairie.

Benjamin sourit.

— Le 5 février 1946. Je suis Verseau. Vous vous intéressez à l'astrologie ?

— Pas le moins du monde. Je suis curieux, c'est tout.

C'était cela qui l'avait interpellé : selon un rapide calcul, Benjamin avait été conçu début mai, alors que les Américains n'étaient pas encore entrés dans Berlin. Les Russes étaient arrivés les premiers. Et, avec eux, l'horreur pour des milliers de Berlinoises.

Il crispa les mâchoires. Pas Hannah ! Non, pas elle ! Pourtant, si cela avait été, il comprenait mieux pour quelle raison elle avait gardé le silence et n'avait pas cherché à le revoir. Il réprima un long soupir. Il se sentait à la fois révolté et las, terriblement las.

Benjamin chercha Valérie du regard. Elle lui manquait déjà. Ils allaient rire, chanter et danser avant de rejoindre le grangeon situé au-dessus des Gipières, qu'ils avaient projeté d'agrandir. La nuit d'été, parfumée au tilleul, envahissait le terrain.

— Nous allons bientôt passer à table, lança Sarah.

Elle ajouta à l'intention de Benjamin :

— J'ai bien connu ta maman, tu sais, à Berlin.

Il inclina la tête.

— Je sais. Elle aussi m'a parlé de vous. Oh ! J'allais oublier. Elle m'a donné quelque chose pour vous.

Il courut jusqu'à la maison, alla chercher dans son sac à dos le rouleau qu'Hannah avait nommé « mezouzah ».

— Tu dois la garder, Benjamin, lui dit Sarah. Chaque famille juive fixe cette mezouzah à l'entrée de sa maison, à droite dans le sens de l'entrée, en biais et à une hauteur équivalente au tiers du montant de la porte à partir du linteau.

Benjamin haussa les épaules.

— Je ne suis pas superstitieux.

— Il ne s'agit pas de superstition mais du respect d'une tradition ancestrale. C'est pour vous un moyen de retrouver vos racines. C'est certainement ce qu'Hannah a voulu te faire comprendre en te la confiant.

— Elle aurait pu m'en dire un peu plus ! grommela-t-il.

Le sourire de Sarah s'accentua.

— Hannah ne se montrait pas très loquace. Elle préférait souvent recourir aux symboles et aux poèmes. Je ne l'en admirais que plus, moi qui avais un peu trop les pieds sur terre.

Benjamin inclina la tête.

— Ma mère est ainsi faite, la tête dans les étoiles.

Elle lui manquait. Valérie et lui avaient décidé de rendre visite aux Marlowe en septembre, la saison préférée de Benjamin.

— Voilà, fit-il un peu maladroitement, en prenant congé de Sarah.

Elle resta rêveuse, face à la vieille demeure qui avait symbolisé une nouvelle vie pour les Steiner. Y revenir provoquait chez elle une émotion et une nostalgie particulières.

— Sarah…

Ruben l'attira contre lui et l'embrassa. Elle se laissa aller dans ses bras avec un petit sourire de bonheur. L'instant présent… c'était ce qui comptait.

— Serre-moi, souffla-t-elle, serre-moi très fort, et fais-moi oublier tout ce qui n'est pas nous.

Les Steiner de Berlin avaient survécu, et fait souche, dans le sud de la Drôme comme en Israël. La vie avait gagné.

« Hannah, mon amie, il faut te battre », pensa-t-elle avec force.

Le parfum des tilleuls la transporta, loin, vers le jardin familial. Leur père éprouvait-il de la nostalgie lui aussi parfois ?

Elle ne voulait pas y songer.

Demain… C'était demain qui importait.

Vous souhaitez en savoir plus sur les livres et les auteurs de la collection Terres de France ?

Retrouvez toutes les informations sur le site
www.collection-terresdefrance.fr
et abonnez-vous à notre lettre d'information.

Suivez-nous également sur notre page Facebook
et sur notre fil Twitter.

Club des Amis de Terres de France
12, avenue d'Italie
75627 Paris cedex 13

Composition et mise en pages
Nord Compo à Villeneuve-d'Ascq

MIXTE
Papier issu de
sources responsables
FSC™ C003309

Imprimé en Espagne
par Cayfosa
10/2018